罗宋探案

天 *Angel* 使

空城——著

中国出版集团　现代出版社

目录

楔　子

这个世界上绝大多数的知识，对于绝大部分人而言都是无用的。这是这些年他悟出来的真理。他自以为是真理。譬如他知道关于蝉的这样一个知识：蝉的寿命非常长，只不过它们的一生几乎都是在暗无天日的地下度过的。可知道这些又有什么用处呢？这个知识他从小就知道，是他七岁那年父亲告诉他的。四十年来，他从没有因为知道这个知识而受益半分。但在聒噪的蝉鸣让他愈发焦躁的眼下，这个知识却意外地起了作用。如果它们已经在暗无天日的地下度过了那么久的岁月，那又有谁忍心指责它们在阳光下高歌？想到这儿，他觉得蝉鸣听起来不再那么刺耳了。

天气预报说今天是近十年来温度最高的一天。透过车窗，他看到不远处树荫底下站着的工人们不停地抹着头上的汗，用手扯住衣角，不停地抖着，徒劳地想要带起一点微弱的风。他也觉得热了起来，仿佛眼前的景象带有温度。他调大空调出风量，冷风扑面而来。

一阵心悸。不祥的预感再次袭来。这是早上起床以来的第五次了，他总觉得今天会有事情发生，不好的事情。想到这儿，他燥热起来，空调再大的风也不起作用。他伸长手，打开副驾驶手套箱，拿出一瓶冰凉的矿泉水，拧开，灌进喉咙。冰凉的水经过喉管，滑向胃里。胃隐隐痛了起来，燥热的感觉却一点都没能消解。他又向外看去，看天空。天气预报还说午后将会有大到暴雨，但此刻天上一片云彩都没有。不过老天爷的事儿，谁又能说得清楚呢？

早就做好了万全的准备，没什么可担心的，他安慰自己道。看向那偌大的遮棚，他心里难免又泛起一阵得意。过往的路人没有谁的目光不被这遮棚所吸引。搭这个棚子花了不少钱，这可是大事儿，花点钱又算得了什么？这遮棚，不管是遮阳还是避雨，都足够了。但这毕竟不是什么好事儿。想到这儿，他眉头又皱了起来。

爸、妈，真是对不住了。

一年前，刚开始有传言说这个城乡接合的地方要规划新城的时候，他就开始做打算了。三个月前，正式文件一下来，他就开始行动。先是花了十万，把家里的祖坟修葺一番。接下来就是选吉日，给二老搬家。为了选吉日吉时，他给张师傅包了六千六百六十六的红包。他看了看表，距张师傅说的吉时还有十三分钟。他听到一阵笑声，透过副驾驶车窗玻璃，他看到树荫下乘凉的工人们正在哈哈大笑。妈的，他在心里咒骂，有什么好笑的？他在车里对工人们怒目而视。

有人敲了敲车窗玻璃，他转过头。林建立弯腰站在外面，眯着眼，抹着头上的汗。他落下车窗。

"大国，时间差不多了，去跟二老说两句吧？"

他下车。热气一下子包裹住他，他才走了几步后背就湿透了。他走向父母的坟，走得很慢，走着走着，鼻子酸了起来。说起来，如果把二老的坟迁回老家，他就没办法像以前那样，时不时地来看一看他们，跟他们说说话了。他突然想起自己第一次离开父母出远门时候的心情。他走到遮棚下面，在坟前跪下。

"爸、妈，儿子不孝。俗话说富不迁坟，但我也实在是没有办法，这一片早就规划了建新城，马上就要大兴土木了。这家啊，是必须得搬了。其实也好，我记得以前你们老说，等你们没了，要葬在老家，要落叶归根。但老家那么远，那时候儿子我实在是没有那个能力。现在儿子我有钱了，祖坟我也重新修了，正好借这个机会，把你们送回去。

"爸、妈，路途遥远，你们互相照应着点，多保重。"

说完他重重地磕了十个头，毫不在意泥土沾在了额头上。

他起身，没有回到车里，而是走到一片树荫下。林建立来到他身边，递过来一根烟，他摆摆手拒绝了。阳光一下子没了，他抬头看了看，一片乌云遮住了太阳。千万别下起来啊。他祈祷，再给我一个小时的时间。他看了看腕上的表，吉时快到了。

"大国，我看时间差不多了。"林建立说。

他不满地皱起眉。

"张师傅说了，十二点三十八分，一分钟也不能差。"

林建立没说话，讪讪地走开，走到另外一片树荫下。蝉鸣声让他想起小时候父亲带他捉蝉的时光。回忆勾结串联，他又想起父亲带他下河游泳，想起自己差点被淹死的经历，想起母亲给他切好的在水井里冰镇过的西瓜。他沉浸在儿时的记忆中，沉浸在对父母的思念里。

"大国？"

林建立的声音把他从回忆里拉了回来。他看了看表，十二点三十八分。他冲林建立点点头。

"吉时到了，都动起来了！"林建立冲树荫下的工人们大喊。

他把身子扭向另外一个方向，不去看。杂乱的人声跟锄头撞击泥土的声音从身后持续传来。他终于忍不住，摸出烟，点燃，深吸一口。

又一阵心悸，不安的感觉越来越强烈了。

光线突然暗了下来，他抬起头，乌云比刚才更多了。妈的！

"哎呀。"

一个有些惊慌的声音从一片声音中凸显出来。他心里咯噔一下。不好的预感就要被证实了。他转过身，看到工人们都停了下来，围在一起看着什么。林建立大步奔了过来，一脸的不安，欲言又止。

"大国……叔跟婶去的时候……没火化吧？"

他愣了愣。按规定是要火化的，但走了关系，没火化就下了葬。他记得花了不少钱。

"没。怎么了？"他问。心跳剧烈。

"那……"林建立犹豫了起来，"是敛在棺材里葬的吧？"

"妈的，这是什么话？老子再穷也不能就那么埋了吧！"他生起气来。但怒气立马就消散了。未知带来的不安笼罩着他，他觉得一阵恍惚。

"那就奇怪了……"

他不再理会林建立，快步向坟前走去。人群自然而然地让出一条通道。一开始他根本没意识到自己看到的是什么，那不过是一堆黄色的土。他使劲眨着眼，最后一次睁开眼时，他看到了。随之心脏停止了跳动，周围的一切都静止了下来。他张了张嘴，想要发出点声音，但有什么东西堵住了他的喉咙。

他闭上眼。但那景象已经印在了他的脑海里，闭上眼睛反而看得更加清晰。

他再次睁开眼，看着那个勉强辨认得出形状的身体，蜷缩在本该埋葬着他父母的泥土里。

他再度想起关于蝉的那个知识，想起蝉在地下度过的暗无天日的岁月。

第一章 戒指

1

张霖是在猫的利齿即将接触到他喉咙的时候睁开眼的。他在黑暗里睁大了眼，听到心脏剧烈跳动的声音，还有急促的呼吸声。这声音来自他自己，但他总觉得是来自外边，来自某个陌生人。这想法让他感到恐惧，他挣扎着起身，开了灯。当然，没有人，什么都没有。

光亮多少驱散了恐惧之后，他才感觉到热，汗水已经湿透了T恤。不只是因为那个噩梦。他抬头看了看空调的指示灯，果然，空调不知道什么时候又自动关闭了，夏日还长，无论如何得让房东来修一修了。他从床头柜上摸过空调遥控器，按下开关。空调过了好一会儿才启动起来，机身抖动，发出低沉的嗡嗡声，但总算有风出来了。冷风吹在身上，他闭上眼，长长地出了一口气。

他坐在床沿，觉得头昏脑涨，有那么一瞬间他不知道自己身在何处，周围的一切看上去都那么陌生。这个一室一厅的老房子，他住了快一年了，但他始终没有家的感觉。他已经很久没有体会过家的感觉了。自从大学离家之后，他回家的次数少得可怜，尤其是在母亲去世之后。他习惯了独自生活，但是孤独的滋味，并没有因为习惯而减弱半分。

现在是白天还是夜里？由于经常要在白天补觉，他让房东帮忙加装了遮光性极好的窗帘。窗帘的遮光效果远远超乎他的想象，几乎隔绝了外面的光线，拉紧窗帘后，白天也像是黑夜。他摸过手机，看了看时间，三点二十分，应该是下午吧？

一声猫叫让他汗毛陡然竖了起来，随后是爪子抓挠门板的声音。恐惧代替了孤独，噩梦杀了回来，他绷紧了身子。几秒钟后，他才长长地吁了口气，放松下来，嘲笑自己。没想到那个案子给他留下这么深的阴影，这两个月里，他不知道做了多少个关于猫的噩梦了。

那起猫啃噬尸体的案子过后，他开始注意起猫这种动物来，小区里有一只流浪猫，他收养了它。对于收养了一只流浪猫这件事儿，他总有种鬼使神差的感觉，他有些后悔，但又始终狠不下心把它再丢到外面去流浪。当然不是因为他不喜欢猫，相反，他越来越喜欢猫这种动物了，尤其是他收的这只橘猫。只是他的工作实在是不适合养猫，一开始的时候他没考虑到这点。他是昨天一大早出门的，今天凌晨回到家后倒头就睡，算起来，有近两天没有喂猫了。想到这他心怀歉意。他觉得亏欠，他甚至都还没有给它取一个名字。

"来啦。"张霖冲门外喊。

猫叫声更加急促了，不住地抓挠门板。

他拉开卧室房门，猫伴随着外面的光线一起往他身上扑过来。他又想起那个噩梦，下意识地后退了两步。猫落在他脚边，蹲下身子，仰起头，叫个不停。

"对不住啦，这就去给你找吃的。"

客厅里一股尿臊味，到现在它都还没学会在猫砂里解决大小便。

两分钟后他才发现这样一个事实：他们已经陷入弹尽粮绝的地步。无论是他还是猫，都没有什么可吃的了，除了一大包猫粮，可这猫无论如何也不肯吃猫粮。这几周下来，这猫肯吃的，只有鱼、肉、火腿肠、面包。尤其是火腿肠。

张霖试探着把猫粮倒进猫盘，猫凑近嗅了嗅，然后抬起头，冲他叫。

听得出来，这是在抗议。

"知道啦！我这就出去买。耐心等一等啊。"

叫声停止了。猫仿佛听懂了张霖的话，蹲在地上，歪着头，直直地盯着他看。

他笑了，蹲下身子，摸了摸它的头。

天色阴沉，一丝风也没有，连蝉都停止了叫嚷。

要下雨了。张霖抬头看了看天空中满布的乌云。现在是雨落下来之前最难熬的时刻，但要不了多久就会起风，然后就是大雨。想到这他加快了脚步。

走到小区门口便利店的时候，汗水已经打湿了后背。他隔着马路，透过玻璃门，看到老板正坐在收银台后面，手里捧着一本书。他穿过马路，来到门口，感应门自动开启。老板抬起头，冲他微微颔首，张霖也点头回应。

店里弥漫着熟悉的香味。某种花的香味，混合着不太明显的檀香味道。

以前他不喜欢来这家店。店门口长期堆着杂物，货架上的货物摆放杂乱，使原本就不大的店面显得更加拥挤。店里还经常有一股说不清道不明的异味。以前他之所以会来这家店，只是因为它关门的时间要晚于小区里的其他几家店，可以让他在回家太晚没饭吃的时候，买几包泡面。但现在他常来这家店，则有其他的原因。

变化是从两个月前开始的。有一天，他注意到店门口堆放的杂物不见了，被一个小小的花架所取代，花架上摆放了绿萝跟多肉植物。货架摆放的位置也做了调整，货物摆放整齐有序，店面看起来都大了许多。他还发现原本在收银台后坐着的老板，那个总是一副苦大仇深模样的中年男人也不见了，换成了一个年轻女人。

其实他并不确定这个女人就是老板，他只是猜测。这几个月里，他只见过这个女人跟另外一个学生模样的女生坐在过收银台的后面。

女人跟他同龄或者比他大一些，最多不超过三十岁。女人的年龄对他而言是神秘的，他一向看不准女人的年龄。女人面容清秀，虽然算不上美女，但长相是他喜欢的类型，第一次看到她的时候就有种似曾相识的感觉，一种莫名的亲近感。只是他没见过她笑，即便是他成了常客，偶尔会聊上几句，她也没在他面前展露过笑容。他们聊天的内容要么是外面的天气，要么是他要买的东西，再无其他。她独自一人待着的时候，会微微蹙起眉头，像是一种下意识的动作，只要跟人说话，眉头会自动舒展开来。他隐约察觉到那蹙起的眉头背后隐藏着什么故事。

他向来容易被有故事的人所吸引。

老板继续低头看手里的书。张霖在货架上寻找猫爱吃的鸡肉火腿肠。他拿了五包火腿肠，两大袋泡面，还有一大瓶可乐。够他跟猫吃一段时间了。他来到收银台前，老板放下手里的书，站起身。

"买这么多火腿肠。"老板边扫着包装袋上的条码边问。

"家里养了只猫，就爱吃这个。"

"给猫吃？不过这东西猫吃多了不好。盐分太多，对猫肾脏不好。"

"啊？这……我倒不知道。我第一次养猫。你也养猫？"他问。

"以前养过一只。后来死了，就没再养了。"

他注意到对方的眼里闪过一丝悲伤。他不知道该如何把话题继续下去，他一向不擅长主动找话题聊天，他挠挠头。一紧张，他头上不特定的某个地方就会痒起来。

"早知道就让它继续在外面野了。"他说。

"嗯？"对方停下正在扫条码的手，抬起头，用略带疑问的眼神看着他。

"哦,"他再次挠头,"这猫是我收养的流浪猫。"

"南门那只橘猫?"对方的眼神一下子亮了起来。

"对。你知道那只猫?"

"我说这一个多月怎么没见到了。自从我发现它以后,每天都会去喂它。"

"是吗……我工作太忙,差不多有两天没喂了,跟着我,还不如在外面流浪的日子好过呢。"

"你是……"

手机响了起来。

难得的聊天被打断,他心生不快。他皱着眉掏出手机。来电的是光头。

"霖子你在哪儿呢?"

"小区门口便利店。"

"正好我快到你小区了,赶紧出来,有案子!"

"我这刚起来,都还没吃饭,再说我还没喂……"说到这儿他停了下来。光头不知道他养猫。他也不想让光头知道。

"随便买点吃的得了。赶紧的,我马上到你小区门口了。"

光头说完挂了电话。

"有急事?"

"对。工作上的事儿。多少钱?"

"霖子!"

他往门外望去,看到了光头那辆破大众。

"我先回去一趟!"张霖来到门口冲光头喊。

"没时间了,赶紧上车!"

"不介意的话,我可以去帮你喂猫。"身后传来老板的声音。

"十九栋五〇三，麻烦你了！"他转身走到柜台前，掏出钥匙递给她，"东西先放这儿，等我回来再拿。钱也等我回来后一起付。"

说完他往门口走去。

"等等。"

张霖回过头。老板从收银台后走了出来，从货架上拿了两个面包跟一瓶矿泉水，快步来到他面前，他注意到对方的左腿似乎有点跛。老板把面包跟水递给他。

他愣了好一会儿才反应过来，瞬间，他感到脸上发烫。

"谢……谢谢。"他结结巴巴地说，"钱……都算在一起吧。"

"算我请你。"对方莞尔。

这是两个多月来，张霖第一次见她笑。

上车后，光头不住地看向张霖手上的面包。

"面包分我点。"光头说着伸过来一只手。

张霖把手里的面包递了一个过去。光头双手离开方向盘，撕开包装袋。然后一手扶方向盘，一手拿面包大口吃了起来。看来光头跟他一样还没来得及吃饭。"什么案子？"张霖问。

"城西开发区一户人家迁坟，挖到一具尸体。电话里没细问，到了再看吧。"

一点风都没有，树叶纹丝不动，路两侧不知为何立起的彩旗低垂着，只有车子的行驶带起些好无凉意的风，从车窗吹进来，扑在身上。仿佛连呼吸都是热的。张霖觉得后背湿透了。

"怎么不开空调啊？"

"这破车一开空调就动力不足，速度跑不起来。忍着点，再不快点雨就要下起来了呀。"

张霖感觉到光头脚下的油门越踩越狠，发动机痛苦地低吼着，速度却并没有太大的提升。他看了看天，越积越厚的乌云似乎已经承受不住自身的重量，迫不及待要落下来。

到达目的地的时候，一滴豆大的雨点落在了挡风玻璃上，大雨接踵而至。原本围着的人群瞬间散了。

"×！"光头狠狠地拍了拍方向盘。

张霖远远地看到一个偌大的棚子，立在一片空地上，棚下站着的有一些相熟的面孔，林队以及局里的法医物证，原本在外围维持秩序的民警也都遮着头跑过去躲雨。

他们下了车，大步跑向遮棚。雨点打在脸上，生疼。

"怎么这么慢。"林队说。

"路上堵哇。"光头敷衍道，"现在都这么讲究了？现场勘查搭这么大个棚子？"

遮棚遮蔽了约二十平方米的面积，居中的是已经被挖开的坟头，四周站满了人。

"狗屁。你也不看看这棚子是一时半会儿能搭起来的吗？不过也幸亏了有这个棚子。"法医高振说，"你师傅呢？"

"我没给他打电话，蕊蕊今天放假回来，他在家做菜呢。"

"嗬，这老小子。"

"什么情况？"光头递过去一支烟，问。

"这户人家要迁坟，坟刚挖开，还没挖到棺材呢，就挖到了一具尸体。尸体都已经白骨化了。"

"尸体呢？"张霖四处看了看，没发现尸体。

"早就敛起来了。"

"在坟里发现尸体，是陪葬的吗？"光头吐了口烟。没人理他。

"有能证明身份的东西吗？"张霖问。

高振摇摇头。

"没有发现包，衣服口袋里也没发现身份证之类的东西。不过根据头发长度、衣物，以及骨盆的形状，可以推断死者是名女性。"

"你说尸体已经白骨化了？死了大概多久了？"

"单从尸体现象来看，还不太好判断，不过根据我的经验，至少有五年了。"

"五年？"光头惊讶道。

"这坟有多少年了？"张霖问。

"这倒没问。坟的主家在车里呢。"高振冲着路边的一辆警车努嘴道。

"有嫌疑？"光头皱眉。

"这倒不至于，再怎么着，也不至于杀了人埋在自家坟里。再说，要是他干的，还能这么光明正大地迁坟？"高振说。

张霖看了看倒在一旁的墓碑，上面写了两个人的名字，是座合葬墓。

雨势小些后，张霖冒雨跑到警车旁，拉开副驾驶的门，一屁股坐了进去。驾驶座上应该是辖区派出所的民警，张霖亮明身份后，侧过身，往后排望去。后座上的中年男人一脸丧气，抬头看了看张霖，马上又低下了头。

"这墓里，葬的是令尊跟令堂吗？"张霖问。

男人点点头。

"二老是分开下葬的还是？"

"一起下葬的。车祸，两个人一起走的。"

男人低着头回答。

"下葬是哪一年？"

"2009 年，秋分那天。"

"下葬之后，有发现过坟有什么变化吗？"

"变化？"

男人终于抬起头来，疑惑地看向张霖。

"例如坟上的土看上去被翻过？"

男人明白过来，思索了一会儿后，摇摇头，说："没注意到有什么变化。"

"你多久来看你父母一次？"

"差不多每个月都回来，来跟他们说说话，最长不超过两个月。"

张霖点点头，他要问的问题差不多就这些了。

"多谢配合。"说完他拉开车门。

"等一下！"男人在身后喊。

张霖关上车门，再次侧过身子。他注意到男人脸上犹豫的表情。

"我爸妈下葬后，差不多一个多月的时候，"男人说到这儿吞了吞口水，脸上有了些惊恐的表情，"我闻到过臭味。"

"臭味？"

"对。像是死老鼠的味道。我还在墓周围找了，没发现有死老鼠或者死掉的动物。你说会不会是……"

男人仿佛不太相信自己所猜测到的可能性。

张霖没有说什么，再次道谢后下了车。他冒着雨回到了遮棚底下，拍了拍身上的雨水，说："高法医，我估计这尸体埋了至少有九年了。"

"哦？怎么推算出来的？"高振饶有兴趣地看着张霖。

"九年前，车里那位父母因车祸去世，合葬在这里。这具尸体被埋在这里面，应该是在坟修好不久后。"

"为什么？"

"新坟比较好挖。如果是旧坟，挖起来比较费力，还不如随便找个地方挖坑埋了。"

"可藏在坟里被发现的概率比随便找地方挖坑埋了要小很多，毕竟谁没事儿会挖坟？这次要不是因为规划新区要迁坟，估计也不会被发现。所以凶手有没有可能为了不被人发现故意埋在坟里的呢？"林队说。

"真是这样的话，那这凶手挺可以的呀，把尸体藏在坟里，真够绝的。"光头说。

"那更得是新坟了。旧坟挖开再填埋，痕迹就太明显了。我刚才问过了，问他这些年里有没有注意到过坟有被人动过的痕迹。"

"谁没事儿天天来看坟啊。"光头说。

"还别说，这位还真是时不时地来。他说他差不多每个月都要来一次，最长不超过两个月。不管多忙，都要来给父母上炷香，说说话。"

"真是个孝子。"

"所以如果凶手是在坟建好很长一段时间后再挖开掩埋尸体的话，应该会注意到。"

"有道理。"高振颔首表示认可。

"另外，他说在下葬后一个多月的时候，在坟的附近闻到过像是死老鼠的味道。"

张霖说完这句话后，遮棚底下一片沉默，只有雨水敲击棚顶的声音。

"哦，对了。"高振打破沉默，"尸体手上有一枚戒指，要查尸源的话，估计也只能从衣服跟这个戒指下手了。"

第一眼看到这个戒指的时候，张霖就觉得眼熟。戒指呈银白色，颜色稍稍发暗，但过了这么多年都没有氧化，应该是白金材质。张霖拿在手上仔细打量，款式简约，但也并非毫无设计。上半部分光滑如镜面，下半部分有磨砂感。在戒指的内圈，隐约看到刻有文字。他把戒指举起来，凑近了看，勉强辨认出几个字母，L&L。他推测是情侣戒指或者是婚戒，两个字母应该是两个人的姓或名的拼音首字母。

棚底下的人都在闲聊，看起来大家都觉得现场已经没有进一步勘查的必要了。雨点打在棚顶上，发出噼里啪啦的声音。在哪儿见过呢？张霖闭上眼，在雨声中思索，在脑海中探寻。唯一能确定的是，关于这枚戒指的记忆应该不是很久远，起码在一年以内。眼前闪过一阵光，随后一阵闷雷响起。

这阵雷声过后，他想起来了，究竟在哪里见过这枚戒指。

"宋哥让我们去他家吃饭。"

"不是说蕊蕊回来吗？"

"蕊蕊放宋哥鸽子啦，他一个人吃不完，否则哪儿能轮得到我们。好几天没好好吃一顿了，今晚可得补回来。"光头摩拳擦掌，发动车子。

张霖满脑子是那枚戒指，他有些迫不及待想要证实自己的想法。

"宋哥一个人生活多长时间了？"他问光头。

"应该有九年多了吧。嫂子失踪之后，宋哥没时间照顾蕊蕊，蕊蕊就去跟爷爷奶奶一起生活了。那之后，他就一直一个人生。"

"嫂子失踪是个什么情况？"

对宋哥老婆失踪一事，张霖只是略有耳闻。

光头沉默了一会儿，随后一声长叹。

"唉，到现在都是个谜。谁知道到底去哪儿了。"

"没找过？"

"开玩笑！怎么可能没找过？！"光头瞪了张霖一眼，"宋哥跟嫂子的感情特别好。开始那几年，宋哥跟疯了一样找。为了找嫂子，还私下里动用了不少警力，就是因为这事儿，宋哥得罪了不少领导。要不然，就凭宋哥的能力，现在早就做到大队长了，搞不好副局的位子都能坐上。你是没见过嫂子还在的时候的宋哥，意气风发，哪儿像现在这副模样？"

张霖忍不住去想象那个年轻且意气风发的罗宋。无论如何也没办法跟他眼里的罗宋对上号。

"嫂子是学艺术的，人长得漂亮，性格又好，我那会儿刚当警察，跟着宋哥。那时候我就想，以后找老婆一定得找个嫂子那样的。嫂子还自己开了个公司，自创了服装品牌，宋哥的衣服几乎都是她自己设计的，那叫一个潮，我也跟着沾了不少光，有一件皮衣，到现在我都还穿着。真怀念那时候哇。"

"那就一点线索也没有？"

"怎么说呢。那时候的技术不像现在这么发达，手机定位啊监控啊之类的总体来说也比较落后。但像这样的失踪，基本上只有两种可能：第一，失踪者本人主动消失，或者说主动藏了起来，不想让人发现。但这个可能性不大，没有任何迹象表明她是主动藏起来的，说不通。再说那时候蕊蕊还小，就算嫂子舍得宋哥，又怎么能舍得蕊蕊？所以到后来基本上都考虑另外一种可能，是被人害了，尸体被处理得很干净。尽管明里不说，但大家心里都清楚，宋哥心里应该也清楚，毕竟他是做刑警的。所以这几年，宋哥对无名尸体，尤其是无名女尸……"

说到这儿光头突然停了下来，一脚急刹车，轮胎摩擦地面，发出刺耳的声响。安全带狠狠地勒进张霖的身体，他咧了咧嘴。光头扭过头来，凶狠的眼神盯着他：

"霖子，你他妈的发现什么了？"

雷声响起。张霖在光头脸上看到的，是他认识光头一年多来从没见过的严肃。这严肃让光头看起来十分陌生。好想抽烟啊，张霖毫无来由地想，然后扭过脸，看向车窗外，躲避了光头的眼神。

车外大雨瓢泼。又一声雷声响起。

2

雷声响起的时候，罗宋心里浮现的第一个念头是女儿有没有带伞。但随即又嘲笑起自己来，女儿都多大了？他放下刀，看着台面上已经切好并且摆放整齐的食材，心里竟然有那么一丝的骄傲。

女儿喜欢吃他做的菜。他厨艺的精进源于那起车祸，在家休养的大半年时间里，他琢磨着能为女儿做点什么来弥补这些年的亏欠，想来想去，只想到做菜这一件事儿。在那之前他几乎没有下过厨房。没想到女儿竟然喜欢他做的菜，从那之后，他就时不时地给女儿做两道菜。女儿去了外地上大学，距离颇远，只有在寒暑假的时候才会回来。这是女儿上大学后的第二次回来。上一次寒假的时候，他正巧忙着一个案子，没能做菜给女儿吃。

食材都已经洗净切好，等女儿到家就可以动火了。走到阳台上，看到外面乌云蔽日，他还是有些担心起来。他该去车站接女儿的，不管她愿不愿意。他拨打女儿的电话，电话通了，但是没人接听。他焦躁起来，点起一根烟，狠狠吸了一口。他想起女儿上初三那年，为了调查同学哥哥的死身陷险境。那次事件的后遗症持续了三年多，每当女儿不接电话或者超过半小时不回微信，他都会焦躁不安。一直到女儿上了大学，他才终于恢复过来。或者说他自以为恢复了。但那种焦虑的感觉此刻又死灰复燃。他掐灭了烟，正当他要第二次拨打的时候，电话响了，是女儿。他赶忙接起来。

"爸！我碰到我初中同学，何苗，你认识的，我们俩好久没见了，要好好聚一聚，今天晚点回去，晚饭你就不用等我啦！"

他放下心来，焦躁的感觉瞬间烟消云散。

"行。"他说，马上又补了一句，"注意安全啊。"

"知道啦。"

挂了电话，他苦笑了起来。女儿竟然放了他的鸽子。何苗，正是当年跟女儿一起身陷险境的姑娘，他记得她们两个从那之后成了要好的朋友，他还在母亲家里见过那姑娘几次。

他又点起一支烟，心情放松了许多。但还是有一丝不太好的感觉残留在心底。他觉得后背上某个地方突然痒了起来，他背过手去挠，手接触到那个他觉得痒的地方，挠了两下，痒却没有得到丝毫缓解。他扩大了抓挠的范围，可怎么也挠不到那个痒的地方。该死！他狠吸一口烟。

雨下了起来，雨点噼里啪啦地打在阳台窗玻璃上。他又焦躁起来。厨房里有一堆他一个人吃不完的菜，他在阳台上跟那该死的怎么也挠不到的痒做斗争。他深呼吸，试着让自己什么都不去想，尽量放松下来。几秒钟后，一阵雷声响起，在这之后，痒的感觉消失了，比它的到来更加突然。他松了口气。然后他想起该怎么处理那一堆菜了。真是便宜那两个小子了。

门铃响起的时候，罗宋正把最后一个菜端上桌。他打开门，光头手里拿了瓶五粮液，笑嘻嘻地在罗宋面前晃了晃。

"霖子买的吧？"他问。

"怎么可能！是我买的！"光头看上去十分不满。

"得了吧。你以前来我这儿蹭饭，什么时候带过东西。"他边解围裙边说，"从来都是带一张嘴跟一个饿了差不多两天的肚子。"

"霖子你要给我证明啊。"

张霖没说话，只是耸了耸肩。

"你小子！"光头拍了拍张霖的头。

"香！"光头走到餐桌旁，用手抓起一块红烧肉往嘴里送，"宋哥你这厨艺越来越可以了呀！还有什么要帮忙的吗？"

"有。帮我把这桌子菜消灭干净。"

"没问题！"光头摩拳擦掌。

张霖一直没有说话，只是在进门的时候冲他点了点头。他知道张霖一向话不多，但此刻，他能感觉到某种情绪在这沉默底下涌动，他在掩饰着什么。他又看了张霖一眼，张霖注意到了他的目光，转过身子背对着他，清了清嗓子。

光头熟门熟路地去厨房，找来三个酒杯，三个人各自坐定之后，光头把那瓶五粮液打开，斟上酒，郑重地把酒杯推到罗宋面前。罗宋什么都没说，只是把酒杯推到了一旁。

"开吃吧。"他说。

这之后，除了光头吧唧嘴的声音跟外面的雨声，一点声音都没有。罗宋皱起眉，看了看光头，光头的目光跟他一接触就移开了。这小子心里有什么鬼？今天话怎么这么少？他又看向张霖。张霖正盯着他的左手看，连咀嚼都停了下来。我手上有什么东西吗？他抬起左手看了看。张霖赶紧转移目光，恢复了嘴巴里的咀嚼。

罗宋感觉到焦虑又在他心里聚集，嘴里什么滋味都没了。

"宋哥，蕊蕊在哪儿上大学来着？"光头突然开口。

这小子在没话找话，太不自然了。他瞥了光头一眼，光头赶忙低下头，拨了口饭。

"宋哥，"张霖的声音听起来像是终于下定了什么决心，"你手上的戒指，是对戒吧？"

他心里一沉。右手下意识地摸向左手无名指上的戒指。这是婚戒。结婚的时候他打算给妻子买钻戒的，但妻子固执地选了对戒，两只一模一样的戒指。他放下筷子，有些生气。

"问这个干什么？"他听到自己低沉沙哑的声音，带着怒气。

"宋哥，今天下午，"光头说，"我们俩……出了个现场……"

"然后呢？"罗宋烦躁起来。

"宋哥，你手上那枚戒指内侧，不会正好刻了 L&L 吧？"

这是他跟妻子两个人姓的首字母。他心跳加剧。张霖是怎么知道的？他目光扫过两个人的脸。光头低下头，眼神躲闪。张霖脸上流露出的，有焦躁，更有期待。张霖在等着他的回答。

"你是怎么知道的？"他听到自己的声音在微微颤抖。

其实根本不用问的，答案已经如此明显了。

"宋哥，"光头吞了吞口水，"我们下午出的现场，是一具无名尸体，女的……"

罗宋握紧了拳头。外面响起隆隆雷声，他觉得耳朵里充斥着某种刺耳的声音，盖过了雷声。眼前越来越亮，亮到发白，亮到几乎看不清眼前的东西。他用颤抖的手抓起桌上刚才被他推到一旁的酒杯，仰头喝了下去。热辣的酒滑向他那早已不太习惯酒精的胃，像是有火在他体内燃烧。

眼前的亮突然消失了。像是黑暗中的灯一下子熄灭了。

他堕入黑暗之中。

3

如果没有冰凉的啤酒跟大排档，那么夏天将会成为张霖最讨厌的季节。

天刚擦黑，人们陆陆续续占领了路边摆放的一张张桌子。冰凉的啤酒盛在大玻璃杯里，伴着盐水煮花生、毛豆端上桌。老板站在烧烤炉后，叼着烟，眉头被烟熏得皱起，光着膀子，身上的汗水映着灯光以及炭火的光亮。张霖觉得这是城市中最具生活气息的场景之一。

羊肉串一端上桌他就迫不及待地抓过一串送到嘴边。光头一反常态，没有急着伸手拿串，只是皱着眉头喝啤酒，啤酒沫挂在嘴唇上方的胡子上，那胡子起码有三天没刮了。这几天他因为嫂子的事儿忙前忙后，一脸的疲态。

"妈的，凭什么嫂子的案子要交给城西分局。"光头狠狠地把啤酒杯放到桌上。

有人向他们这边看过来，眼神不太友好。光头目露狠光，恶狼一般回瞪着他们，一直到对方转移开目光。

"刑事回避呀，这你还不清楚。"张霖说着又给光头倒满了酒。

"我当然知道刑事回避，可宋哥一个人回避就够了，我们回避什么？"

"吴局自有他的顾虑，我们多少也算是跟当事人有利害关系，尤其是你。"

下午吴局把他们两个叫到办公室，告诉他们，嫂子遇害一案的侦查，要交给城西分局刑警大队。光头心里一百个不乐意。

"城西那帮废物，能查什么？"

但在张霖看来，侦查权在谁手里都没有差别。关于这个案子，能查的东西太少了。根据他最初的推断，尸体应该是九年前莫大国父母下葬后不久被埋在那里的，这也与罗宋老婆失踪的时间基本一致。虽然还没有跟罗宋亲自确认，但根据光头的记忆，嫂子失踪的那天，是去一个代工工厂里查看新产品的生产进度，而那间工厂的位置，距离发现尸体的地点只有两公里。当年罗宋在寻找妻子的过程中，查到的妻子失踪前最后一次有人见到她，也是在那间工厂，所以有理由推测，嫂子是在从工厂回来的路上遇害的。但那间工厂七年前就已经倒闭了，当年在工厂工作的人也早已经四散各地，老板因为负债两年前跳楼死了。最重要的是，九年多的时间里，那一带的变化太大了，跟所有的城市一样，楼房拆了又建，工厂开了又关，人来了又走。要从哪里查起？又能查什么？

"侦查权交出去了，又没把你交出去。"张霖撸了口串，漫不经心地说。

"霖子你什么意思？"

"侦查权在谁手上又有什么关系？腿跟嘴都长在你身上，你可以继续查呀。说句实话，这案子也不是需要赶时间的那种。"

光头皱着眉想了想。

"你说的也有道理。我们明天继续去查！"

张霖刚才明明说过这不是赶时间的案子，案发都已经过去九年多了，哪儿需要如此争分夺秒？

"去哪儿查？怎么查？"他给光头泼了盆冷水。

光头沉默了好一会儿，最后端起酒杯。

"有你在，肯定有路走！来来来，干一个！"

"先说好哇，林队已经安排了我明天去云州出差。"张霖说着也端起酒杯。

"×，把这事儿给忘了。那我明天去找宋哥，宋哥的路子，肯定比你多。"

光头说完缩回手，自顾自地喝了起来，根本没有跟张霖碰杯。

宋哥又能从哪里开始查呢？张霖喝了一大口啤酒，心想。根据从光头那儿了解到的情况，当年罗宋考虑过仇家报复的可能性，所以罗宋差不多把跟他有过大小过节的人查了个底朝天。罗宋左手手腕上有道五厘米长的伤疤，据说就是因为嫂子的事儿跟曾经抓过的一个黑社会大哥起争执时留下的。在张霖看来，如果当年罗宋花了那么多的精力都没能查出些什么蛛丝马迹，那这起案子就有极大的可能性是陌生人作案，甚至有可能是随机作案。要真是这样，那要查起来就困难多了。他有预感，这个案子十有八九会成为悬案。想到这儿，他有些同情起罗宋来，他回想起葬礼上罗宋的样子。

罗宋的头发白了一大半，灰白的颜色，像是头上落了一层霜。还有罗宋空洞的眼神，他没有在罗宋的眼睛里看到悲伤。但他多少能够理解，他想起母亲去世的时候，母亲的葬礼上，他也没有感觉到悲伤。他只觉得麻木，无论如何也哭不出来。葬礼之前他哭过，葬礼过后他也哭过，唯独在葬礼上，他哭不出来。他觉得葬礼是做给别人看的，所以葬礼上的哭泣也有做给别人看的成分，一想到这儿他就哭不出来，也不觉得悲伤。他认为，只有独自一人时的哭泣，才是真正的哀悼。罗宋一个人的时候也会哭吗？他忍不住猜测。

"发什么呆呢？"光头的话打断了他的思绪。

"没什么。"他又喝了一口啤酒。

"霖子你跟我说实话，你是不是觉得嫂子的案子根本就查不下去了？"

光头似乎看穿了他的想法，直直地看着他，张霖觉得不自在起来，扭转了目光，没有回答。

"你他妈看着我。"光头推了推张霖的肩膀。

张霖觉得光头有些醉了。

"查不下去，跟不去查，是两回事儿。我一定要把害了嫂子那个浑蛋找出来。"光头说。

张霖没有见过她，那个他现在也跟光头一起喊作嫂子的女人，他只见过一次照片，还是在葬礼上。那是一个任何人看上一眼就能定义为美女的女人。可即便现在他称她为嫂子，他对她也并没有特别的感情，她在他眼里只是一个陌生人，是他经手调查的一个受害者。

"我明白。"他也直直地看着光头，"哪怕她不是宋哥的老婆，不是我们的嫂子，我们也应该尽百分百的力量，把那个杀人埋尸的浑蛋找出来。"

"我就知道我没看错你。"光头咧了咧嘴，重重地拍了拍张霖的肩膀，"来，干了。"

这一次，光头的杯碰到了张霖的杯上。

光头醉了。尽管在张霖看来，光头喝下去的酒不过是他平时酒量的一半。他打了个车把光头送到家。光头离婚后独居，家里乱得像是台风过境。他把光头扶到床上，又在床头柜上给他放了一杯水后，才回了自己住的地方。

已经晚上十点了，便利店的门还开着，他进门的时候打工的姑娘正往外走，冲张霖打了个招呼后匆匆离去。他来到收银台前。

"明天开始要出差四天，不知道能不能再麻烦你去喂猫？"

事情向来都是这样，有了第一次之后，后面开口就容易多了。自从几天前她主动提出帮他喂猫之后，他们就渐渐熟悉了起来，每次买东西的时候都会聊上那么几句，尽管聊天的话题依然是天气、手里的物品。现在多了猫这个话题。可一切不都是这么开始的吗？他终于知道了她的名字，左欣。他还加了她的微信，从她的微信朋友圈里，他推断她是单身。朋友圈里第一条记录是半年前发出的，只写了八个字：新的城市，新的开始。或许她刚结束一段感情？

"当然没问题。"左欣没有丝毫犹豫地回答。

张霖掏出备用钥匙。

"去哪儿出差？"接过钥匙的时候左欣问。

"云州。"

他注意到左欣的表情在一瞬间微微有了变化，眉头轻轻皱起，随即又舒展开来。

"挺远的。"她说。

"我还是第一次去。"

左欣没再接话，低头看着柜台。两个人就那么站着，气氛开始
有些尴尬。

"时间不早了，我回去了。"他觉得血往脸上涌，他知道自己涨
红了脸。

"好。晚安。"

卷帘门落下的时候，张霖又回头看了看。左欣的身影已经消失
在门后。他想了解更多关于她的事情，却无论如何也不知道该如何更
向前一步。感情上，他一向是个笨拙的人，他知道自己会因此错过许
多。但有些事情是与生俱来的，无论怎么学都学不会。他叹了口气。
他被夏日夜晚的闷热包裹住，觉得心烦意乱，他只想钻进有空调的房
间里，吹一吹冷风，什么都不去想，被埋起来的尸体也好，他对之抱
有好感的女人也罢，统统抛在一边。他只想一个人待着。这一刻，他
觉得一个人待着是这个世界上他能拥有的最简单的快乐了。

4

罗宋觉得自己在做一个怎么也醒不过来的梦。

这种恍惚的状态已经持续了一个星期。自从那天醒来以后，他
就一直对周围的一切缺少真实的感受。他被妻子尸体发现这件事所
驱赶。事实证明尸体是妻子的，为妻子选一块墓地，把妻子送进殡仪
馆，埋葬妻子，为妻子办一个体面的葬礼，他为这些事情忙碌到现
在。除了恍惚感，没有什么特别的感觉，他觉得不可思议。他做警察
这么多年了，看过被害人家属各种各样的反应，曾经见过像他这样的

吗？多少见过一两个吧。他心想。他看了看镜子里的自己，瘦了，头发白了一大半，双眼无神。现在他站在了被害人家属的位置，这种感觉真奇怪，从旁观者成了当事人。他想起自己曾对不少受害人家属说过：我明白你的感受。现在想来，明白才怪。但现在他明白了，以后他有资格说这句话了。

"头发要染一染吗？"

他转过头，女儿站在卫生间门口，望着他，半开玩笑地说。

他摇了摇头。

他突然觉得有些愧疚，这些天来，他都没有考虑过女儿的感受。他没见女儿哭，即便是在葬礼上。对于这件事女儿是什么感觉？跟他一样吗？他想问一问女儿。该怎么问？他张了张嘴，却什么都没能说出口。

"蕊蕊，还是在家多待几天再回学校吧？"母亲的声音从客厅传来。

"奶奶，我没事儿。我早就跟同学约好了暑假一起打工。"

女儿执意要回学校。他没有阻止，或者说他没有想到要阻止。母亲的身影出现在女儿身后，眼里满是担忧。

"你这孩子，在家陪陪你爸，多待几天不好吗？"

女儿转过身，搂住奶奶的脖子，用撒娇的声音说：

"放心吧，奶奶，我没事儿，我爸也没事儿的。对吧，爸？"

女儿扭过头冲他说。

"对，我没事儿。妈，你就放心吧。"他强打起精神，对母亲说。

母亲摇了摇头，叹了口气走开了。或许他们俩表现出难过痛苦反倒是比较好吧？他忍不住想。是不是像他们这样看上去若无其事反而更让人担心？但是妻子失踪这么多年了，他们不是早已经预料到会是这样的结局了吗？不是早已做好了心理准备吗？尽管再怎么不愿意承认，现在不过是从代表未知的问号，换作代表结局的句号罢了。是这样吗？是因为这个原因他才什么都感受不到吗？他不知道。现在他什么都不知道。他还在梦里，他没法思考。

"爸，别说，这个发色倒还挺配你。"女儿开玩笑道。

他配合地笑了笑，在镜子里看到自己勉强的笑。

他拧开水龙头，捧一把水泼在脸上。

"不用我送你去车站吗？"他擦脸的时候问。

"不用，我叫好车了，"女儿掏出手机看了看，"还有五分钟就到。"

他点点头，把脸扭向一旁。

车到了，罗宋帮女儿把行李箱拎下楼，放到后备厢里。女儿上了车，放下车窗，冲他们摆手告别。其实也好，看着渐渐远去的车，他心里想，即便女儿并不像她所表现出来的那么无所谓，即便她是把悲痛都压抑在了心里，离开家都是一个很好的选择，奶奶的虚寒问暖悉心照顾其实于事无补，学校的氛围反而有所帮助。其实他也一样。

"妈，我也出去一趟。"

"去哪里？"母亲的眼神有些警觉。他想起小时候撒谎时母亲的反应。

"去趟局里，还有活儿要干。"

母亲张了张嘴，想要说些什么，但最后也只是点了点头。

"我晚上就不过来了，回我那边。"

他在母亲家住了五天了，现在他想一个人待着。

母亲又警觉地看着他。他笑了笑，说：

"妈，我真没事儿。这几天你跟爸都累坏了，你们也得好好休息休息。"

"行吧。"母亲长长地叹了口气，转身走了。

母亲佝偻着身子走了，走进楼道的时候，抬起手，擦了擦眼角。

他在车上发了好一会儿呆才发动车子，没有明确的目的地，只是想一个人静一静。他握着方向盘，轻踩油门，后面的车子纷纷超过了他。如果路口是绿灯他就通过，如果是红灯他就右转。等到汗水把他全身都打湿了他才想起来开空调。毕市虽然不是大城市，但也有着复杂的街道以及不断变化的建筑，再加上他平常的活动范围大都集中在辖区东城区，开着开着，他有些迷失了方向，街道变得有些陌生了起来。他靠边停下车，点起一根烟。

前方路口的一栋建筑吸引了他的目光，十字架勾起了他的记忆。他曾经来过这里，跟妻子一起。那是个基督教堂，不大，也不怎么起眼。他不记得当年他们是怎么发现这个地方的，他还是被妻子硬拖着进去的，正巧赶上里面正在做着什么仪式。他突然记起那时候看到的表情，信徒们虔诚祈祷时的表情。他们都祈祷什么？身体健康？家庭幸福？疾病痊愈？世界和平？祈祷有用吗？上帝真的存在吗？但究竟是什么样的上帝，会让一个天使一样的女人被杀死，被埋在土里，让细菌腐烂她的皮肤她的血肉，只剩一具白骨？心里的火一下子燃烧了起来，他的双手因为愤怒而颤抖。这是这一周以来他第一次有如此强烈的感觉。他把烟扔出窗外，发动车子，大脚油门往城西分局开去。

城西分局刑警大队大队长王建武似乎没有预料到他的到来，或者说并不期待他的到来。王建武有些惊讶，有些不知所措。

"老罗你怎么来了？"

"听说案子转到你这儿了。"

"对对对，不过……这才刚接过来两天，还没有太大的进展。"王建武小心翼翼地说。

"谁在查？"

"我亲自查。"王建武信誓旦旦。

他点了点头。王建武跟他年龄相仿，又差不多跟他同时进刑警队，一个城东分局一个城西分局，在两个人各自破了一个大案之后，成了毕市刑警界的双子星。两个人经常被拿来比较，私下里也都较着劲。这样的情况一直持续到罗宋妻子失踪。从那之后，两个人就踏上了两条截然不同的道路。

"那我就放心了。"他说，"我今天来，是想把我老婆的戒指取了。"那枚确定了妻子身份的戒指，作为物证应该派不上什么用场了。

王建武似乎对他没有问案子的调查情况感到吃惊，明显松了口气。

"没问题，没问题，老罗你先坐，我去证物室给你取过来。"

王建武脚步匆匆地走出了办公室。

罗宋开始四处打量。宽大的办公桌，皮质座椅，靠墙一排文件柜，还有两张单人沙发，中间夹着一张茶几。我曾经也有机会拥有这么一间办公室，他想。好奇心驱使他走向办公桌。桌上杂乱地堆放着照片跟卷宗。最上面的是一张卧室的照片，双人床，床头柜上放着一个玻璃杯，杯里盛着或许是水的透明液体。杯旁是一个数字显示式的时钟，时间是02：04。这张照片下面，另一张照片露出了一半，一双脚，像是女人的脚。他把上面的照片拨到一旁，一个女人的身子显露出来。

是同一间卧室，只不过这一次床上躺着一个身穿粉红吊带睡衣的女人，紧闭双眼，面色青紫，嘴唇发绀。窒息死亡，多年的经验告诉他。床头柜上的时钟上，时间同样是两点零四分。他把这张照片也拨到一旁，露出下面的卷宗。刘静云死亡案。他继续查看下面叠放的卷宗。8·5特大抢劫案。他一个个卷宗看下去，在这叠卷宗的最底层，他终于看到了妻子的那一份。他深呼吸，把卷宗拿起来，手在封面上摩挲停留了很久后才打开。一张照片从中滑落，掉落在地上。他弯腰捡了起来。

看到照片的那一刻，他呼吸停顿，耳朵响起了嗡嗡声，就像那天他听到那个消息时一样。他晃了晃，强忍着才没让自己再像那天一样摔倒在地。这是他第一次看到妻子被发现时的样子。他在太平间看过妻子的白骨，那时候吴局、高振、光头、张霖，所有人都拦着他，但他坚持要看。尽管只剩下一堆骨头，但好歹经过了清理，摆放整齐。但眼前的照片上，妻子蜷缩在泥土里，身上的衣服早已看不出原来的样子。头颅上原本是眼睛的地方，是两个塞着泥土的空洞。她多漂亮啊，穿什么都好看，她的眼睛那么大，有时候涂淡蓝色的眼影，她……

"老罗？老罗？!"

有人在摇晃他的肩膀。

他转过头，茫然地看着王建武。王建武从他手里把照片夺过去，塞回到卷宗里，把卷宗合上。他在王建武的搀扶下走到沙发旁，慢慢坐下。王建武从口袋里掏出烟，抽出一支塞到嘴里点燃，然后取下，递到他手边。他接过来，抬起还在颤抖着的手，把烟凑到嘴边，深吸了一口，耳中的嗡嗡声终于消退了。

他长长地出了一口气，烟在空中弥漫。

王建武没有说话，坐在罗宋对面沉默地吸着烟，时不时地看他一眼。

"怎么样了？"差不多五分钟后王建武问。

罗宋点点头。他抬起手看了看，手终于不再抖了。

"老罗，原本是要找你了解一些情况的。"王建武开口，"但是，考虑到晓云葬礼才刚结束，就没去打扰你。既然你今天来了，就借这个机会问一问。能行吗？不行的话就改天。"

他摇摇头。

"就今天，你问吧。"

"我看了你们局里的报告，之前是你的两个徒弟在查，查得很细。九年前，晓云失踪的时间，跟那座坟建起来的时间基本上一致。根据你当年的调查，晓云失踪那天，是去一家代工厂去看产品的生产进度，那天晓云从厂子里出来后，就再也没有人见过她了。这个没错吧？"

"没错，"罗宋说，"再给我根烟。"

"那个厂子距离发现晓云的地方只有两公里，所以基本可以判断，晓云是在当天从厂子出来不久后遇害的。案子交到我手上的时候，你的两个徒弟已经在调查晓云最后去的那家厂子了。厂子七年前已经倒闭了，老板也负债自杀。我接手后，从我的角度来看，要想继续查下去，得先要知道，晓云遇害，究竟是有预谋的，还是……"王建武停了下来，抬眼看他。

"还是他妈的运气不好，被一个浑蛋随手给杀死了？"罗宋咧了咧嘴，把王建武没能说出口的话说了出来。说这句话的时候，他心跳加速，握紧了拳头，心里有急于发泄的愤怒。

王建武脸一沉，又点起一根烟。

罗宋深吸一口气，又缓缓吐出。紧握的拳头松开了，他把身子往后靠了靠，终于平静了下来。

"我不觉得是有预谋的。"罗宋说，"那几年，我把跟我有仇的人统统查了个遍，不管是大仇还是小仇，被我骂过的，被我瞪过一眼的，我都查了。如果是为了复仇，不可能一点迹象都没有。晓云那边我也查过，但她为人性格一向温和，没得罪过什么人，更不可能有对她恨之入骨的仇人。"

王建武点点头，说："虽然死因没法明确，但尸检报告上显示舌骨跟甲状软骨骨折，至少能说明凶手有一定的力气，再加上掘土埋尸……男性的可能性极大。"

王建武最后这句话说得有些犹豫，眼神里有些忌惮。罗宋知道王建武想说什么。妻子漂亮得足以让任何一个浑蛋心生邪念。

"所以应该不是早有预谋，这是一起突发的或者随机性的案件的可能性很大。但那个地方，这些年来变化太大了，又是城乡接合部，人口结构复杂，人员的流动性大，现在想要对当年周边的人员进行排查，难度太大了。"

"所以你就把卷宗放在了最下面。"

罗宋能感觉到自己语气里的嘲讽，但他忍不住要这么说，他觉得愤怒，心里的火在烧，无法扑灭。

王建武低下头看地，没有说话，只是皱着眉抽烟。

他突然觉得自己有些过分了。他想起刚才在王建武办公桌上看到的那一大沓卷宗，换作是他，如果手头上有那么多最近才发生的杀人案、抢劫案，把一个近十年前发生的，且侦破可能性极低的案子放在最后，也是再合理不过的了。他没有资格要求把妻子的案子放在最优先的位置。这是不是也是吴局把案子交给城西分局的原因？他忍不住想。

王建武说得没错，即便是以他自己的经验来看，妻子的死也不像是有所预谋的。妻子从厂子里出来之后，被一个浑蛋盯上了……他呼吸又有些急促起来，不能再想下去了。他握紧拳头。

有人敲门后推门走进来。

"滚出去！"王建武喝道。

来人道了声对不起后退了出去，小心翼翼地带上门。

罗宋把烟摁在烟灰缸里熄灭。

"戒指呢？"他问。

王建武抬起头，愣了愣，然后从裤子口袋里掏出一个塑料证物袋递给他。

"手续我帮你办好了，字我也替你签过了。没问题吧?"王建武说。

罗宋接过来，打开封口，小心翼翼地从里面把戒指掏出来。拿在手里的时候，他感觉到戒指是温的，仿佛还残留着妻子的温度。

"谢了。"他说着起身。

王建武没有说话，甚至没有站起身来。

来到外面后，他停下脚步，抬起手，手里的戒指反射着太阳的光，闪着亮。真奇怪啊，这个世界上的东西，有些腐烂，有些不变。

第二章　瘟疫

1

下车后，张霖活动活动了腿脚，觉得舒服多了。他转过身，冲还在车上的齐队摆手道别。齐队放下车窗，说："明天歇着吧，不用来局里了。"

"好嘞。"

这是他当刑警一年来出得最远的一趟差，车程四个多小时的云州市。尽管身体疲惫不堪，但心里的兴奋劲儿到现在都还没褪下去。西边天空太阳正在沉降，东边却有乌云开始聚集，空气中没有风，只有紧贴皮肤的闷热，还没走几步就出了汗。他有些怀念正台风过境的云州。

他进了左欣的便利店，打工的姑娘坐在收银台后，正低头玩着手机。他四处看了看，左欣不在。他从冷柜里拿了可乐跟啤酒，又从货架上拿了两盒泡面当晚餐，刚要结账的时候，又想起要给猫买点火腿肠，不知道家里还有没有存货了。

"这几天没看到你。"姑娘说。

"出了个差，刚回来。"

"怪不得。"姑娘笑笑。

"怪不得什么？"

"怪不得胡子都那么长了。"

他摸了摸下巴。这几天忙得胡子都没顾得上刮，能有时间洗个澡已经很不错了。他尴尬地笑了笑。

走到门口，他听到了猫温柔的叫声。或许是因为离开了几天，又或许是因为那只猫，在这个并非故乡的城市里，他第一次有了回家的感觉。

"我回来啦。"开门的时候，他用轻快的声音喊。仿佛等待他的不是一只猫。

他把双肩包扔到地上，从鞋架上拿下拖鞋，吹起口哨。身后传来扑哧一声笑，他赶忙转过头，看到正把猫抱在怀里的左欣。血一下子涌上脸，他觉得脸烫了起来。

"你……"他语无伦次，"你在啊。"

"不好意思。"左欣强忍着笑，"我来喂猫的，也刚进来。"

拖鞋已经换了一只，他莫名其妙地把刚换下的鞋子又穿上，越发不知所措。他摸着已经好几天没有刮的胡子，尴尬不已。好在光线越来越暗，多少遮掩了他已经涨红的脸。

左欣把猫放下，猫迈着款款的步子走到张霖身边，蹭了蹭他的腿，抬头冲他轻轻叫了一声，他蹲下身，摸了摸它的头。情绪终于多少稳定了下来。

"真是不好意思，这几天麻烦你了。"

"没什么，本来要是你没收养它的话，我也会天天喂它的。"

黄昏时分的光线勾勒出左欣的剪影，这一幕像是在梦里见过。左欣弯下腰，从地上拿起一个袋子，往猫盆里倒去，发出噼里啪啦的轻响。

"它肯吃猫粮了？"张霖惊讶道。

"是呀。不过口味还是有些挑，你给它买的那个它还是不吃的，现在吃的这个是鸡肉口味。"

"肯吃猫粮就已经很不错了。看来我还是不会养猫。"

"养猫需要时间跟耐心。你缺时间。"

"耐心也缺。"

"肯收养一只流浪猫的人，我想耐心多少还是有的。"

猫走到猫盆前，抬头冲左欣叫了一声，仿佛是在说谢谢，然后把头埋进盆里大口吃了起来。左欣轻抚它的背。

"行了。"左欣站起身，"就不打扰你们两个相处了。"

左欣意有所指。他又涨红了脸。

"钥匙给你。"左欣忍着笑，把钥匙递给他。

他红着脸接过钥匙，不敢去看她的眼睛。他送左欣到门口，看着她渐行渐远的背影。或许是为了掩饰那只跛脚，她走得很慢。光线愈发昏暗，左欣在昏暗中慢慢行走的样子，让张霖感到孤独。一种他迄今为止都没有体会过的孤独。

将醒的时候，耳朵里有淅淅沥沥的雨声。这声音在他醒来之后一下子消失了。

应该下了一整晚的雨，他是在雨声中入睡的，梦里也全是雨声，氤氲着水汽。梦里还有左欣，以及他昨天傍晚时分第一次感受到的那种孤独感。入睡的时候猫蜷缩在他的脚边，现在在他头顶的位置，他看它时，它也睁开了眼。他冲它笑了笑，猫起身，伸伸懒腰，跳下床。他也起身下床，拉开窗帘，猛烈的阳光让他睁不开眼，他赶忙又拉上。天放晴了，今天将是炎热的一天。今天适合窝在沙发上，吹着空调，抱着猫，看几部电影。就在他这么想的时候，电话响了。一看到来电人的名字，张霖觉得这悠闲的一天十有八九是要泡汤了。他不怎么情愿地接起电话。

"霖子你回来了吧？"光头鼻音浓重。

"还没，还在云州呢。"猫又蜷缩在张霖身边，他摸着猫背撒谎道。

"少造谣，齐队都回来了，他说昨天下午你们一起回来的。"

"可齐队放我假了呀。"

"当了刑警，你就得有领导批给你的每一分钟的假随时都会作废的觉悟。"

张霖叹了口气。他猜光头是要拉他去查罗宋老婆的案子。不知道他出差的这几天里，光头有了什么样的收获。

"有案子。"光头说，"凶杀案，死的是个姑娘。"

"哦？"

"我听出来小猫闻到小鱼干时候的感觉。"

张霖苦笑。

"五羊街，打个车过来，我等你呀。"

光头说完就挂了电话，没有给张霖丝毫反应的时间，仿佛认准了他会去。

他当然会去。他是光头说的那只小猫，他的确闻到了让他心动的小鱼干的味道。

他把猫抱起来。

"今天又没法陪你了呀。"

猫冲他温柔地叫了一声。去吧。猫仿佛在说。

准确地说，案发现场并不是在五羊街，而是在与五羊街相垂直的小巷里。五羊街原本就是一条偏僻的街道，而这条小巷的入口又相对隐蔽，不熟悉这里的人或许都不会注意到这条巷子。张霖穿过警戒线，走进巷子。巷子差不多只容得下四五个成人并肩站立，几个技术员正在狭窄的巷子里仔细搜寻。光头抱肩站在尸体旁，表情严肃。张霖走近时，光头抬起头，面无表情地看了他一眼，又低头看向尸体。

罗宋告诉过他，大多数做刑警的人面对尸体时的心情，都会经历几个阶段。先是恐惧、恶心，那是本能的反应。多少习惯了尸体之后，会感觉到愤怒，那是人性的反应，因为刑警所面对的尸体，大多是非自然死亡。但等到尸体看得多了，就会变得麻木，那是心理上的一种自我保护。他还无法证明罗宋的这个理论，尽管他的确如罗宋所说，度过了恐惧恶心的阶段，进入了愤怒的阶段，但他不知道自己是否最终也会如罗宋所说的那样，变得麻木。或者说，他不希望自己变得麻木。

那是一具女性尸体，仰卧，手臂前伸，手指蜷曲，看上去像是要抓什么东西。被雨水打湿了的长发纠缠在脸上，但从露出的半张脸上来看，应该是个漂亮的女人。死者上身穿白色露肩吊带衫，上面沾染了泥污，下身穿一条牛仔短裤，身材尽显。从还算整齐的衣装上来看，遭受性侵的可能性很小。所以不管凶手是谁，似乎都不是为了色。

纤细的脖颈上，一道成人拇指粗细的勒痕赫然入目。

"看上去像是被勒死的。"光头说。

"被勒颈导致昏迷。"高振的声音从身后传来。张霖早已经摸清楚高振的习惯，勘查完现场后都要抽一根烟。此刻高振满身的烟味，抽了应该不止一根。

"没有马上死。但是昨晚的雨差不多一整夜都没停，在昏迷的状态下持续淋雨，导致体温过低，进而休克，最终导致死亡。"

"推测的死亡时间呢？"

"八到十二个小时之间，也就是昨晚十点到今天凌晨两点之间。另外，"高振皱起眉，"从尸体被发现时的姿势，以及指甲里的物质跟地面上的痕迹来看，我推测这姑娘极有可能有过一段时间的清醒，搞不好还呼救过。如果能及时被人发现，可能不至于死。姑娘看上去也就二十多岁，太可惜了。"高振摇头。

张霖皱紧了眉头。他忍不住设想当时的情形。一个姑娘，昏迷在一条没有人经过的巷子里，醒来的时候，眼前只有黑暗，雨滴持续不断地打在身上，她觉得冷，她挣扎着想要起身却怎么也爬不起来，她大喊救命，声音却淹没在了雨声之中。

他发现自己握紧了拳头。

"有性侵的痕迹吗？"他问。

高振摇摇头。

"至少没有暴力性侵的痕迹。得拉回去进一步尸检。"

光头四处看了看后又回到尸体边上，说："没有发现死者的手机、钱包等物品。死者这身衣服，也装不了什么东西。十有八九是抢劫。"

张霖蹲下身子，仔细观察。

"她手上的戒指还在。"

死者左手无名指上戴着一枚钻戒，在张霖看来，钻石的尺寸不算小。

"凶手估计没看到吧。"

"可手腕上戴的东西被拿走了。"张霖指着死者左手手腕，在靠近手掌的位置，有拇指粗细的皮肤与周围皮肤有色差，"手镯或手表。"

"的确有佩戴东西的痕迹，"光头点点头，"但这不能说明案发的时候死者也在戴着。"

"死者颈部、肩部、大腿这几个地方有明显的肤色对比，说明近期死者应该有长时间在阳光底下的经历。如果是户外工作，那应该也会做好遮蔽防晒的工作，就算肤色变黑，也会相对比较均匀。但颜色改变出现在这几个部位，对比又如此明显，应该是在穿着短袖短裤的情况下被照射的。你觉得会是在哪儿？"

"海边，度假。"

"我也觉得。手腕上除了肤色改变之外，还能看出压痕，应该是长期佩戴首饰造成的。如果长期佩戴，甚至在海边度假都戴着，没理由昨天刚好摘了下来。"

高振也蹲了下来，抬起死者手腕仔细观察。

"霖子说的有道理，的确有长期佩戴首饰造成的压痕。"

"所以你觉得这不是抢劫？"光头问。

"我可没说。我只是觉得这是一个值得调查的疑点。"

观察，发现可疑的地方，然后合理怀疑。罗宋告诉他的。

"你小子，越来越像罗宋了。"

听到这话，张霖竟然有些不好意思起来，他挠挠头。

"你师傅现在怎么样了？"听到光头提起罗宋，高振问道。

光头变得严肃了起来，摇摇头，说："他不接我电话。"

"不接电话？"

"对，不接电话，也不见我。"

听到这个消息张霖倒有些惊讶，这几天在外出差，他没有跟光头沟通过罗宋的事儿。

"或许是心情不好，想一个人静一静吧，能理解。"高振站起身，拍拍光头的肩膀，"哦，对了，你看我这记性，有件事儿忘记跟你们说了。"

高振说着又蹲下身子，小心翼翼地把尸体翻转。张霖第一眼看到的，是死者左肩上有一只翅膀竖起的蓝色蝴蝶，仔细看才发现那不过是一个文身，立体图案，远观时，真的像是有一只蝴蝶立在上面。而在两侧肩胛骨的位置上，有两道向下蜿蜒的伤痕，一直延伸到衣服遮盖的地方。高振把衣服稍稍向下拉了拉。

"单刃锐器伤，没什么特异性，常见的水果刀之类的。伤痕不深，都没伤及皮下组织。"

"生前形成的？"张霖问。

"有生活反应，是生前伤。"

这两道伤痕一左一右，左侧稍长，大约有十五厘米，右侧的约十厘米。但都从肩胛骨的位置开始弯曲向下，不考虑长度的话，几乎对称。

"这有可能是凶手留下的吗？"光头问。

"这就难说了。如果凶手带了刀，用刀胁迫，很难想象会在这两个位置留下伤痕。死者身上的刀伤，除了背部的这两处，没有其他的了，甚至连威逼伤都没有。也几乎没有发现抵抗伤，我推测凶手直接从身后勒住了被害人的脖子，被害人没来得及挣扎就昏迷了。"

"有发现凶器吗？绳子之类的？"光头扭头问正在勘查的技术员。

对方摇了摇头。

"刀具呢？"

"也没有，没发现什么有用的东西，提取到的几个脚印我猜是报警人的，一会儿要比对一下。"

张霖望着死者肩头的那只蝴蝶出了神，她到底遭遇了什么？如果凶手有刀，为什么还要勒杀？如果选择了勒杀，为什么还要用刀留下伤痕？

"行了，现场差不多也就这样了。"高振起身，"这下了一夜的雨，很多痕迹都被冲走了，估计也发现不了什么了。尸体我先拉回去进一步尸检，你们赶紧确定死者身份吧。"

一束阳光正好照进了巷子，死者手上的钻戒反射着太阳的光芒，无比刺眼。

2

"哎，老罗，你看我这眼影好看吗？"

罗宋睁开眼。他转头，寻找发出声音的人。没有人。傍晚时分，屋里只有夕阳橙红的光。他花了好一会儿才弄明白自己的处境，清楚那声音只可能是来自梦中。他从沙发上坐起身，太阳穴跳痛，嘴唇干得像是沙漠，急需一杯酒来润润喉咙。他起身的时候，碰倒了脚边放着的酒瓶，发出叮叮当当的声响。没有酒了，他突然想起来，最后一杯酒在他失去意识之前已经灌进喉咙。他光脚走进厨房，拧开水龙头，把嘴凑上去，咕咚咕咚地喝了起来。冰凉的自来水灌进肚子里，胃部一阵疼痛，他强忍住，等待疼痛自行消失。

你看我这眼影好看吗？

他想起妻子在梦里问他的这句话。好看。他还没来得及回答出口。他回到沙发上，躺下，闭上眼，想回到刚才那个梦里。一闭上眼试图回想妻子的模样，妻子被发现时的场景就浮现出来，那头颅上曾经是眼睛的空洞直直地盯着他。记忆里妻子的模样已经被那具沾满泥土的头骨所取代，他必须看着妻子的照片才能回忆起她的样子。他睁眼，又坐起身，右手轻轻抚摩左手无名指跟小拇指上戴着的戒指。把妻子戒指取回来的那天晚上开始他就睡不着，身体跟精神明明都已经疲惫不堪，可他还是睁大了眼。只有酒有用。

家里竟然有那么多的存酒是他没有想到的，啤酒早已经过期了，但还有让他足足喝了三天的白酒跟红酒。这三天里他足不出户。母亲打电话来过，他接电话之前先漱漱口，清清嗓子，仿佛酒气能透过电话传过去，然后像平时那样，三两句话后借口有案子，匆忙挂了电话。女儿发来微信的时候，他用办案子累了的那种语气给女儿回过去，听上去竟然还有点撒娇的感觉。他尽力让她们相信自己已经没事儿了，这样他就可以放心地一醉方休了。

他起身，想要出门去买酒，穿鞋的时候发现鞋子是湿的，鞋底还沾了些泥。推开门的那一瞬间，他想起来家里其实还有两瓶酒，是他跟妻子领结婚证的那天买的。一瓶白酒，一瓶红酒。他又把门关上。酒放在哪儿了？他隐约记得是在书房。他花了足足半个小时的时间才在书柜最角落里发现了那两瓶酒，妻子把它们放在了一个大铁皮盒子里。他把盒子表面的灰尘轻轻拂去，小心翼翼地打开盖子，把酒拿了出来。一瓶茅台，一瓶妻子告诉过他很多次但他却永远叫不对名字的红酒。白酒是他喜欢喝的，红酒是妻子喜欢的。妻子总喜欢搞这种仪式性的东西，领证的那天，妻子拉着他去了超市，买了这两瓶酒，花了他大半个月的工资。妻子说，酒越陈越香，这酒啊，要留到他们金婚纪念日的那天喝。他记得当时他还跟妻子开玩笑说，幸亏他喜欢喝的不是啤酒，要不然放了五十年的啤酒他可喝不下去。

算起来，他跟妻子已经结婚二十年了，如果妻子还在的话，十有八九会琢磨着搞点什么纪念性的东西。他抚摩着手上的两枚戒指想。这两瓶酒没必要等到金婚了。他打开那瓶茅台，没多大一会儿，香气弥漫。瓶口刚要凑到嘴边的时候他停了下来，想了想，去厨房找来一只玻璃杯，又找来红酒起，把红酒打开，倒入杯中。红酒暗红的颜色看起来像是血。他又把白酒倒进杯中，白酒冲淡了红酒的颜色，但依然像是血。嘿，这他妈不就是鸡尾酒嘛。他想起来妻子带他去过一次酒吧，喝过一次鸡尾酒。他这一辈子就喝过那么一次鸡尾酒，不过是几种不同种类的酒混在一起。他从来没喝过那么难喝的东西。他举了举杯。

"干杯！"他冲着虚空说。

然后一饮而尽。

夕阳的最后一缕光线也消失的时候，罗宋已经喝了两杯白酒与红酒混合的液体了。两种熟悉的味道混合在一起，变幻出的一种陌生而怪异的味道，他竟然有点喜欢。

头开始有些晕了，但距离醉还远得很。他发现自己又找回了当年的酒量，那时候，能把他喝倒的人找不出几个。但现在他倒希望快点醉，让感觉迟钝，让意识消失。他来到阳台上，在夏日夜晚的闷热中抽烟。窗外传来汽车行驶的声音，行人说话的声音，儿童打闹的声音，这些声音交织成生活，但生活已经离他太远了，他够不着，他只够得着茶几上的酒杯。他回到客厅，摸过酒杯，往嘴边送，手莫名地抖了抖，酒洒了出来，衣服胸前被打湿了一大片。他在黑暗之中走进卧室，原本只想找一件替换的 T 恤或背心，却鬼使神差地将手伸向了不属于他的那扇衣柜门。

　　家里的衣柜很大，是妻子定做的，有六扇柜门，他的衣服只占了其中一扇，而且都还没有填满。另外的五扇，妻子失踪后的这些年来，他几乎没有打开过。不只是衣柜，妻子的很多东西都保留着原来的模样，尽可能地放在原来的位置。甚至偌大的双人床都只睡他固定睡的那一侧。他保留着的，其实是妻子还会回来的希望。

　　拉开柜门的时候，他的手有些颤抖。

　　开门的那一瞬间，他闻到了妻子的味道，熟悉的香味。妻子常用洗衣液的淡淡香味，混着妻子常用香水的味道。他闭上眼，深呼吸，下一个瞬间，扑鼻而来的却是一股霉味。妻子的味道隐藏在这股霉味之后，变得陌生。他愣住了，睁开眼，随手抓过妻子的一件衣服，凑到鼻子上。

　　原来一开始他嗅到的，不过是妻子的味道在记忆中的短暂重现。现实中，霉菌早已经代替了香气，缓慢侵袭，一些东西已经开始悄然腐烂。腐烂，想到这个词他又想起妻子的白骨，他紧紧握住手里的衣服。

　　他看向衣柜。昏暗之中，悬挂着的长短不一的衣服看起来像是一个个鬼魂。他甚至觉得它们动了动。他妈的废物！心里的火骤然燃起，他破口大骂。我留着你们，你们却他妈连她的味道都没有留下来！他用力关闭柜门，把腐烂关在门后，大步走向客厅，摸起此刻唯一能拯救他的东西。

这一次他越喝越清醒。鼻子里的霉味久久消散不云。他害怕这味道会代替妻子的味道，害怕今后他回忆妻子的时候这股味道会伴随而来。就像记忆里取代了妻子模样的那具头骨一样。

最后一滴酒喝完之后，他清醒得无以复加。他明白了一个道理。保留关于一个人最美好记忆的方法，就是把与之相关的物品清理干净，趁它们还没有腐烂，在它们变得面目可憎之前。

是时候整理一下妻子的遗物了。

3

尸体从巷子中抬出，警戒线外围观的人群中传出一声惊呼。其实尸体已经被装入了尸袋，他们并没有看到尸体的样子，但从巷子中抬出一具尸体这一行为本身就足以让普通人心生惊恐。不知道关于这件事儿，会传出什么样的流言蜚语。张霖上小学的时候，邻镇发生过一起命案，关于案子的细节流言四起，其中一些简直到了匪夷所思的地步，在十岁的张霖心里留下了不小的阴影。在他做了刑警以后，渐渐发现，很多他所亲历的案子，尤其是牵扯到人命的案子，社会上所流传的内容，往往与事实相去甚远。他渐渐明白了一个道理。人是善于想象的生物，大人们经常会取笑孩子们不切实际的想象，取笑孩子们的轻信。但作为大人似乎从没有意识到，在许多事情上大人其实跟孩子一样，也会有不切实际的想象，也会轻信。大人们凑在一起，言之凿凿地谈论一起与事实相去甚远的事情的样子，与孩子们聚集在一起谈论孙悟空跟奥特曼到底谁厉害时候的样子，其实并没有太大的区别。任何从别处听来的故事，不管细节有多么翔实，都要对其真实性打个问号。这是张霖从实践中学到的，也让他因此逐渐摆脱了十岁那年所留下的阴影。

在巷子口，光头递给张霖一根烟，两个人在路边站定，各自点燃。张霖打量着围观的人群，寻找表现可疑的人。他知道有时候凶手会回到案发现场。他看到一张张或兴奋或惊恐的脸，但怎么样的表现才算是真正的可疑？他还没有足以一眼分辨的经验。要是能像罗宋那样就好了。他忍不住想。一辆警车旁，刑警队小刘正跟一个男人说话，边说边在本子上写着什么。男人五十岁左右，身穿保安制服，不停地抹着头上的汗。

"就是他报的警。"光头应该注意到了张霖看向男人的目光。

"怎么发现的？"

"那个男人是对面小区的保安，据他说，这是小区的侧门，门卫室没有厕所，每次都要去正门的门卫室，嫌远，就经常来这个巷子解决。今天一早来放水的时候发现了尸体。吓尿了。可是真的尿了。"

张霖这才注意到男人裤裆跟大腿的地方湿了一大片。

"有什么可疑的地方吗？"

"他说昨天晚上没上班，真实性还有待考证，但我没感觉到有什么可疑的地方，反应还算正常，"光头吐了个烟圈，"要不你再去问问？"

张霖远远地打量着报警男人。男人毫不在意自己正站在烈日下方，已经半秃的头在阳光下闪着亮，汗一颗颗滴下来。嘴角上一颗黄豆大小的黑痣，说话的时候跟着一起抖动。从男人脸上的表情中能看得到恐惧，还有紧张。报警人有可能是嫌疑人吗？有可能。不对，他摇了摇头，想起罗宋的话：保持怀疑，但不要做无谓的怀疑。对于一个刚见过尸体，甚至很可能是第一次见尸体的人而言，恐惧也好，紧张也罢，都是再正常不过的反应了。

"你都问过了，我暂时也没什么要问的了。"

烟抽完了，张霖把烟头在便携烟灰缸里熄灭。这个便携烟灰缸是在他调到刑警队之前买的，他不是刑侦专业出身，在进刑警队之前也几乎没有现场勘查的经验，他所有的勘查知识都是从书上学来的，都是纸上谈兵。其中一个知识就是作为警方人员，有很大概率会造成物证污染。所以即便是在现场之外抽烟，也都不能乱丢烟头，毕竟所谓的"现场"，很难说其边界究竟在哪儿。

他抬起头，四处看，寻找摄像头。

"在找监控？"光头问。

"嗯。"

"我已经看过了，西边五十米左右一个治安监控，东边三十米，五羊街跟时代大道交叉口的地方，有一个交通监控。但从摄像头的角度上来看，十有八九拍不到这个位置，只能碰碰运气了。"

"那就去碰一碰吧。"

张霖抬腿要走的时候，光头拉住了他的胳膊，犹豫了一下才开口。

"宋哥家就在这附近，要不要一起去看看？"

他突然想起刚才光头说的，罗宋不接他电话也不见他。

"你不是说宋哥不肯见你吗？"

"说不定肯见你。"

"你都不见，他会见我？"张霖有些不解。

"说不准，宋哥喜欢你小子，我看得出来。"

光头这么一说，张霖有些不好意思起来。

"那天咱俩喝酒的时候我说要去找宋哥一起查嫂子的案子，第二天一大早我就给宋哥打电话了，没接。一直到中午，我又打了四五个电话，都没接，我有点不放心，就去了趟宋哥爸妈家里，前段时间他一直都住那儿，结果说宋哥回自己家了，我又去了他家里，听到是我，他就跟我说了俩字：滚蛋。"

张霖又点燃一支烟，陪光头一起抽。

"我大前天去了趟城西分局刑警大队，王队说宋哥去找过他，把嫂子的戒指给取了回去，他还跟我说了宋哥看到了嫂子被发现时候的照片，差点昏倒。一起去看一看吧，这两天我每天都去他那里一趟，敲敲门，哪怕只能听到那俩字，我也就放心了。"

张霖转过头看了光头一眼，光头脸上写满了担忧。这一刻他才发现，自己以前对光头的了解有些片面了，光头其实并不像他大部分时间所表现出的那样粗枝大叶。光头手里的烟又抽完了，扔在脚下捻灭，张霖从烟盒里抽出一支递给他，他也点上一支新的，陪光头抽第三支烟。

站在罗宋家门口，能听到房间里传来的各种各样的声音。脚步声、咳嗽声、窸窸窣窣声、摔打东西声。光头敲了敲门，声音停了下来，但马上又响了起来，显然房间里的人没有来开门的打算。光头固执地继续敲门。

"谁？"声音沙哑，语气中充斥着不满。

"宋哥，是我。"光头喊。

"滚蛋。"罗宋毫不客气地回应。

"宋哥，霖子回来了。他去外地执行任务立了功了，"光头扯谎道，"说要请我们吃饭。你不给我面子也得给霖子点面子嘛。多值得庆祝的事情啊，这可是霖子做刑警以来第一次立功。"

声音又停了下来，好长一段时间都没再有声音传来。光头竖起耳朵，倾听着房间里的声音，但只有一片寂静。光头无奈地叹了口气，就在他冲张霖摆摆手准备要走的时候，房间内传来了脚步声，随后门开了。看到罗宋的第一眼，张霖怀疑他们是不是敲错了门。光头刚开口喊了个宋哥也马上闭了嘴。

罗宋瘦了。这一点可以理解。头发里的白也比前几天见到的时候更多了。但最让张霖感到吃惊的，是罗宋的眼神。他看到的，分明是一双恶毒的眼睛，恨恨地看着他们。

罗宋转身往屋里走去，光头还没来得及走进门，罗宋就把一个装得满满的蛇皮袋从门里丢了出来，就在张霖跟光头面面相觑的时候，罗宋又陆续丢出来三个同样大小的袋子。

"楼下有个旧衣物回收箱，把这些给我扔进去。"

罗宋气喘吁吁地说完之后，砰地一下关上了门。

他们站在门口，没有说话，也没有动。过了好一会儿，张霖才弯下腰打开其中一个蛇皮袋，里面装的都是女人的衣物。

"是嫂子的。"光头小声说，神情黯淡。

"走吧。"张霖拍了拍光头的肩膀。

他们每人拿了两个袋子，塞得满满的袋子颇有些重量。光头不再说话，沉默地走着。罗宋的那双眼睛，想必也给光头带来了不小的冲击。张霖斜着眼看了看光头，什么都没说。下楼后，光头没有听从罗宋的安排，把蛇皮袋扔到旧衣回收箱，而是塞进了车后备厢。四个蛇皮袋，把光头那辆破大众的后备厢塞得满满当当。

"说不定哪天宋哥就后悔了。"关上后备厢门的时候，光头说。

如果不是因为受害人身上穿的衣服，张霖根本无法将巷子里的那具尸体跟监控里的姑娘认作同一个人。这是生与死的区别，没有了生命气息的脸看起来判若两人。将家人的尸体认错的情况并不少见。监控里，姑娘脸上带着笑，在路口跟几个年纪相仿的姑娘拥抱，然后摆手告别，快步穿过马路。来到马路对面后，她站住脚，虽然没有声音，但能看得出来，她冲马路对面的姑娘们喊了一声，等到那几个姑娘面向她时，她抬起左手，手心朝向自己，五指张开，脸上露出得意的表情，对面的姑娘们脸上也露出发自内心的笑。这之后，姑娘再次挥手告别，离去。十秒钟后，走出了监控拍摄范围。

这是他们发现的一段关于受害人的影像。不管是五羊街西侧的治安监控还是东侧与时代大道交叉路口的交通监控，案发现场所在的巷口都在监控范围之外，监控中甚至都没有发现受害人的身影。而在北侧，在与五羊街平行的华清街跟时代大道交叉路口的交通监控中，他们发现了姑娘的身影，她从位于交叉口的锦华商场中走出来，时间是晚上九点二十。

"她背了包。"光头说。监控中，受害人背了一个细带斜挎包，尺寸不大，差不多只能装得下手机钱包这些东西，"现场没发现这个包，还是抢劫的可能性大。"

张霖点了点头。但他还是非常在意死者手上那枚没有被凶手取走的戒指。

"高法医推断死亡时间是十点到凌晨两点之间，"张霖揉着看监控看到酸胀的双眼说，"所以可以推测，死者从锦华商场出来之后，步行回家的途中遇害的。"

"怎么确定是步行回家的？"光头问。

"死者从锦华商场位于时代大道的出口出来，没有在路边打车或者等车，而是步行离开。我看了下手机地图，她如果往五羊街的方向走却没有经过时代大道跟五羊街的那个路口，那就是走的标明为天威巷的小道，地图上的天威巷标明了禁止车辆通行。从这两点来看，我推测她应该住在距离锦华商场不远的地方，跟朋友分开之后步行回家，或者是要去附近的某个地方。但晚上九点半，跟朋友分别之后回家的可能性要更大一些。"

"天威巷有监控吗？"光头问技术员道。

对方查看过之后摇了摇头。

"再帮忙查看下附近几条路的监控。"

把监控范围扩大了周边五条街道之后，依然没有发现受害人的身影。这基本上可以证实张霖的猜想。

"不过五羊街归属的威盛街道派出所没有接到失踪报案。派出所不可能不把女性失踪案子跟这起命案联系起来。除非她的家人还没有报警，或者说她一个人住，没人知道她彻夜未归。"光头说。

"很有可能不是一个人住。"张霖突然明白了监控中姑娘行为的含义。

"嗯？"

"她过了马路后停了下来，又喊了朋友，然后抬起手，看上去像是在展示手上的什么东西。"

"你是说那个戒指？"

"对。那枚钻戒。"

"所以说那姑娘刚结婚？"

"或者说刚被求婚。"张霖说。

她是在炫耀，向朋友们展示自己的幸福。一个年轻的姑娘，在被喜欢的男人求婚之后，忍不住向小姐妹们炫耀，把那颗闪闪发亮的钻戒亮给她们看，明明已经告别了却还是忍不住要再次向她们炫耀一番。张霖回想着在监控中看到的表情，他能从那表情中清清楚楚地读到幸福，迫切想要与他人分享的幸福。而就是这样一个幸福的姑娘，却死在了一条几乎无人经过的巷子里。他又联想到了另外一枚戒指，联想到那枚戒指的拥有者应该也曾处在某种幸福之中，却被人杀害，埋在了别人的坟墓里。想到这儿，张霖不禁悲从中来。为任何一个死去的人，也为任何一个被留下来的人。

傍晚时分，他们在刑警队见到受害人男友袁鹏飞。

果然如张霖所推测，就在一周前，袁鹏飞向同居了三年的女友林静雯求了婚。昨夜女友是去跟几个闺蜜聚餐，一直到晚上十点都没回家。女友手机关机，他给跟女友聚餐的几个闺蜜打电话，得知女友九点多就从商场出来后他慌了神。他们住的地方的确离锦华商场不远，步行十五分钟左右。他沿着平时他们常走的路线来回找了几次，怎么也没有想到女友会倒在那条偏僻的巷子，他甚至都不知道那条巷子的存在。张霖由此推测，林静雯极有可能不是在经过那条巷子时遇害，而是在巷子之外被凶手挟持或者拖拽到巷子中的。

袁鹏飞一大早去派出所报案，他去的是所居住小区两个路口外的东湖街道派出所，而不是案发现场辖区所在的威盛街道派出所。由于失联的时间还短，并没有马上立案。下午东湖街道派出所得知五羊街发生的案子之后，马上联系了刑警队，又通知了袁鹏飞来刑警队辨认尸体。

袁鹏飞来到刑警队后，如提线木偶一般，一脸茫然地被他们带着进了办公室，然后又出了办公室，进了法医解剖室。看到受害人的面容后，袁鹏飞愣了很长一段时间，最后只是轻轻地点了点头。

"你最后一次联系到女友是什么时候？"接待室里，光头问袁鹏飞。

"嗯？"袁鹏飞依然一脸茫然，他还没从这个突如其来的噩耗中反应过来。

光头递过去一支烟，给他点燃。从他抽烟的姿势，以及抽第一口烟后的咳嗽上来看，他并不吸烟，至少不是个老烟民。但他还是抽了，大口大口地抽。张霖跟光头耐心地等。

"昨天晚上九点十分，"袁鹏飞抽完一支烟，在烟灰缸里捻灭后，开口说，"她给我发微信说吃完饭了，一会儿就回来了。我说一会儿要下雨了，要不要我来接你。她说不用。都怪我呀。那会儿我正打游戏打得起劲，就没去。要是我没打游戏，要是我去接了她，她就不会出事儿了……"

说到这儿袁鹏飞捂住了脸，无声地哭了起来，身子伴随着哭泣抖动着。

张霖做了三年的乡镇派出所民警，在那三年多的时间里，这样的场景他只见过两次。在当刑警的一年多时间里，他见了十三次。他见识了各种各样的死法，见识到各式各样杀害别人的方法，也见识了在这样的场景下，受害人家属各种各样的反应。有人大哭，有人昏倒，有人茫然无措。这个世界就是这样啊，复杂到让他越来越看不清。他点起一根烟，抽了起来，等着袁鹏飞的情绪稳定下来。

"有件事情想跟你确认一下，"在袁鹏飞平复了一些之后，张霖问，"你女朋友左手手腕上，有没有佩戴什么饰品？"

"一个镯子，她母亲留给她的，一直戴着，我基本上没见她摘过。"

"那个镯子贵重吗？"

"贵重？"袁鹏飞摇了摇头，"不贵重，就是一个普通的银镯子。纪念意义比较大，她母亲去世得比较早。"

"那手上的戒指应该比较贵吧？"光头问。

张霖扭过头看了光头一眼，正好迎上光头的目光。

"那是我跟她求婚的戒指……六十分的钻戒，一万多块。"

袁鹏飞的声音又颤抖了起来。

那个并不值钱的手镯被带走了，却留下了十分贵重的戒指。

"我们从监控上看到，你女朋友背了一个斜挎包，现场没有找到这个包。你知道包里都装了什么吗？有没有什么贵重物品？"

"我都不记得她出门的时候背的哪个包了……但她平时包里基本

上只装手机，一些常用的化妆品，还会带一些现金，不多，也就几百块钱。昨晚是出门聚餐，应该也不会带什么贵重东西。你们这么问，是抢劫吗？"

"现在还不能断定，但遭遇抢劫的可能性比较大。"光头说。

"妈的，就为了一个手机跟几百块钱？"袁鹏飞脸上有愤怒，也有疑惑。

我还见过有人为了更少的钱杀了另外一个人。五块钱，两条人命。张霖心想。你永远都想不到，一个人会因为多么微不足道的原因杀害别人。

袁鹏飞深吸一口气，问：

"她……是怎么死的？"

"勒颈窒息导致死亡。"光头说。

袁鹏飞听到之后愣了愣，然后从桌上摸起张霖的烟，抽出一根点燃。这一次，他没有咳嗽。

光头没有告诉袁鹏飞，他的女友并没有因为勒颈马上死亡，而是在雨中一点点死去。张霖突然有些理解了，他有一种恍然大悟的感觉。他跟罗宋还有光头一起见过很多受害者家属，他发现他们在向死者家属描述死亡原因的时候经常说得简单，会用一些专业用语，有故意说得让人不明不白的倾向。这一次，他觉得自己终于明白了，像是悟出了什么道理。这样描述会给人一种疏离感，人们很难在这样的描述下进行细致的想象。一定是这样。张霖心想。当然不可能告诉袁鹏飞，你的女友是被勒死的，可能使用的她的包带，也可能是用某种绳子，但没有马上死，而是昏迷了，躺在那条巷子里，淋着雨，后来由于持续淋雨导致体温过低休克死亡。这样的描述太过残忍了。有什么必要让死者家属知道，他们的家人究竟是怎么死的呢？他同时发现，尽管有时候描述得不明不白，但大多数死者家属都不会对此进行进一步追问。是呀，又有谁想详细地知道，自己家人究竟是怎么死的呢？死亡这件事儿本身就已经足够沉重了，沉重到让人喘不过气来。

送走袁鹏飞已经是过了晚上八点。这个年轻男人在这个晚上一下子老了几岁，前一刻还在憧憬的幸福戛然而止，看到了悬崖看到了尽头，心上留下了或许这一辈子都不会愈合的伤。张霖不能感同身受，但光是想象一下就足以让他感觉到痛苦了。

他跟光头又去了大排档，夏日的绝佳场所。但这一晚，连光头这么多话的人也寡言了起来。今晚挺凉快的呀。光头不带情感地说。是呀。张霖有气无力地回答。其实他一点也没觉得凉快。月亮也挺不错。嗯，对。来，干了，干了。两个人只是这么有一搭没一搭地聊着，他们甚至没有谈论眼下的这个案子。张霖明白，光头心情低落不只是因为今天的案子，还因为罗宋。他回想起罗宋的眼神。光头受了打击，从下午见到罗宋之后他情绪就有点不对劲了。他们没有谈论罗宋的这种变化。其实这种变化并非难以想象。但就像许多事情一样，想象是一回事儿，亲眼所见，又是另外一回事儿。

离开的时候他有些醉了。月色朦胧，如果不是因为有些闷热，这是一个不错的夜晚。当然，如果没有昨晚发生的案子，如果没有一个刚被男友求婚的姑娘在一条巷子里被人杀害，这个夜晚就更加完美了。

走回家的路上，他脑海里不停地回放着监控视频里那姑娘的样子，他控制不住自己。这一年多的时间里，他因为办案看了不少监控视频，很多时候他都有一种难以形容的感觉。有些像是在看电影时，眼看着电影中的人物在不自知的情形下走向某种悲剧时的感觉。像是紧张感，但又有所不同。毕竟他亲自接触了那些走向了悲剧结局的人，毕竟他心里清清楚楚地知道，这不是被编造出来的。就像那个年轻的姑娘，脸上带着对某事或某物期许的神情，欢欣雀跃地快步走过监控，却就这样脚步轻快地走向了人生的终点。

他感觉到无能为力。

他以前没有过这种感觉，无能为力的感觉。最起码在乡镇派出所做民警的时候没有。这感觉仿佛是伴随着刑警这个职业而来的。或许是因为这个职业天生的属性，让他们永远都是在悲剧发生之后才介入，但为时已晚，一切都已经无可挽回。能做点什么吗，好让悲剧不再发生？或许宋哥说得对，这一行做久了会变得麻木。不是变得麻木，而是不得不麻木。这一刻他倒是希望自己麻木，不再因为一个姑娘的死而责备自己。对，还有责备，责备自己。这是这段时间他心里的另外一种感觉，仿佛对某些别人犯下的罪过负有责任。我醉了。他想。我不能把自己代入一个个悲剧之中，我必须把自己从中抽离出来，做一个冷漠的旁观者。他抬起头，月亮隐没在了一片云后。

走进小区的时候已经是深夜。左欣的便利店早已关了门，但他还是在门口停留了片刻，他抬起头。二楼是左欣自住的房间，有微弱的光线从窗帘的缝隙间透出。她还没睡吗？还是说即便睡觉也需要有一盏灯亮着？他突然有种向左欣倾诉的冲动，这冲动如此强烈。他掏出手机，在微信输入框里敲下几行长长的字。但手指却依然跟以往一样，在发送键上长久地悬着。最终，他还是没能发送出去。他长长地叹了口气，按下退格键，收起手机，离开了便利店。

一走到家门口，他就听到了熟悉的猫叫声。他笑了笑，他万分庆幸自己收养了这只猫，它慢慢成为他在这个城市的依靠。想到这儿，他心里有了一些温暖。

"我回来了。"

进门的时候，他说。

4

将梦将醒的时刻，张霖在意识深处捕捉到了什么，就在他努力要将其从意识深处拉出来的时候，清醒战胜了睡梦，他睁开了眼。他看了看时间，四点三十分，不可能是下午。也就是说，他才睡了不到四个小时。他闭上眼，想要继续睡，可无论如何也睡不着，他干脆起身下床。蜷缩在床脚的猫只是动了动耳朵。

不过也多亏了这偶然的早醒，他终于有了属于自己的时间，这个时间，应该没有人来打扰。在去局里之前，他至少有三个小时的时间，或许可以看一部电影，很久没有好好看一部电影了。他翻出那部他已经看了五遍的《盗梦空间》，祈祷结束之前电话不要响起。

电影即将结束的时候，猫从卧室里走了出来，纵身一跃，跳到沙发上，窝在他身边，闭上眼。张霖一边看电影一边轻轻抚摩着猫背。猫发出满足的咕噜声。天光微曦，开始有人声车声从窗外传来，城市的生活开始苏醒。他独自一人蜷腿坐在客厅的沙发上，猫蜷缩在他身旁。屏幕上，那只区分梦境与现实的陀螺旋转着。孤独有许多种，他享受此刻他所感受到的这一种。

电影放完时，天色已经大亮，他洗脸刷牙，刮胡子，喂猫。他还有些沉浸在电影的情绪之中，像是刚从一场梦里醒来。看电影原本就是醒着做一场梦。穿鞋的时候，他突然想起要给猫取一个名字了，他已经为这件事儿苦恼了一段时间。陀螺。他给它取名叫陀螺。

"再见，陀螺。"

出门的时候，他跟有了名字的猫告别。

猫冲他叫了一声，声音并不太温柔。或许是因为不喜欢自己的新名字。

自从出差回来那天之后，张霖就没再见到左欣了。这两天忙着案子，连去便利店的时间都没有。

"早。"便利店里，他跟左欣打招呼。

"早上好。"左欣微笑回应。

他拿了面包跟牛奶做早餐。

"猫怎么样？"结账的时候，左欣问。

"这两天我忙，又在过饥一顿饱一顿的日子。"他挠挠头，"不过今天早上给它准备了一大盘的猫粮，足够它吃到晚上，如果它没有一口气就吃完的话。"

"以我对它的了解，它还不至于是那种吃货。这几天没见它，还有点想它。"

"要不让它到你家待几天？等我忙完手头的案子。"

左欣沉默了一会儿，摇摇头。

"还是不要了，我不适合养猫了。"

张霖有些不太理解，她明明是个爱猫的人。

"有什么苦衷？"他问。随后又觉得真是个傻问题。可除了这个，除了跟她聊跟猫有关的话题，又能聊什么呢？他挠了挠头。

左欣又蹙起了眉，仿佛回忆起了什么痛苦的事情。真不该问这个问题的。他记得左欣以前说过，她养的猫死了之后，就再也没有养猫了。或许那只猫的死是她不愿回忆起的过往。他刚要转移话题，左欣开了口。

"我觉得猫跟我在一起会倒霉。"左欣苦笑着说，"我之前养过猫。"

"嗯。你告诉过我。"

"养过两只，一只养了两年，一只养了一年多。都死了。死于意外，死得很痛苦。"

说完之后，左欣皱着的眉头舒展开了，可是悲伤爬进了她的眼。张霖一时手足无措，不知道该怎么结束这个话题。

"从那之后我就再也没养过猫了。"左欣眼里的悲伤消散了，她冲张霖微微笑了笑，"所以那只猫还是待在你家里比较好。"

张霖心里突然有了一个想法，他鼓足勇气，终于开口。

"那这几天你可以去我家里，看一看它，帮我给它换换水，如果那盆猫粮已经被它一口气吃了，你就再给它点。放心，这几天忙，白天我不会回家。"他不知道自己为什么要说最后一句话，心里有些懊恼。他从口袋里掏出家里的钥匙，放在柜台上。钥匙已经被他握在手里好一会儿了，上面有他手心的汗水。

有人排在张霖身后等待结账，他赶忙闪开身，往门外走去。开门的时候，他微微侧头，用余光看向左欣所在的方向。他注意到左欣把放在柜台上的钥匙拿起，装到了口袋里。他松了口气。

"哦，对了。"他想到了一件事儿，又转身走了回去，"它有名字了，叫陀螺。"

齐队走进办公室的时候，张霖正在整理五羊街那起案子的卷宗，同时考虑着今天的调查要从哪里着手。齐队四处看了看，目光最终停在张霖身上。

"雷子呢？"齐队问。

光头去了法医办公室，张霖还没来得及回答，光头就大步走进了办公室，额头上的汗闪着亮。

"昨天五羊街的那起案子调查得怎么样了？"齐队问。

齐队这两天正忙着一起涉赌涉黑的案子，并不了解五羊街那起案子的情况。

"还没头绪呢。昨晚才确定死者身份。"光头声音沙哑。

"吴局让去汇报。有什么就报什么吧。"齐队手指关节在桌子敲着。

吴局也有这个习惯，是不是领导们都喜欢这样？张霖心想。

"市里马上就要开招商大会了，这个时候出命案，影响不太好，估计吴局准备亲自抓这个案子了。"齐队说。

光头端起一杯水，咕咚咕咚一口气灌下去，喝完之后抹抹嘴巴。

"霖子，把卷宗拿着，做好挨批受训的准备吧。"

张霖知道吴局做局长之前是负责刑侦的副局，所以跟他汇报不用费太多口舌。吴局紧皱着眉，看着手里的卷宗。其实还没太多内容，更多的是现场的照片。

"吴局，"光头开口，"昨晚我们确认了死者的身份，林静雯，女，二十五……"

"打住。"吴局摆手，"我要听的不是这些。我只想知道什么时候能抓住凶手。"

"吴局，这案子才刚过了一天……"

"才刚过了一天？是不是在一天之内破了案子会显得我们警方太无能？"

"吴局，我不是这个意思……"

"你去那附近转一转，去问问看，看是不是大家已经不太敢晚上出门了？住宅区附近抢劫杀人，性质恶劣！不赶紧把凶手给抓了，社会影响有多坏你知不知道？"

"知道知道！我们不正在查嘛，昨天扒了一下午的监控，只查到死者从锦华商场出来。遇害地点附近没有监控，我们正准备一会儿去附近走访排查呢。"

吴局点起一根烟，没有说话，也没人再说话。烟抽到一半的时候，吴局才开口。

"能确定是抢劫杀人吗？"

吴局语气中的怒气与烦躁少了许多。

"现场没有发现死者的手机跟随身携带的包，死者是被勒死的，我们怀疑是被死者自己背包的带子给勒死的，我一早问过高法医了，他看了监控上死者背包的带子，说形状、粗细，跟死者脖子上的痕迹基本相符，可能性极大。高法医正在找同款包跟勒痕做对比呢。所以凶手并没有事先准备凶器，十有八九是临时起意。"光头说。

"没有性侵？"吴局问。

"高法医的最终尸检证实没有性侵痕迹，所以有极大的可能是临时起意的、以抢夺财物为目的的抢劫。还有，虽然勒颈是根本死因，但其实并没有马上死亡，直接死因还是昏迷状态下长时间淋雨，体温过低导致的休克。从这几点来看，很有可能凶手并没有杀人的主观意图，只是为了抢夺财物。"光头说最后这句话的时候看了看张霖。

"哼，"吴局轻哼了声，"你说了这么多，其实是想说这可能不是一起抢劫杀人案，而只是一起单纯的抢劫案，那姑娘死是意外，凶手不是个穷凶极恶之徒。是不是？"

"吴局，我……我没这个意思呀。"光头摸了摸头，声音里听得出心虚。

"这个是什么东西？"吴局看着手里的照片，皱紧了眉头。

光头凑过去看了看。

"哦，这是死者后背的照片，有两道刀痕。"

"我没瞎。你刚才不还说凶手没有事先准备凶器，那这刀痕是怎么来的？"

"这个……"光头又摸起头，"说实话，不知道。"

"不知道？"

"死者身上除了这两道，没再发现其他的刀痕了。如果凶手带了刀，用刀挟持了死者，死者身上的衣物不多，多少会留下些威逼伤，但是一点都没有发现威逼伤的痕迹。再说，这个位置跟形状，不太对啊……"

吴局皱眉沉思了片刻。

"不明白的东西，就暂时先放一放。从明白的地方下手，不要被它牵扯太多的精力。"吴局指示。

"我也是这么想的。所以接下来先去现场附近走访调查。"

"其他的没什么了吗？指纹？脚印？"

"昨晚一直下雨，现场就提取到了几个不完整的脚印，但也还没派上什么用场。不过，"光头说到这儿又看了张霖一眼，"霖子对现场有些看法。"

"哦？"吴局转向张霖。

"其实也不是什么大不了的发现，"张霖挠挠头，他原本没打算现在跟吴局汇报这些，"死者的手机、包不见了，手上有个银镯子也不见了，但是手上的钻戒没被拿走。我不明白为什么手上的钻戒被留了下来？"

吴局盯着他看了一会儿。

"就这个？"

张霖一下子涨红了脸，有些不知所措。

"你们去吧。按光头说的，去走访调查。"还没等他开口，吴局就命令道。

"霖子，我去医务室拿点药，妈的是真感冒了，原本以为能挺过去。你先回办公室等我，一会儿我们去现场。"出了局长办公室后，光头说。

张霖点点头，他的心情久久没能平复。他发现，比起被否定、被质疑、被忽视的感觉更加糟糕。吴局无视了他的看法，在吴局眼里，他提出的这些甚至连质疑的价值都没有。他突然想到，如果这个问题是罗宋提出的，吴局会做什么反应呢？是不是多少会思考一番，就此讨论一番？肯定是这样的。他想。说到底，还是他资历太浅，人微言轻，又有谁会认真对待他的看法呢？他觉得沮丧。

办公室的电话响起，张霖没有像往常一样迅速接起电话。他依然沉浸在沮丧的情绪之中，抠着指甲，等光头。其他人接起了电话，拿起话筒的时候还嘟囔了一句霖子今天怎么回事儿。

光头走进办公室的时候，接电话的人冲光头喊：

"雷子，赶紧的来接这个电话。"

"没空！马上要出去了。"

"跟前天晚上那个案子有关系！"

张霖的耳朵一下子竖了起来，像是接收到了信号的雷达，转向了电话所在的方向。光头愣了一愣，大步走到电话旁边，接过电话。张霖注意到，光头没怎么说话，只是听着，但眉头却越皱越紧。

"行，我知道了，马上过来。"光头说完这句后挂了电话。

张霖的目光随着光头移动，直到光头走到他面前。他盯着光头看，光头紧皱着的眉头没有半点舒展。

"又死了个人，女人。新天地家园，入室抢劫，被勒死的。"光头说。

5

回过神来，罗宋才意识到自己已经盯着地图上那颗蓝色的大头针很长时间了，脖子都变得僵硬。挂在书房墙壁上的大尺寸世界地图上面，散布着三种颜色的大头针。红色代表妻子想去但还没能成行的地方；黄色代表妻子已经去过了的地方；蓝色的，则是他们两人一起去过的地方。他答应过她的，要陪她去世界各地走走，但蓝色的到底只有一个，插在北京所在的位置上。

妻子的衣服已经清理完，进了旧衣回收箱，送给可能需要它们的人。妻子所拥有的衣服远远超过他的想象，以及，其中百分之九十的衣服，他都不记得曾见妻子穿过。一部分是买来的，大部分是妻子自己品牌的衣服，LOGO 是一个艺术字体的 L，那是妻子跟他两人姓的首字母。可面对这些衣服，他无论如何也想不起妻子穿着时的样子。或许妻子真的一次都没有穿过，又或者是他陪伴妻子的时间太少，没有机会见到她穿时的样子。不过，他相信后者的可能性更大。

他还在妻子的衣柜里发现了一双男士皮靴，全新的。应该是妻子失踪那年准备送给他的礼物。喜欢仪式感的妻子，会在一些可有可无的节日送他礼物，鞋子是最常见的一种。做警察最费鞋子。鞋子是妻子亲手设计并让工厂定做的，每一双都是独一无二，并且一双比一双结实。这双鞋子妻子还没来得及送给他，那就应该也是妻子的遗物。他没舍得把那双鞋子丢掉，暂时留了下来。

化妆品已经过期了，除了丢弃别无选择。首饰跟女儿说好了，都留给她，除了他已经戴在手上的那枚戒指。剩下的，就只有书房里的这些东西了。他的目光扫过书架上一排排的书，没几本是属于他的，大多是艺术或设计相关的书跟杂志。记得其中有一本本地杂志上刊登过妻子的专访，他翻找起来。角落里的一本吸引了他的注意。家里怎么会有一本《圣经》？妻子明明不信教。不对，妻子只是没有明确的宗教信仰而已。妻子是那种逢神必拜的人，他还因为这件事儿嘲笑过她。所以家里有一本《圣经》也不是什么不可理解的事情了，妻子或许曾经试图打算把它作为信仰。妻子遇害的那天，在她生命的最后一刻，她有乞求过上帝或者随便哪个神仙保佑吗？想到这儿，他回想起把妻子戒指取回来的那天，经过教堂时他想到的那个问题：究竟什么样的上帝，会任由一个像天使一样的女人被杀死。被埋在泥土里，任其腐烂？他抽出那本《圣经》，翻开。他不指望能从中找到答案。

他是被一阵敲门声吵醒的，伴随着敲门声的，还有一声声宋哥。是光头那小子。这几天光头时不时地过来，敲敲门。如果他不回应，光头十有八九会一直敲下去。

"滚蛋。"他声音沙哑。

敲门声停止了，随后响起光头的脚步声。这小子，是在确认他是不是还活着。

他从沙发上坐起身，头痛欲裂。已经是白天，他记得昨晚自己是在书房里，边喝酒边看《圣经》。来到卫生间的时候，他想起醒的那会儿正做的一个梦：他把什么东西藏到了鞋柜深处。这可能不是一个梦，他突然意识到。他走到鞋柜前，打开柜门，在与梦里相同的地方摸索。手指触碰到什么东西，他小心翼翼地拿了出来。他花了好一会儿才想起那东西叫什么名字——御守。

一定是因为昨晚关于妻子信仰的问题让他想起了这件事儿，然后在梦里再现了出来。这东西有一对，是妻子去日本的时候带回来的，就在妻子失踪前不久。妻子说可以驱除厄运，不顾他的反对，挂在了他的车钥匙上，御守上挂着两个金黄色的小铃铛，叮叮当当地响，他忍了两个星期才摘下来，藏到了鞋柜里。原本锃亮的铃铛已经变得颜色暗淡，他轻轻摇了摇，倒还能发出清脆的声响。伴随着这声音，妻子的脸清清楚楚地出现在他脑海里，不再是那张失去了皮肉又塞满了泥土的脸。他愣了愣，这是他从王建武那里回来之后，第一次没有依靠妻子的照片就能想起妻子的模样。他从鞋柜上拿过车钥匙，把它挂了回去。

那人在罗宋身边来来回回走了三次了，没有直直地盯着他看，只是装作不经意地瞟他一眼。他把我当什么了？罗宋心里想。疯子？醉汉？不是没有可能，他好几天没照镜子看自己了，连自己现在是一副什么模样都不知道。但被一个人这样不怀好意地打量，罗宋心烦了起来，生起气来。他离开了车子，径直朝那人走去。

"有火吗？"他问。

那人开始变得慌乱起来，望向他，又躲避着他的目光。

"没……没有哇。我又不抽烟……"

"也就是你没火？"

"没……没有哇……"

"我他妈有火！"他真的发起火来，"别他妈在我面前再绕来绕去，趁我还能忍住不动手，赶紧滚蛋！"

那人立马就跑了，跑出去七八米后回过头来骂。

"妈的傻×！"

罗宋从地上捡起一块拳头大小的石头，扔过去，像是在赶一只野狗。石头落在了不远处的草丛中，发出沉闷的声响。

他又回到车头的位置，腰靠在引擎盖上。落脚的时候他觉得自己踩到了什么，他低头，一个黑色的钱包在他脚底下，露出来一半，粉红色若隐若现。他弯腰捡起来，打开看了看，里面竟然有不少的钱，他掏出来数了数，五百。他才明白刚才那人为什么要在他身边转来转去了。他又翻了翻钱包，有几张银行卡，还有一张身份证，一个三十五岁的男人，模样让人心生不快。把钱掏出来，塞到自己口袋里，又把钱包扔到地上。他知道刚才那人肯定还会回来，知道那人发现钱包里一分钱都没有的时候脸上的表情肯定不会很好看。

路拐角的那栋快要倒塌的房子看着眼熟。过了好一会儿，他想起来了，他从这条路走过，还停车在那房子后面撒过尿。那时候妻子就在不到一百米远的地方，在地底下埋着。他刚才往裤子口袋里塞钱的时候手就势抄在了口袋里，口袋里的手此刻攥得紧紧的，把那几张钱攥成了小小的一团。胸口像是被什么堵住了，快要忍受不住了，他拉开副驾驶的门，把座位上放着的酒瓶拿起来，灌了一口。

太阳越升越高，酒灌进了肚子，汗从头上冒出来。从家里出来之后，他先是去了妻子的墓地，真正的墓地。然后漫无目的地开着车，不知道该去什么地方，来到这个地方几乎是下意识的。他不知道自己要来这里干什么。那座坟早就迁走了，变成一块平地，谁也看不出那里曾经是座坟，更不会有人想到，那座坟里，除了埋着本该埋在里面的人以外，还埋了另外一个人。一个像天使一样善良又漂亮的女人。他又攥紧了拳头。

他想让自己像一个普通警察那样，去考虑到底是什么样的人会因为什么在这个地方杀害了一个女人，然后埋在一座新修的坟里。他试着把自己从当事人的角色里剥离出来，让自己的理智跟经验派上用场。那几年他不是没有想过妻子其实是遭遇了不测，他把跟自己有仇的人都查了个遍，当刑警，免不了要得罪一些人，如果有谁是为了报复，他不可能一点眉目也看不出来。或许可以试着把当年查过的人再查一遍，可以把范围缩小一下，集中在跟这个地方有关的人里面。但要真是一个毫不相关的人，只是因为见色起意呢？他看了看四周，盖了一半的房子，刚盖好的房子，塌了一半的房子。平地．杂草，树林，断壁残垣。这个地方跟九年前早就不一样了，连路的走向可能都已经改过。

他头昏脑涨，不知道是因为太阳还是因为酒。他坐进车里，发动车子，打开空调。把自己从当事人的角色中剥离出来。有了。他想到了一个法子。

"罗宋，你最后一次跟你妻子联系是什么时候？"他问。

"九年零三个月又十五天前的上午。"他回答，"起床后，她跟我说要去工厂。"

"是位于西堡村的堡龙工厂吗？"他问。

"是。"她答。

"从那之后就没再联系过了吗？"他问。

他点点头。

"据我们了解，最后一个见到她的人，是堡龙工厂的保安。据保安说，她在傍晚五点左右从工厂出来之后，往西走了。她没有开车，也没有打车，我们推测她是要去工厂往西大概八百米的公交车站。但是我们也查过公交公司了，她没有坐公交。对吗？"他问。

"公交司机没有嫌疑吗？有确认过五点过后的公交有没有其他人乘了吗？"

"注意，你只需要回答问题！"他喝道，"我们当然确认过公交司机，那条线的司机是个女的！"

他当然调查过公交车司机，那是个女人，跟妻子并无交集，也不可能会对妻子痛下毒手，然后埋在别人的坟里。

想到这儿，妻子被发现时的样子又在脑海里浮现出来。他明白了，只要思考跟妻子有关的事，到最后都是以这幅画面结束。这个法子不行。他再也继续不下去了，头痛欲裂，他把头磕在方向盘上，摇了摇车钥匙。

离开那个地方的时候，他知道自己以后不会轻易靠近那里了。他没法像一个普通的刑警那样去查妻子的案子。他做不到。他觉得无助。破了不少的案子，却对自己家人的案子无能为力。他胡乱地开着车，有时候开得慢，后面的车嘀嘀嘀地摁喇叭催促，他索性一脚刹车停下来。有时候开得快，嫌前面的车开得慢，他就大脚油门超过去。不知不觉，他就开上了熟悉的路线，来到了局里。

他把车停好，停在了光头的破大众旁边。他往办公室走，一路上遇到的人，大都惊讶地张着嘴看他，有人跟他打招呼他也没有理睬。走到办公室门口的时候，他跟正急着往外走的光头撞了个满怀。

光头也张着嘴，瞪大了眼，好一会儿没能说出话来。倒是他身后的张霖开了口。

"宋哥。"

"宋……宋哥，你怎么来了？"光头的哑穴被解开了。

"不能来？"

"能，当然能。"光头咧嘴笑了笑。

"你们去哪儿？"

"有个案子，正要去现场。"

"带路，一起。"

说完他往一边闪开身子，让光头走在前面。

罗宋没上自己的车，他拉开光头那辆破大众的后门，弯腰进去。后排座位上散落着面包、饼干以及泡面，他把这些东西推到一旁，给自己腾了个地方，坐下。

"什么案子？"他点了一根烟，问。

"110 接到报案，"光头说着发动了车子，"新天地家园小区有人报案，说遭到入室抢劫，死了人。也是被勒死的。"

"也？"

"哦，对。前天晚上，五羊街的一条巷子，一个女人遭到抢劫，同样也是勒颈死亡。现在担心是同一个人干的。"

副驾驶上的张霖递过来一份卷宗，他接了过来，随手翻了翻，扔在一旁，没再说话，只是抽着烟。

"宋哥你终于回来了，队里就不能没有你，你说对吧，霖子？"

张霖没有开口，从后视镜看了罗宋一眼。

"霖子你这小子怎么回事儿！"光头扭头训斥张霖，"宋哥，这都好几天没见着你了。"光头嬉皮笑脸地说，"晚上我们一起找个地方吃一顿吧？我请客！好几天没好好吃一顿了。"

光头喋喋不休，张霖只是从后视镜里时不时地打量罗宋一眼，像是在揣测他的心思。

他觉得烦躁起来。他的这两个徒弟，一个话多，一个心眼多。妈的。

"停车。"他说。

"啊？宋哥你说什么？"光头问。

"靠边停车。"

"宋哥，你不跟我们去现场了吗？"光头没把车停下来。

"我让你停车。"

光头终于打了转向灯，靠路边慢慢停了下来。车还没完全停稳罗宋就打开车门，下了车。他绕过车头，走到驾驶门前，拉开车门。

"下来。"他说。

"啊？"

光头一脸的不解，磨磨蹭蹭地下了车。他把光头推到一旁，上了车，关上车门。

"你也下去。"他头也不转地跟张霖说。

张霖一声不吭地下了车。

"现场在哪儿？"他摇下车窗，问光头。

"新天地家园。"

"你们俩打车过去。"

说完他大脚油门。从后视镜里，他看到光头跟张霖站在原地，瞠目结舌。他心里终于有了那么一丁点儿痛快。

这么多年了，被人在警戒线外拦下来还是头一次。

一个年龄不超过二十五岁、身穿制服的警察抓住了罗宋的胳膊，那会儿罗宋正把警戒线抬起来，弯下腰，想要往里走。

"大爷，警察在查案子，不能进。"

要是眼前的这个年轻警察没喊他大爷，他心情可能会好一些，可能还会跟对方解释一下他的来历。可他生起气来，想用另外一只手把抓住他胳膊的那只手抠开。只是他低估了眼前这个看起来瘦弱的年轻人，或者说高估了他自己的力气，他尽力了，但没能抠开。年轻警察的手像是把钳子，死死地钳住了他。

"松开。"他更加生气了。

年轻警察也来了劲，嘴角挂着冷笑，加大了手上的力气。他感觉到了疼痛。

就这么僵持了一会儿，在力量上他还是处于下风。妈的，我竟然在这儿跟一个生瓜蛋子较劲。意识到这一点后，他开始平静了下来。

"我是警察。"等他觉得火消得差不多的时候，他开口说。

"你前面漏了仨字。"

他皱起眉，搞不懂对方在说什么。

"你应该这么说：对不起，我是警察。"

年轻警察压低了嗓音，用港台腔怪声怪气地说，说完哈哈大笑了起来。

他真希望光头这会儿在，他好把光头脚上能臭出几里地外的袜子塞进眼前这张张大了的嘴里。强忍着想要给对方一拳头的冲动，他把手往裤子口袋里掏去。手还没摸到口袋他就想起来了，他没带警察证。

"松开。"他咬着牙说。

对方终于松开了他的手，但依然警戒而又挑衅地看着他。他揉了揉手腕，转过身，点起一根烟，往远处看，等着光头跟张霖的到来。周围看热闹的人把注意力集中在他身上，指指点点。他毫不在意地喷了一口烟。

"大爷，再靠边点，你站这儿影响警察办案！"年轻警察不依不饶。

"张寒你跟谁说话呢？"一个声音响起来。

这声音听着有点熟，随后响起了打火机的声音。

"一个喝醉了的大爷，想往里闯。"年轻警察说。

他转过身，看到胜利街道派出所新晋副所长林子俊正站在警戒线的另一边，微闭着眼，享受一根烟带来的快感。上一次见林子俊，是在一个月前，林子俊升副所长，请他们吃饭。时间并没有过去多久，但他却觉得是许久之前的事情了。

"宋……宋哥？"

林子俊眯着眼看了他一会儿后，一下子睁大了眼。

"总算有个认识我的人了。"

罗宋说着又抬起警戒线，年轻警察又扣住了他的胳膊。

"张寒你松开！"林子俊呵斥。

年轻警察犹犹豫豫地松开了手，看向林子俊，不明所以。林子俊瞪了年轻警察一眼，然后转向罗宋。

"宋哥你一个人来的呀。"林子俊说，"雷子呢？十分钟前我给他打电话他说在路上了，按理说应该到了。"

"后面呢。他属王八的，走得慢。"

林子俊有些不解，愣了愣，随后把烟扔到地上踩灭。

"行，那咱先上去吧。"

"还真是警察呀？"进楼的时候，他听到年轻警察在身后嘟囔。

"今天上午 110 平台接到报警电话，说新天地家园 15 栋 404 室发生入室抢劫，有人员死亡。然后我们所迅速派民警上门查看，确认有一名女性死亡，报警的是她丈夫。"上楼的时候，林子俊跟罗宋简要说明，"然后联系了刑警队，封锁了现场，整栋楼暂时不允许出入，楼里的居民紧急需要出入的也要登记。因为人已经确认死亡，就没有联系急救，尸体保留了我们到达现场时候的样子。"

林子俊说完往罗宋这边看过来。罗宋感觉得出来，对方是在寻求认可。处理妥当。他在心里想，但没有说出口。

另外一个年轻警察守在了 404 室的门口，看到他们后闪开身。林子俊递过来一副鞋套，穿鞋套的时候，罗宋查看了下门框以及门锁。没有暴力开门的痕迹。技术开锁入室，或者是熟人，起码是能够让人在毫无防备的情况下开门。进门后，乱成一团的客厅让他多少有些吃惊。茶几、电视柜、书柜，几乎所有的抽屉都被拉开了，地上散落着似乎是从抽屉里翻出的各式各样的东西，原本应该是放在茶几上的玻璃果盘翻落在地上，玻璃碎了一地，水果滚落四处，一只被踩成烂泥的香蕉就在罗宋脚边。几乎无处落脚。

"财物损失？"他问。

"据户主黄海宇，也就是报警人粗略确认，丢失的有卧室抽屉里的五千块现金，妻子的首饰盒，里面有不少的金银首饰，还有手机、iPad、笔记本电脑。"

"尸体呢？"

"在主卧。"

林子俊打头，罗宋小心翼翼地跟在后面，避免踩到脚下的东西。

在卧室门口，床上一具侧卧的尸体赫然入目。脸面向他们这边，长发遮盖住半张脸，身着长袖居家服。长袖？他皱了皱眉。现在是夏天。不过，有些人喜欢在家里把空调温度调得极低，穿长袖也不是不能理解。眉头舒展开了。他走进卧室，靠近尸体，仔细打量。他觉得自己应该在什么地方见过这个女人，他想了一会儿，没想出来。

脖子上有勒痕，是否是致死伤？这要等法医的判断。舌骨及甲状软骨骨折，疑似遭受扼颈。妻子尸检报告的内容蓦地浮现在脑海，呼吸有些急促起来，他握紧拳头，手有些颤抖。

"宋哥你没事儿吧？"

林子俊的声音把他从痛苦中解救出来。他深呼一口气，摇了摇头。

"没事儿。"他说。

从死者面部的情形来看，又不太像是机械性窒息。他有些疑惑。死者手腕上的一处瘀青引了他的注意，这瘀青只露出了一部分，还有一部分被衣袖遮挡了。他继续往下看，在死者左腿小腿露出的部分，也看到了瘀青，以及一部分结痂。这结痂不可能是近期形成的，至少要两天以上的时间。他又皱起了眉，皱得很紧。他想要挑起死者裤脚，想要看看这个结痂的范围，他下意识地往屁股口袋摸过去，口袋里当然没有手套。

"宋哥。"林子俊喊了他一声。

他转过头，林子俊正递过一副手套。他点点头，这次脸上应该露出了赞许的神情。他接过手套，戴上，然后轻轻挑起死者左腿裤脚。他看到结痂蜿蜒而上，几乎到了膝盖的位置。他又挑起右腿的裤脚，没有结痂，但有瘀青，颜色较左腿要深。他又挑起刚才看到瘀青的那只袖口，一直挑到手肘的位置，也发现了若干处瘀青。

"看上去像是被打了，还打得挺厉害。"林子俊在身后说。

罗宋没有说话。他又看向死者脖子上的勒痕，多年来的经验告诉他，这勒痕有蹊跷。他直起身，四处看了看。床头柜、大衣柜的抽屉同样都被打开了，里面的东西被翻得乱七八糟，一些散落到了地上。

他回到客厅，四处查看。电视柜上的一块石头吸引了他的注意力。那是一块婴儿拳头大小奶白色的石头，完好地摆放在一个木制底座上，看上去像是块玉石。他凑近了观察，一分钟后，断定那是块普通的蛋白石，值不了多少钱。父亲喜欢收集玉器，受父亲的影响，他多少懂一些。

"报案的是死者的丈夫？"他问林子俊。

"对。说是昨晚陪客户吃饭，吃完去了洗浴中心，然后睡在那儿了，今天早上九点多回到家，发现门是虚掩着的，进门后发现家里被盗，妻子又死在了床上，就报了警。"

"人呢？"

"在下面警车里呢。要把他带上来吗？"

"带上来吧。"

"好。我下去把他带上来。"

罗宋也走出房间，在楼道的窗边点了一根烟，烟抽到一半的时候，他透过窗户看到光头跟张霖急匆匆地往这儿走，在楼下与林子俊会合，站住脚说了几句话后，他们一起上了楼。他抽着烟，在电梯口等他们上来。

电梯门打开的时候，他正吸完最后一口烟。电梯里是光头、张霖、林子俊，以及一张陌生但又多少有些熟悉的脸。他又想到卧室床上那个同样有些似曾相识的脸。

"宋哥，这位就是死者丈夫。"林子俊指着身边的男人说。

他盯着那个男人看了一会儿，在他的注视下，男人的表情渐渐现出了惊恐，最终转移开了目光。在男人低头的那一刻，他恍然大悟。他想起来了，在什么地方见过这个男人。他明白了，所有疑点得到解答，所有线索串联在了一起。

在这一刻，他也真正明白自己老了。并不是因为他那差不多白了一半的头发。头发并不能证明什么，年轻人还有少白头呢。他之所以觉得自己老了，是因为他感觉不到激情。那种发现真相时的激动，他此刻没有感觉到，而且知道今后也不会再有了。他之所以感觉不到激动，是因为他死了心。对妻子还会回来这件事儿死了心，对这个世界还会变好这件事儿死了心。明白是谁杀了谁又有什么值得激动的呢？这个世界上任何一个人都有可能杀死另外一个人，人人都可能是受害者，人人又都可能是凶手。这是他早已看清却又一直不太想承认的真相。

但感觉不到激情并不代表感觉不到其他。他能感觉到悲伤，为卧室里那个死去的女人。他还感到愤怒，为眼前的这个男人。罗宋心头的怒火烧了起来。

"光头，把他铐起来。"他抬起手，指着男人，对光头说。

6

光头愣住了。张霖跟林子俊面面相觑。男人抬起头，惊恐地看着罗宋指向他的手指，慌了神。

"你……你想……想干吗？"男人结结巴巴地说。

"宋哥，这……这是什么情况？"光头问。

"我让你把他铐起来，听不懂还是不会铐？"罗宋的目光转向光头，恶狠狠地说。

光头吞了吞口水，犹犹豫豫地把手伸向腰后，摘下手铐。

罗宋一把将手铐从光头手里夺过，向那个男人走去。男人徒劳地向后退去，但很快就被罗宋抓住了胳膊。罗宋铐住了对方的一只手。

罗宋拉着另外一只手铐，向走廊窗户的方向走去，男人跟踉着跟了过去，罗宋把他铐在了窗边的防护栏杆上。

做完这些，罗宋气喘吁吁地点起了一根烟，靠着墙抽了起来。男人扭动着手腕，试图挣脱手铐。林子俊跟光头呆呆地站着。张霖觉得眼前的场景荒诞而不真实。他蒙了，搞不清楚究竟发生了什么，他想问罗宋，但罗宋的表情让他无论如何也张不开口。

电梯门又开了。

"你们在干什么呢？"身后传来法医高振的声音，"老罗你也在呢。"

张霖回过头。高振跟几个技术员正站在电梯门口。没有人回应，高振应该感受到了氛围的异常，他盯着被铐在窗边的男人看了一会儿，然后转向张霖。

"尸体在哪儿？"高振问。

张霖松了口气。终于可以从这不真实的感觉中解脱出来了。

林子俊打头，光头殿后，除了罗宋跟死者丈夫外，一行人进了房间。

房间里混乱的程度有些超乎张霖的想象，他小心翼翼地跨过散落在地的物品，心里还在琢磨罗宋把死者丈夫铐起来的原因所在。他站在客厅的最中央，向四周看去。罗宋应该发现了什么，让他断定这并不是一起入室抢劫杀人案。会是什么呢？不，想到这儿他赶忙打住。不能抱有先入为主的想法，要先观察，再得出结论。况且，罗宋此时的心理状态，真的能做出准确的判断吗？他忍不住想。

"宋哥怎么把户主给铐了？"林子俊在跟光头嘀咕。

"宋哥十有八九是发现什么线索了。"光头说，"你问户主话的时候有发现什么不对劲吗？"

"有点前言不搭后语，但没想太多，谁碰到这样的事儿不紧张？"

"他是怎么说的？"

"他就说昨晚出去跟客户吃饭，晚上在洗浴中心睡下了，早上九点多到家，发现家里被偷，老婆死了，就报了案。要不要去问问宋哥？"

"还是等会儿吧，你看他那眼神。"

"对了，把宋哥一个人留那儿没问题吧？别再对那男人动了手。"

"你这么一说，我还真有点不放心，要不你去看着点？"

"行，那我在外面盯着，现场就交给你们了呀。"

林子俊出去后，光头问张霖：

"霖子，有什么发现吗？"

张霖摇摇头。单从客厅里发现的情况来说，的确像是入室抢劫，有什么地方不对劲？他还没看出来。

"进去看看高法医那边的情况吧。"光头说。

一进卧室，张霖就注意到了死者腿上的结痂，像是一条黑色的虫子攀附在死者的小腿上。高振正凑在死者脖子上方，观察着那条勒痕，眉头皱得很紧。

高振没有马上回答，紧皱着眉，像是在思考，像是在试图做出某种判断。

"铐在走廊上的那人是谁？"高振反问。

"户主，死者的老公。"

高振点点头，直起身。

"脖子上有拇指粗细的勒痕，但是从尸体现象上来看，又不太符合机械性窒息的特征。而且，这个勒痕，死后形成的可能性很大。"

"你是说是她老公杀了她，然后伪装成抢劫杀人？"光头问。

"我可没这么说。不过你们既然把他铐了，说明还有什么其他线索吧？"

"哪儿有什么线索！我们刚出电梯，还没到现场就碰到了宋哥。宋哥一看到死者老公，问都没问，就把他给铐了，我还莫名其妙呢。"

"这不太像你师傅的风格呀。"高振摇摇头，随后又点点头，像是想通了什么事情，叹了口气，"还有，死者身体有多处瘀青，左侧小腿上有一处结痂，从结痂程度上来看，差不多有两到三天时间了。"

光头看了一眼张霖。

"被那个男人打的？"光头问。

张霖保持怀疑。如果罗宋没有把死者丈夫铐起来，光头会直接联想到家暴吗？为什么不可能是被入室抢劫的凶手殴打造成的呢？他有些担心罗宋的举动所造成的影响，现在所有人都在以这个为出发点调查了，而所有发现的证据，或许都会被拿来往这上面靠。

"这个就得靠你们来查了。可能是被凶手殴打，也有可能是其他原因造成的瘀青，甚至有些人天生就是血瘀体质，轻微的碰撞就会形成瘀青。"高振说。

张霖知道高振说话向来滴水不漏，只描述现象，从不对形成原因做出过于肯定的判断，都要留几分余地。但高振刚才首先问的是：铐在走廊里的人是谁？在光头做出回答后，高振点了点头，像是明白了什么。或许连高振都受到了影响。

"死亡时间呢？"张霖问。

"差不多四到六个小时之间吧。"

"也就是凌晨四点到六点之间，死者丈夫说早上九点才到家。"

"估计也是撒谎，这个一查就能查出来了。"光头说。

宋哥就是凭死者身上的多处瘀青，以及可能是在死后形成的勒痕就判定凶手是死者丈夫吗？张霖忍不住想。以他对罗宋的了解，即便这种可能性极大，他也不会贸然逮捕一个人。又何必那么着急呢？

最起码也要弄清楚死者丈夫的不在场证明之后再说吧？他一下子想起了罗宋的眼神。罗宋变了，这是一个不言而喻的事实。

张霖跟光头一起来到外面，罗宋跟林子俊正沉默地抽着烟。从表情跟眼神上来看，罗宋已经从刚才的愤怒中平静下来了。死者丈夫靠在栏杆上，表情比之前看到的要镇定许多，皱着眉，闭着眼，听到他们的脚步声后睁开眼。

"你们凭什么铐我！我要投诉你们！"

光头瞪了他一眼。

"怎么样？"林子俊问。

光头又看了看死者的丈夫。

"宋哥，我们换个地方？"

他们离开了窗边。死者丈夫看着他们离开，表情又变得焦虑而急切。他们来到距离死者丈夫足够远的地方。

"宋哥，高法医说死者脖子上的勒痕有很大的可能是死后形成的。"

罗宋没有说话。

"死者身上还有很多瘀青，我们怀疑是遭到了家暴，那个男人打死了老婆，然后伪装成入室抢劫。估计是前天晚上的抢劫杀人给了他灵感，他勒了他老婆的脖子。"光头说。

"家暴跟瘀青之间的因果关系，在进一步调查之前还是有些武断了。"张霖终于忍不住要说出自己的想法，"我们还不能完全排除入室抢劫杀人的可能。"

罗宋抬起头，冲他微微笑了笑。他看不懂罗宋笑里的含义。

"你注意到电视柜上的那块石头了吗？"罗宋问。

什么石头？他疑惑不已。光头跟林子俊也露出同样的表情。

"你去看一看那块石头，然后去问那个男人一个问题：为什么入室抢劫的凶手，没拿走那块石头。"

他走到客厅电视柜旁，电视柜的抽屉被拉开了，里面同样被翻得乱七八糟。电视柜上，一块温润的奶白色的玉石放在一个木制底座上，直径不到十厘米。他不懂玉，但看上去像是值钱的东西。

"一块玉？这玉有什么特别的？"林子俊问。

张霖大步走出去，往死者丈夫所在的地方走去。随着他们的靠近，死者丈夫紧张了起来，吞了吞口水。

"电视柜上的那块玉，凶手怎么没拿走？"张霖问。

死者丈夫愣了愣，随后说：

"那就是块人造蛋白石呀，根本不值钱，一百多块钱从网上买的！"

听到这句话，张霖皱起了眉。

他错怪了罗宋，他现在相信，就是眼前的这个男人伪造了现场。

7

罗宋突然感觉到一阵心慌。一开始他以为是某种不祥的预感，不过他很快明白过来，自己是想喝酒了。他的身体或者是精神，已经对酒精产生了依赖。他舔了舔干裂的嘴唇。车上还有半瓶白酒，但他没开自己的车过来。他感到焦躁，从烟盒里掏出最后一根烟，点燃，深吸一口，试着分散自己的注意力。尼古丁暂时平息了身体对酒精的渴望。以毒攻毒。

张霖走了过来，罗宋从他的表情中看到了变化。在几分钟之前，那张脸上还疑云密布，但现在，云雾已经消散，张霖神情笃定，连眼里都闪着光。林子俊跟在张霖身后。

"宋哥，凶手果然是死者老公没错。"张霖说。

"我还是没太搞明白，那块玉跟案子有什么关系？"林子俊疑惑不解。

"如果这是个入室抢劫案，凶手翻箱倒柜找值钱的东西，为什么没把那块玉拿走？凶手不可能没注意到，电视柜的抽屉都被翻了个底朝天。"

"那东西不值钱啊，刚才那男人不是说了吗？一百多块钱从网上买的。"

"你能看出来那东西不值钱吗？"

林子俊露出一副恍然大悟的神情，说：

"所以只有两种可能：凶手很懂玉，一眼就能看出是假的，或者是凶手一开始就知道那是假的！但在入室抢劫这样的情景下，不可能有时间去鉴别是真是假，那东西尺寸不大，方便携带，如果我是凶手，肯定是先拿了再说！"

"第一眼看到现场的时候，就能感觉得出不对劲。"罗宋说，"这根本不像是入室抢劫，这么多年了，我还没见过一起入室抢劫会乱成这个模样。伪造的痕迹很重。哪个抢劫犯会如此从容不迫地把所有抽屉都拉开翻个遍，连酒柜都不放过？然后就是电视柜上那块人造蛋白石。要伪造成入室抢劫，必须得拿走值钱的东西，这东西不值钱。这是潜意识里的想法，应该连他本人都没有意识到。人总是容易在自己意识不到的地方犯错。再加上死者脖子上死后形成的勒痕。伪造现场、伪造死亡原因。凶手不可能是别人。"

"姜果然还是老的辣！"林子俊竖起大拇指。

还有一个原因，他没有说出口。他第一眼看到死者的时候，就觉得眼熟，但想不起来是在哪儿见过。等看到死者丈夫之后，他一下子想起来了。一年多前，他见过这两口子。他因为某个案子到威盛街道派出所的时候，在派出所见过他们。他自己都没有想到，竟然记住了他们的长相。当时的派出所所长林汉东只是随手指了指，漫不经心地说了一句：打老婆。女人又不肯申诉，这次来派出所，还是因为邻居报警。做警察这么多年了，按理说这种事儿早就见怪不怪了，因为家暴引起的刑事案件他也见过不少。但他还是记住了那两个人的脸。因为女人站在派出所里，周围全是警察，但在她脸上还是能看到恐惧。

满屋子的警察都没法给她安全感。因为那个男人，在警察告诉他可以走了的时候，脸上露出了转瞬即逝的窃喜。

想到这儿他又焦虑了起来。好想喝酒啊。他再次舔了舔干裂的嘴唇。

"那就先把他给带回去吧。"林子俊说，"看那个男人的样子，估计审一审就会招了。"

"高法医说死亡时间在四点到六点之间，还是查证一下死者丈夫在这个时间点是否真的像他说的在外面。"张霖说。

罗宋没有说话，没有发表什么意见。这不是什么有难度的案子，让他们去办吧，这里已经不需要他了。可又什么时候真正需要过他呢？想到这一点他才意识到自己为什么这么想。他在悔恨，在一个真正需要的场合，他没有在场。喝酒的欲望更加强烈了。

"跟光头说他的车我开走了，一会儿你们自己回去。"

车窗玻璃上贴了一张违停罚单，他把罚单撕下，团成一团扔在路边。他点了两次火才把车发动起来，光头的这辆破车开了至少有八年了，外出办案他从来不开队里的警车，真不知道他跟这车有什么感情。他打开空调，出风口吹出一阵热风，不知道什么时候才能变凉。想要喝酒的欲望催促着他，脚下的油门越踩越深，丝毫没有留意到空调吹出的风从来没有变凉。

停车的时候，他差一点蹭到自己的车，他迫不及待地下车，钻进自己的车里，从副驾驶上摸过那瓶红星二锅头，拧开盖子灌了一口。被太阳晒得温热的酒滑过喉咙，胃里火辣辣的，但他终于感受到了平静，也终于感觉到了热。他点火，打开空调，冷风吹在脸上，片刻舒适之后，他觉得无比疲惫。

一年前在威盛派出所见到的男人跟女人的模样又清清楚楚地在梦里浮现了出来。男人脸上虚假的悔意，转瞬即逝的窃喜，女人脸上的恐惧。雷雨大作，一道闪电过后，女人的脸变成了妻子的头骨。他从梦里惊醒，但妻子的头骨却在脑海里久久不散。他熄火，拔下车钥匙，摇了摇车钥匙上挂着的御守。铃铛发出清脆的响声，脑海里妻子的模样终于恢复了正常。

他应该睡了不短的时间，回到自己车上的时候太阳还在头顶上，现在阳光已经开始西斜。他下车。下过雨，地上是湿的，他想起梦里的雷声跟雨声。他伸了伸僵硬的腰肢，然后往刑警大队办公室走去。

他在走廊里碰到了光头。

"宋哥你去哪儿了？"

"哪儿都没去。"

"我以为你回家了呢。宋哥，那小子嘴死硬，到现在都还不肯承认是他干的。"

"人在哪儿？"

"在审讯室呢。一起去看看？"光头小心翼翼地问。

隔着单向玻璃窗，罗宋看到张霖正坐在死者丈夫对面，眉头紧皱，显然陷入了僵局。倒是死者丈夫放松了许多。

"你说你九点多才回家，我们跟你的客户确认过了，你是凌晨三点多的时候离开的。而且你们小区地下车库入口的监控也拍到你的车四点五分回到地下车库。"

"我是四点多回到了车库，但是没有回家啊。我在车上睡着了，睡醒的时候八点多了，那之后才回家的。"

"车库里他车所在的位置监控拍不到，没法证实他在车上睡着了这个说法，"光头在一旁补充说，"但是从四点到九点之间，电梯里同样没有拍到他，他家住在四楼，也就是说他是从车库直接走楼梯回家的，但楼梯间里没有监控，他是四点多回去的还是像他说的八点多回去的就没法证实了。"

"你老婆脖子上的勒痕，是死后才形成的，明显是伪造的！这怎么解释？"

"拜托，这你得去问凶手哇。为什么我要解释？我也是受害人啊。"

张霖涨红了脸。显而易见，这场审讯中，被审讯的一方占了优势。张霖做刑警才一年，尽管他有优秀的观察力，但在审讯方面，经验还差得多。他还不知道该如何把握时机，如何掌握谈话的走势，他还需要磨炼。现在他已经被嫌犯牵住了鼻子，照这么下去，根本不可能问出任何有用东西。

"宋哥，要不还是你上吧？霖子已经顶不住了。"

"高振那边尸检结果怎么样？死因是什么？"他问光头。

"外伤性颅内出血导致的死亡。结合现场勘查，应该是后脑勺撞到床头柜的角上了。"

"脖子上的勒痕呢？是用什么弄的？"

"高法医说应该是某种表面光滑的绳索，但在现场没有发现类似的东西。肯定被他处理掉了。对了，高法医还说，死者生前肯定是遭到过殴打，但从消散程度不一的瘀青上来看，死者应该在死亡之前一周到两周的时间内遭受过多次殴打。"

他打开审讯室的门，张霖看到他后舒展开了紧皱的眉头，松了口气。他坐到张霖旁边，点起一支烟，什么都不说，只是直直地盯着对面的男人看。男人不再像在案发现场时那般惊恐，他已经镇静下来，不再躲避目光，挑衅地回看着罗宋，但一分钟后，男人扭过头，看向了一旁。

"你是怎么把你老婆打死的？"他直截了当地问。

"你少血口喷人！"男人又迎上了他的目光，目露凶狠。

他在心里冷笑。这样的目光，他见多了，但在他面前，没有谁能一直这么凶狠下去。

"你否认打过你老婆？"他吐出一口烟，不疾不徐地说。

男人顿了顿，似乎在思考该怎么回答，他没给他太长思考的时间。

"打老婆是什么感觉？"他继续问。

"我……"男人脸上的凶狠就要维持不住了，"我不否认我打过她，但事出有因！"

"对，这个世界上的任何事情都有原因。就像苹果从树上落下来是因为地球引力。"他弹弹烟灰，"就像你老婆的死，死因是颅内出血。就像你老婆颅内出血的原因，是你没把握好下手的分寸。"

"我说了我承认打过她，但不是今天早上，我也没打死她！"男人涨红了脸，脖子上的青筋暴露，头上渗出了汗。

"你要是没有在你老婆死了之后再用绳子或者什么东西缠住她的脖子，让人以为是被勒死的，可能暴露得没那么快，你还能多快活两天。是因为前两天那起抢劫杀人的案子，凶手是勒了脖子吗？太自作聪明了。"他摇摇头，做出惋惜的表情。

"我说了不是我干的！"

"真不是你干的？"他故作惊讶。

"真的！我九点多才到家！"汗水从男人额头缓缓向下滑落。

"是吗？看来是我们错怪你了。可为什么你要强调你是九点……"

有那么一瞬间，男人脸上露出了窃喜的表情，那表情转瞬即逝，但还是被他捕捉到了。就是这种表情，一年前在派出所里见到过的。然后女人脸上恐惧的表情也浮现了出来。心里的怒火瞬间被点燃了，就像燃烧着的火柴掉进了汽油桶里。他猛地起身，越过桌子，抓住对方的衣领。对方脸上终于露出了恐惧。对，这才是你应该有的表情，你加诸别人身上的恐惧，你自己也得好好品尝。他把男人按在地上，膝盖顶住男人的肚子，拳头落在男人的脸上身上，像夏日的暴雨，像冬日的狂风。

他感觉到自己在笑。这段时间以来，他第一次感觉到如此痛快。

"我都不知道你回来了，倒是先听说你把人给打了。你够可以的呀？"

说这句话的时候，吴局的脸阴得很厉害。吴局在控制自己的怒火，但还是从声音里漏出来一点，眼睛里更是一览无余。其实吴局可以发脾气的，手掌拍一拍桌子，指头指着他的鼻子把他臭骂一顿。但现在吴局宁肯压抑自己也没有骂他。因为他有一张护身符。妻子的死让他值得同情，他灰白的头发让他值得同情。

他犯了错，但他并不后悔。只是他不应该在审讯室里，在监控底下动手。他轻轻摸着手指关节处破了皮的地方，回想起那个浑蛋眼里的恐惧，他差点要笑出来。他觉得自己做的事情简直太值得了，哪怕被开除也值得。

吴局从办公桌上拿起烟，抽出一根点上。谁都没有说话，空气中是浓稠的沉默。

烟抽到一半，吴局终于开口。

"断了两根肋骨，我不能当这事儿没发生过，要不然对上对下都没法交代。"

完全同意，他对此没有意见。

"你这么急着回来干什么？我不是让你多休息一段时间吗？"

可我不需要休息呀。我最不需要的就是休息。他在心里说。

"我会对外公布你被停职，这段时间你不要在局里露面，等风头过去了再回来。要是你真想回来的话。"

要是你真想回来的话。对，要是我真想回来的话。

吴局说完看向他，眼里的怒火已经熄灭了大半，但有了无奈和惋惜。他宁可那里面只有怒火。他扭过头，不再去看吴局。又想喝酒了，他舔舔嘴唇，手伸向裤子口袋里。没摸到烟，他把烟跟火机放在审讯室的桌上了。他往前走两步，来到吴局的办公桌前，拿起吴局的那盒中华，抽出一根。

"吴局，借个火。"

吴局愣了愣，从那张真皮椅子上站起身，绕过宽大的办公桌，来到罗宋面前。他从衬衣口袋里掏出火机，打火，点燃罗宋叼在嘴上的烟。吴局脸上的表情彻底缓和了下来，原本黑青的脸恢复了血色。吴局张了张嘴，想要说些什么，话已经到了嘴边，但最终还是咽回了肚子。吴局轻轻拍了拍罗宋的肩膀。

他知道自己该走了。吴局需要跟他说的已经说过了，想要跟他说的却说不出口。他从吴局眼前消失，对他们两个而言都是最好的选择。

"那我走了吴局。"

吴局冲他扬扬手，低头看桌上摆放的资料。

走出门的时候，他听到一声轻轻的叹息。他能想象得到，吴局在他身后轻轻摇头的模样。他把门带上，把吴局的无奈关在门后面，千万不能让它跟出来。

"宋哥！"光头正在走廊里踱步，像是在等他，"我们找到目击证人了，那天早上四点多，小区保安在地下车库巡逻的时候，看到过他从车里出来，所以他四点多就回家了，不是他说的九点！四点多，正好跟死者的死亡时间吻合……"

光头目光灼灼，他抬起手，示意光头住口。

"我被停职了。"他说。

"吴局停你职了？"光头似乎觉得不可思议，仿佛在审讯过程中打断了嫌犯两根肋骨还不足以停职。"我还在劝那浑蛋，我有把握他不会申诉……"

申诉还是不申诉有什么关系呢？他根本不在乎。是不是那个人杀了他老婆？他也不在乎。起码现在不在乎。他摆摆手，转身走了。

"宋哥！"光头在他身后喊，声音里有些无奈。

他没有回头。他要把光头的无奈也甩在身后。

夏日里的阵雨，雨点大到打在身上会感觉到疼痛的程度，雨刮器赶不上雨落下的速度，雨幕厚到几乎看不到前方的路。罗宋在心里告诉自己，他把车停在这个地方，没有别的目的，只是为了等待雨势变小。但这解释不了他为什么会经过这个地方，这不是他回家会经过的路。十字架在雨幕中若隐若现。

他当然不会指望从宗教中得到救赎，那他为什么会来这儿？他自己也说不清楚。雨势开始变小，十字架清晰地显露出来。神爱世人。砖红色的外墙上，悬挂着镀金的大字。他心里泛起一阵冷笑。

雨停了下来，露出黄昏时的太阳。他下了车，来到方才看到的窗户下方，彩色的玻璃反射着阳光。窗户两侧的一对天使的塑像让他想起了妻子，他闭上眼，回忆起妻子裸露后背时的模样。睁开眼的时候，余光注意到有人向他走过来，他扭过头，看到一个身着黑色衬衣的男人，喉结下方领口位置的白片显露出对方的身份。这不是他想与之交谈的对象。他转身往车所在的方向走去。

"等一下！"男人在身后喊，语气轻柔却坚定。

他停下脚步，但没有转过身。对方走过来，站到他的对面。

"我不知道你是不是还在寻找那个答案。"男人脸上带着和善的笑。

他皱起眉，疑惑不解。答案？

"我不知道你在说什么。"

"你不记得了。"男人微微皱起眉，他用的是陈述句，而不是问句，仿佛这是件理所当然的事情，"那天你醉了。"

"我们见过吗？"疑惑就像是大雨前的乌云，在他心里迅速堆积。

"三天前的晚上。十点多，团契结束后，我在教堂门口碰到你，差不多就是刚才你站的那个位置，"男人指了指罗宋身后，"我猜你那天应该是醉了，虽然你步子很稳，说话也很流利，但我在你身上闻到很浓的酒气。那时候你的眼神跟现在不一样，比现在更平静。不过有些人就是这样，醉了反而更清醒。"

说到这儿男人笑了笑，这笑容让他心生不快。

"你刚才说答案。什么意思？"他的声音不怎么友好。

"我想你家里一定是出了什么变故。那天晚上，你问了我一个问题。"男人脸上的笑容消失了，变得严肃，"你问我：到底什么样的上帝，会让一个善良温柔的女人，被人杀死，然后埋在土里，慢慢腐烂，腐烂到只剩一堆白骨？那天我没回答你，不对，是我没能回答你。那天晚上我失眠了，我在基督像前苦苦思索，乞求指点。一直到天亮，我才找到答案。我这两天一直在等你来，还以为你再也不来了。今天见到你，肯定是上帝的旨意。"男人说到这里指了指天，"我可以告诉你……"

他抬起手，制止了对方继续说下去。

"我不想听你所谓的答案。"

男人脸上露出错愕的神情，但很快就消失了，恢复平静。男人点点头，说：

"如果哪天你想听了，随时可以来找我。如果你不想当面谈，也可以给我打电话。"

男人从口袋里掏出一张名片，向他递过来。他没有接，转身走了。他脚步沉重地走回车里。透过车窗，他看到男人还站在那个位置，手里还拿着那张名片。男人表情平静，没有一丝一毫的恼怒。他怎么做到的？那样平静。他这才觉得全身都湿透了，衣服紧紧地贴在身上，冷汗却还在不停地流。他从副驾驶上摸过酒瓶，拧开瓶盖，手颤抖着把瓶口凑到嘴边，喝了一口酒。没有效果，他反而觉得恶心想吐。他拧上瓶盖，扔回副驾驶，靠在头枕上，紧紧地闭上眼。

他竟然来过这里。

他竟然对他来过这里并跟一个牧师交谈过这件事，丝毫没有记忆。

8

张霖倚靠在病房的门框上，看着医生给黄海宇查看伤情。医生拉起黄海宇的上衣，露出白色的绷带，手触碰到胸口下方位置的时候，黄海宇脸上露出痛苦的表情。医生低声说些什么，黄海宇点头回应，医生也点点头，叮嘱了身边的护士几句，准备离开。

"医生，情况怎么样？"医生来到病房门口的时候，张霖问。

"只是查看一下包扎的情况。没什么大碍，休息静养就可以了。"医生说完之后，又压低了声音问，"犯了什么事儿？"

"案子还在侦查阶段，不方便透露。"

医生表示理解地点点头。年轻的护士又回过头看了黄海宇一眼，临走的时候嘟囔了句：看着也不像坏人呀。

看上去不像坏人。

做了几年警察，张霖早就把这句话从常识中排除在外了。你永远不知道坏人长什么样子。可能是看上去阳光开朗的少年，可能是柔弱的退休老人。前者为了心里的痛快杀了两个人，后者为了几万块钱害了自己的朋友。张霖看着蜷缩在床上的黄海宇，心里想：眼前的这个男人看上去文质彬彬、人畜无害，甚至会让毫不知情的人对他心生同情，谁又能想到他会把自己的老婆给打死了呢？想到打老婆这件事儿，他又回想起自己在谷水镇派出所做民警的那几年。他见识过不少打老婆的男人，这种事儿在农村很普遍。他发现，几乎所有打老婆的男人，看上去都是柔弱的。不是身体上的那种柔弱，而是精神上的。或许用懦弱来形容更加准确。想来也不难理解，只有真正的懦夫才会向比自己更弱的人下手。就拿黄海宇来说，被罗宋殴打造成的恐惧现在都还残留在他的脸上，让他有些畏畏缩缩。但他觉得黄海宇在对老婆痛下毒手的时候，在他老婆脸上露出恐惧的时候，他心里感受到的想必不是同情、可怜，而是快感。懦夫需要从力量中获取自信。这种从别处得不到的自信让他上了瘾，让他一次次忍不住要对自己的老婆动手。

浑蛋。想到这儿张霖握紧了拳头，往黄海宇的病床走过去。

"黄海宇！"

黄海宇身子抖了一抖，然后把头转向他这边。

"你知不知道你这么做只是拖延时间？你真以为你能骗得过警察吗？"

黄海宇没说话，低下了头。

"你连活着和死后形成的伤痕不一样都不知道！当我们是傻子吗？"张霖的语气不免有些激动起来，他控制着自己，尽量保持平静。

他想起罗宋在动手之前只说出了一半的话：你为什么强调你是九点……对，罗宋的这句话提醒了他，黄海宇一直强调他是九点回家的。

"首先，你一直说你是九点才回的家，可我们从来没有告诉过你你老婆是几点死的，你为什么总要强调你是九点回家的呢？因为你知道你老婆是几点死的，因为是你打死了你老婆。另外，我们已经找到目击证人了，有人看到你四点多下了车回家。说实话，你伪造的现场漏洞重重，我们其实都不需要你本人的口供。刑法规定：没有被告人供述，证据充分确实的，可以认定被告人有罪和处以刑罚。"

黄海宇脸上的恐惧消退了，变成了一副思考的模样。张霖回想罗宋审讯犯人时候的情形，努力想要模仿。有一点是可以肯定的，决不能在嫌犯面前露出急躁、心虚，哪怕手头真的一点证据都没有，也要装出一副胸有成竹的模样，说话要不疾不徐，行动要不急不躁。但眼下的这个案子还没有到这种程度，他们有足够充分的证据了。让嫌犯招供，不过是想让后面的过程变得轻松一点而已。

"我现在给你最后一个机会，在这之后，你招不招都无所谓了。"他语气严肃了起来，"但我要警告你，如果你拒绝承认，在量刑的时候，一定会从严。"

"要是我坦白了，能判轻一点吗？"

"我不能保证，我不是法官。但主动坦白，对你肯定是有好处的。"

黄海宇又陷入了沉默，但内心的挣扎在他脸上一览无余。或许可以来个欲擒故纵的把戏？张霖心想。

"好了，既然你已经决定了，那我也就不再说什么了。"张霖说完站起身，往门口走去。故意走得很慢。

"等等！"

张霖停下脚步，笑了笑。他把脸上的笑迅速抹去，转过身。

"我坦白。"黄海宇避开张霖的眼神，表情懦弱。

"那小子招了。"张霖告诉光头的时候,光头正一脸的愁容。

"早他妈就该招了,再不招我都要动手了。那浑蛋是怎么说的?"光头问。

"跟我们推测的基本一致。打老婆,失手打死了。"

"你在医院那会儿,我去他家又走了一圈,走访了下邻居。邻居们说他打老婆是家常便饭了。"

"那天黄海宇凌晨四点多回到家,他老婆嘟囔了他两句,他一生气就动手了。这次下手重了些,头撞在床头柜上,一开始他以为只是昏了过去,在客厅了抽了一支烟之后才去看,发现断了气,这才慌了神。他思前想后,联想到前两天刚发生的那起案子,决定伪造成抢劫杀人,还自作聪明地找了一根尼龙绳勒了脖子。"

"真他妈蠢,当我们警察是吃干饭的吗?还害宋哥都被停职了。"

"宋哥被停职了?"

光头点点头。一开始张霖有些诧异,但转念一想,这也无可厚非。况且以罗宋现在的状态,或许还是在家休息的好。他想起下午罗宋殴打黄海宇时的表情,眼里是愤怒,但脸上却带着笑。

"口供都录好了吗?"光头问。

"好了。你要不要再过两眼?"

"不过了,"光头摆摆手,"你看着差不多就赶紧把这案子给结了,回头还得继续查五羊街那起案子。"

五羊街的那起案子他们原本正准备要去走访调查,结果被黄海宇杀妻的案子横插这么一杠子,浪费了整整一天时间。命案调查,时间很重要。时间每过去一分钟,线索都有可能会消失一点。这是他当刑警后罗宋告诉他的第一条经验,他记得清清楚楚。

"妈的!"光头毫无来由地骂道。

张霖看向光头。光头嘴唇干裂，嘴角起泡，看得出来，他已经焦头烂额了。在没有罗宋的情况下，一下发生两起案子，虽然破了其中一起，但另外一起还毫无头绪。罗宋好不容易归队，又被停了职。再加上来自吴局的压力。

"我去办剩下的手续了呀。"张霖说完就离开了，走得很快。

忙完的时候已经是晚上九点多，张霖饥肠辘辘。从局里出来后，就在他准备找个地方随便吃点的时候，看到了左欣发来的微信。信息是下午四点多发的，他忙得分身乏术，一直到现在才看到。

对不起，陀螺丢了……

他盯着手机愣了好一会儿才想起来，陀螺是今天早上他才给猫取的名字。他顾不得吃饭，赶忙回了家。

便利店里，左欣看到他后一脸的歉意。

"实在对不起，下午四点多，我去你家里，想要给它换换水，可刚一开门，它就从我腿边蹿了出去，我没追上它……"

"没事儿。"为了安慰左欣，张霖毫不在乎地说，"你忘了它原本就是只流浪猫了嘛。"

"可它现在是你的猫，你还给它取了名字。"左欣说着皱起眉。

张霖觉得左欣似乎误解了他的意思。

"我不是那个意思，"他挠挠头，"我想说的是它在户外独自生存的能力很强，起码不会饿到。南门它以前常待的那个地方去找过了吗？"

"我去找过两次了，要不再去看看？"

张霖点点头。

一开始张霖走得很快，他走路一向很快，因为很多时候他都是一个人走，没有人需要他等。想起左欣左脚的残疾之后，他放慢了脚步。这是他第一次跟左欣肩并肩地行走，他们没有说话，他能听到左欣稍稍有些急促的呼吸声。月光明亮，洒在万物之上。在这样的月光下，难免会有些美好的幻想，他突然心跳加速。

在南门陀螺曾经经常出没的地方没有看到它的身影，左欣脸上难掩失望，他忍不住安慰她。

"说不定现在已经在家门口等着了，我一会儿回去看下。实在不行明天再找。"

"对不起，都怪我。"左欣低下头，满脸的愧疚。

"不不，怪我，要不是我让你帮我去给它换水，它就不会溜出去了。"

左欣没再说话，两个人沉默地走回便利店门口。打工的小姑娘已经收拾好了东西，准备下班。目送小姑娘离开之后，张霖跟左欣告别。刚要走，他想起家里应该没什么吃的了。

"哦，对了，我得买两包泡面。"

"还没吃晚饭？"左欣问。

"太忙了，都顾不上吃饭了。"

左欣又微微蹙起了眉，咬了咬嘴唇，像是下定了什么决心，说：

"要是不介意的话，我家里还有东西可以吃，不是什么好饭菜，但总好过吃泡面。"

"不……不用麻烦了。"左欣突如其来的邀请，让张霖有些手足无措。

"没关系，很方便的。"

张霖觉得自己脸上有些热，他知道自己又涨红了脸。他咬咬牙。

"好吧。"他说。

左欣关了店门，卷帘门一点点落下，张霖的心跳也一点点加剧，脸慢慢变得滚烫。像这样跟异性独处的机会，他并没有过几次。他有些慌乱，又有些不切实际地期待。左欣把店里的灯熄灭了，角落里一盏夜灯亮起。在这昏暗的光线下，他跟在左欣的身后往店的深处走去，看着左欣美丽的背影，他却有种想拔腿离去的冲动。

经过一扇写着员工专用的门后，光线一下子亮了起来，这让张霖多少放松了下来。一座木制楼梯出现在眼前，左欣住在二楼，住房跟一楼的门面打通了。进门后张霖才发现这是一间跟他租住的房间格局相似的房间。同样的一室一厅，面积应该比他的要大一些，散发着与楼下不太一样的香味，没有檀香的味道，更加纯粹的花香。

"你先坐。"左欣指了指客厅里的沙发。

张霖坐下，局促得双手不知道该往哪里放。左欣转身进了厨房，张霖这才长出一口气，四处打量起来。房间的装修简约，以实用性为主，装饰性的东西很少，乍一看上去甚至不太像是女性居住的房间。没有电视，电视柜上只摆放了一套看上去价值不菲的音响。简约的木制茶几上放着一只头戴式耳机，蓝色的指示灯闪烁着。

他好奇地拿过耳机，有音乐声传出，他戴到头上，舒缓的旋律传入耳中。

左欣出现在眼前的时候，他才意识到自己已经沉浸在音乐之中了。他赶忙摘下耳机，又涨红了脸。不该随便动别人东西的。

"不好意思……"他道歉。

"没事。刚才看你听得挺专心，就没好意思打扰你。"

"我也没想到一听起来就停不下来了。"

"喜欢古典乐？"

"这还是我第一次这么正正经经地听古典乐。"

上大学的那几年他的确热衷于音乐，但听的几乎都是摇滚乐，最爱的乐队是 Radiohead。那时候他以为音乐会是他生命中不可或缺的部分。但毕业之后，他突然发现自己对音乐的兴趣一下子淡了许多，偶尔会听，但不再热衷，音乐成了可有可无的东西，而到了刑警队后，更是忙得没有时间去听了。

左欣笑了笑。或许是心理因素，自从那次见到她笑之后，他觉得她的笑比以前多了起来。

"先吃饭吧，面一会儿要凉了。"

他这才闻到一股香气，这香气让他肚子咕咕叫了起来，他来到餐桌前。餐桌上放着一大盘肉酱意大利面，还有一盘素炒西兰花。他忍不住吞了吞口水。

"不知道合不合你的口味，今天晚上刚熬的酱。我喜欢吃意面，有时候会多做些酱，放到冰箱里，随时可以热着吃。简单方便，又比泡面要健康得多。"

张霖迫不及待拿起叉子，狼吞虎咽了起来。

左欣在电视柜前的音响前摆弄一番，随后音乐声传来，是他刚才听的那首曲子。

"我一个人在家的时候很少开外放。这老房子隔音效果不怎么好。"

音乐，美味的食物。张霖觉得很久没有如此放松过了。

他把一大盘意面吃得精光，左欣又从冰箱里取了一听可乐递给他。他道谢后打开，冰凉的可乐滑过喉咙。他真希望时间能停留在这一刻。

"这是什么曲子？"他问。旋律正变得激烈起来。

"理查德·施特劳斯，《死与净化》，我最喜欢的曲子之一。"

死与净化。他琢磨着这两个词。死，净化。他一下子想起了这两天他见识过的死亡，想起两个死于不同原因的女人的脸。尤其是死在巷子里的那个女人，她活着的时候漂亮，脸上充满了幸福，死了之后就只有一张苍白可怖的脸。死亡能净化什么？死亡只能带走什么，带走一切美好的东西。他竟然有些生起气来。

"死能净化什么呀？"但话一出口他就后悔了。这些跟左欣有什么关系？她不过是在给他介绍一首她喜欢的曲子而已。

或许是察觉到了他的这种变化，左欣沉默了。张霖懊悔不已，恨不能马上消失，他好不容易跟她走到如此近的程度。

"这首曲子对我有特别的含义。"

左欣说着把长裙向上拉，一直拉到膝盖的位置。弯曲丑陋的疤痕攀附在她的左腿上，从脚踝一直延伸到膝盖。

"我差不多算是死过一次。"左欣说，"车祸，昏迷了三天。这条腿里有三根钢钉。以前我也不是很喜欢这首曲子的，我不太喜欢理查德·施特劳斯，我更喜欢莫扎特。但在我昏迷的时间里，这首曲子一直都在我脑海里响个不停。醒了之后，我觉得自己像是变了一个人。"

张霖再次涨红了脸。他终于明白了为什么这么热的夏天左欣都只是穿牛仔裤或者长裙。

"对不起。"他嗫嚅。

左欣只是微微笑了笑，没再说什么。

"谢谢你的面，很好吃。"张霖深吸一口气，说。

"要不要给你带点酱？"

"不用不用。"他赶忙摆手。

"不过改天我可以把做法告诉你，这酱我有很多原创的地方，可以说是独家秘方了。"

"好哇。"他终于放松了下来，"授人以鱼不如授人以渔。时间不早了，我就不再打扰你了。"

"陀螺的事情，真的很对不起。"左欣脸上再次露出歉意。

"不用放在心上。我有预感，它现在正在家门口等我。"

"但愿。"

他跟左欣告别，从房间的正门出去。走出门之后他才彻底松了口气，放松下来，然后被一阵幸福的暖意所包裹。回想起在便利店里，左欣关灯的那一瞬间他脑海里的胡思乱想，他不好意思了起来。

他很庆幸，在左欣家里，除了吃饭，除了听音乐，除了跟她聊天之外，别的什么都没发生。

刚走进楼道，张霖就听到了一声温柔的猫叫，他赶忙跑上楼，果真看到了蹲在门口的陀螺，他笑了笑。

"你是故意在给我创造机会吗？"他抱起陀螺。

喵。

陀螺冲他叫了一声，仿佛在对他提出的问题做出回答。

他给左欣发微信，告诉她陀螺回来了。

太好了，这下我终于放心了。左欣回复。

这天晚上，张霖翻出闲置了许久的耳机，下载了那首《死与净化》。他在曲声中回想着左欣的话。车祸，昏迷了三天。他终于明白了一开始对左欣的感觉。她的确是有故事的女人。是因为那起车祸她才来到这座城市吗？那起让她昏迷了三天的车祸是怎么发生的？除了留在她腿上的疤痕跟腿里的钢钉之外，在她心里留下了什么？他想要了解她再多一些。他在这样的胡思乱想中入睡。梦到左欣与他相对而坐，她那条布满伤疤的腿搭在他的腿上，他轻轻抚摩着那条腿，疤痕在他的抚摩下渐渐消退，皮肤再度变得光滑。左欣站起身，围绕着他走了起来，她的腿不再瘸了，脚步轻快。他仰着头看她，像是看到了天使。

他很久没有像这样快乐过了。

9

早上醒来之后张霖就觉得精神百倍，甚至有信心今天就能把五羊街那起案子给破了。光头却是跟他完全相反的状态。张霖到办公室的时候，光头已经坐在办公桌前了，愁眉苦脸地看着卷宗，桌上放着啃了一半的包子。他甚至没有注意到张霖走进来。办公室的空调制冷效果不好，光头额头上冒着汗却浑然不觉。看到光头的黑眼圈后，张霖觉得有必要在光头面前收敛起自己的好心情。他尽可能地把脸上表情抹去，给自己戴上一张不会让光头讨厌的面具。这之后才清了清嗓子，光头抬起头来。

"霖子你怎么这么磨蹭！都几点了？！"

才八点，办公室里除了他俩之外，一个人都没有。

光头把卷宗扔到桌上，最上面的是五羊街那起案子受害人林静雯的照片。不是案发现场的照片，而是那天他们从林静雯的男朋友袁鹏飞那儿要来的，现场走访的时候用。照片上林静雯笑得很甜。张霖总觉得光头对这起案子投入了主观的情绪。从那天确认死者身份之后，张霖就觉得光头的情绪起了变化，话少了，眉头皱得多了。一开始他以为是因为罗宋的事儿，但现在看来，不是罗宋的原因，最起码不全是。否则光头不会这么一大早就来到局里，盯着死者生前的照片看。

"我突然想到一个方向，"光头从桌上拿起包子啃了一口，"黄海宇那个浑蛋给的灵感。你觉得我们有没有必要再挖一挖这个袁鹏飞？"

张霖摇摇头。光头有些病急乱投医了，好像所有死了的女人都有很大概率是被丈夫或男友杀的。当然这也怪不得光头，张霖还清清楚楚地记得不久前看的一篇文章：2017年针对女性的故意杀人案中，有超过三分之一的女性是被现任或前任伴侣所杀害，平均每天有一百三十七名女性被家庭成员所杀害。虽然大部分故意杀人案的受害者是男性，且行凶者是陌生人，但女性更容易死于她们所认识的人。不过林静雯是在户外遇害的，而且袁鹏飞才跟林静雯求了婚，应该是两个人感情最好的一个阶段。从前天袁鹏飞的反应来看，不像有什么隐瞒。

"我觉得我们还是先去把那附近的监控再扒一遍，范围可以扩大一点，看看有没有看漏的，然后走访附近的住户商户，最好能确定凶手是在那条巷子附近袭击了林静雯，还是在别处挟持了后带到那条巷子里去的。"

光头把最后一口包子塞进嘴中，边咀嚼边思考。

"行吧，先按你说的来，实在不行再回头查袁鹏飞。"光头还是没有放弃这条线，"那赶紧走吧！趁齐队跟吴局还没来局里，被他们逮着，又得教育一番了。没事儿开什么招商会？这破地方谁会来投资！"

他们先回到了案发现场，重新查看了一遍，指望着能找到什么新的线索。无功而返后，光头建议兵分两路，张霖去查监控，他去周边走访。

查监控是一件极其枯燥的事儿，需要耐心，需要好眼力，极其耗费精力。做刑警一年多以来，这是张霖最不愿意干的一件事儿。他甚至觉得这正是光头安排他去查监控，而自己去走访的原因。他把监控范围扩大了两个路口，又把前天已经看过的监控重新看了一遍，但没有发现新的东西，只能更加确定，林静雯是从禁止车辆通行的天威巷走的。

下午一点左右，张霖揉着酸胀的双眼跟光头在一家小饭店碰了头，随便吃点东西垫垫肚子。光头那儿也几乎没什么收获。案发在晚上九点以后，这个城市夜生活原本就不丰富，案发地点也不是什么繁华街道，再加上当时大雨将至，行人稀少，路两侧的小店差不多都已经关门了。除了天威巷巷口还在营业的奶茶店老板不十分确定地说好像见过林静雯之外，没有任何发现。

"如果这是一起随机发生，而且很有可能是临时起意的抢劫杀人案，在没有监控、没有目击证人的情况下，简直就是大海捞针。"光头双手搓了搓脸，神情疲惫，"不行只能发通告征集线索了。霖子你觉得呢？"

从目前的情况来看，似乎也只有这一条路了。

"手机要不再定位看看？如果是抢劫，凶手会尽快转手，买家肯定会开机。"

光头想了想，点点头。

"我一会儿联系技术那边，让他们再试试看。"说完光头长叹一口气，"要是宋哥在就好了。"

可是即便罗宋在，这样的情况下又能怎么做呢？张霖心想。同时他发现了另外一个问题，光头有些过于依赖罗宋了。没有了罗宋，难道案子就破不了了吗？

"吃完饭再去袁鹏飞那边了解些情况。"光头说。

光头还没有彻底放弃这条线，不过以现在的情况来看，这也未必不是一个方向。路走不通的时候，不妨瞎走走碰碰运气。这真不像是罗宋能说出来的话，但罗宋的确这样告诉过他。不过张霖还是说服了光头，与其直接去找袁鹏飞，倒不如先从袁鹏飞周边入手，如果他们之间真有什么隐情，袁鹏飞不会轻易吐出来。

吃完饭，光头给技术科打了电话，得到的答复是手机还是在关机状态。可能是凶手把卡取出来扔了。但那枚没有被拿走的戒指让张霖一直在怀疑另外一种可能：这个案子的性质不是抢劫。没有人认同他的这个想法，但这个想法始终在他脑海里徘徊不去。

这之后他们分别找到了当晚跟林静雯一起吃饭的几个朋友，侧面打探袁鹏飞跟林静雯之间的关系。光头有些心急了，一些问题过于直接，被询问对象一度露出了不解的神情。但哪怕是林静雯最亲密的闺蜜，也没听说袁鹏飞与林静雯之间有什么不和。那是对模范情侣，足以让人心生妒忌。最后他们又去了袁鹏飞家里。茶几上摆放的林静雯单人照，杂乱不堪的沙发，地上散落的酒瓶，以及袁鹏飞失神的双眼，这一切让光头打消了提出一些尖锐问题的想法。到最后也只是再次了解了袁鹏飞与林静雯之间最后联系的时间跟内容。从袁鹏飞家里出来后，张霖知道，光头彻底放弃了这条原本就不切实际的路。

傍晚时分，他们回到局里，不得已跟吴局汇报了情况，并申请发布协查通告。意外地，吴局没有对他们的毫无进展表示不满，或许是因为他有更重要的事要操心。

这一天在毫不间断的忙碌中度过，一直到晚上十一点，张霖才回到了那间只有一只猫在等着他的房子。屁股一挨到沙发上就再也不想起来了。他瘫倒在沙发上，饥饿的感觉也没能让他起身去厨房给自己煮一碗泡面。陀螺爬到沙发上，窝在他腿边，他连抚摩它的力气都没有了。

这应该是他做刑警以来工作强度最大的一天，上午半天查看监控，精神高度集中。下午又跑了多个地方，体力耗尽。真正的身心俱疲。他感觉光头要为此负点责任，他越发觉得光头在这个案子里表现有点反常，有些过分投入了。是因为罗宋不在吗？有可能。等案子破了，一定要好好宰他一顿。

他这才注意到餐桌上有张纸，想了一会儿，他觉得只有可能是左欣来留下的。他赶忙起身，来到餐桌旁。

我给陀螺洗了个澡。冰箱里的白色饭盒里是我做的意面酱。

左欣

他来到沙发旁，抱起陀螺，凑近了闻。有左欣家里的味道，他把头埋在陀螺身上，贪婪地嗅着，陀螺挣扎着从他怀里跳出来，叫着走开了，叫声中仿佛能听出不满。他来到厨房，打开冰箱，除了白色饭盒，还有一袋意面跟一听可乐。

他煮了意面，用左欣亲手做的酱拌了，大快朵颐起来。一大盘面吃完之后，他从冰箱里拿出冰凉可乐。第一口可乐入口后，一天的疲倦就此彻底消散了。他回到沙发上，戴上耳机，抱起陀螺，闭上眼，在《死与净化》的旋律中回忆昨晚跟左欣单独度过的短暂时光。

再睁开眼的时候，他听到一阵急促的敲门声。天已经大亮，光线刺眼。他扭头看了看墙上的挂钟，八点五十。

靠！他低声咒骂，赶忙从沙发上爬起来，光着脚跑过去开门。

"你还活着啊！"光头一脸的不快。

"睡过头了……"

"我从七点多就给你打电话，一直关机，我还当你出什么事儿了！"光头走进来。

张霖拿起放在茶几上的手机，没电了。昨晚躺在沙发上听着音乐睡着了，没能给手机充电。

"手机没电自动关机了！"他说着从卧室拿出充电宝，给手机充上电，"等我一会儿啊，我就洗个脸。"说完闪身进了卫生间。

从卫生间出来的时候，光头正拿着餐桌上的那张纸看。张霖赶忙走上前，从光头手里夺过来，有些恼怒。

"你小子恋爱了呀。"光头说。

"没有哇。"张霖脸烫了起来。

"怪不得手机关机，春宵一刻值千金啊。"

张霖不再搭理他。

"左欣，是谁？不给介绍一下？"

"说了没谈恋爱。"

"进了你的家，给你的猫洗了澡，还给你亲手做了意面酱，不是女朋友，难道是你妈呀？"

张霖刚要开口，发现光头瞪大了双眼。

"霖子你还养了猫？！"

陀螺就在这个时候从沙发上跳下来，款步向他们走过来。

"我 ×，真是稀奇，我第一次见一个单身刑警养猫！你还说自己没恋爱？"

张霖被光头纠缠得不厌其烦，不能让他在这个话题上没完没了地说下去了。

"行了，我收拾好了，走吧。"

光头没动，反倒是蹲下身子逗起陀螺来。张霖叹了口气。

"你不是急着去查案子吗？"

"不急这一会儿。别说，这猫跟我前妻以前养的那只有点像！"

陀螺在光头腿上蹭了几下，光头看着猫的眼神竟然流露出一丝温情。

"是吗？我倒是觉得你挺急的，一大早七点多就给我打电话？这个案子有什么特别的？我总觉得这两天你有点不对劲。"

"我有吗？"光头说着站起身。

谈话的焦点转移到了光头身上。

"有哇，我觉得你对这案子投入了不一般的精力。"

陀螺蹲在张霖跟光头中间，抬头看着他们两个说话。

"也没什么特别的原因。那个林静雯，长得有点像我老婆。哦，不对，应该是前妻。刚看到尸体的时候还没特别的感觉，你也知道，人死了样子就不太一样了。看到监控的时候，我就觉得她像我前妻，越看越像，尤其是我刚跟她谈恋爱那会儿。"

光头的头垂了下去，盯着陀螺看。张霖认识光头的时候他就已经离婚了，不知道因为什么，这会儿他好奇了起来，但又不敢轻易问。他始终觉得轻易打探别人的隐私是件不礼貌的事情。

"做我们这行的，家庭幸福的不算多。"光头虽然在笑，但能看得出来，他绝对不是在开玩笑，"不是吓唬你呀，算是给你个忠告，谁让你在谈恋爱呢？要多花时间陪陪人家啊，别把精力都放在案子上，一听到有案子眼睛就瞪得老大。"

"说了我没恋爱……"光头的这番话，让张霖的心情也跟着沉下来。

光头的电话响了，他接起来。几句话后，光头脸上的笑骤然消失了，脸阴了下来。挂断电话后，光头盯着张霖看了好一会儿，张霖被看得有些发怵。

"他姥姥的，又死了一个。"光头咬着牙说。

10

醒的时候，罗宋发现自己正以一种极其难受的姿势趴在床上。一只胳膊被压在身子底下，头垂在床外，手麻了，脖子也僵了，动都动不了。一股难闻的味道冲进鼻腔。他艰难地抬起眼皮，一双鞋子出现在眼前。他盯着那双鞋，或者说盯着覆盖了鞋面、填充了鞋里的呕吐物。我吐的？应该是我吐的。他在心里自问自答。可这是谁的家？他勉强动了动僵硬的脖子，四处看了看。是我家。他放下心来。

可是这他妈的是谁的鞋？他用没被压在身子底下的那只手撑起身子。起得太猛了，他感觉到一阵目眩，眼里闪烁着星星，像是被人打了一闷棍。等终于平复之后，他开始回忆昨晚的事儿。想不起来。脑子里只有乱七八糟的记忆，哪些是梦哪些是现实哪些又是他的想象，他分不清，所有的记忆全都搅在一起，散发着让人极其不愉快的气息。就像是地上那摊呕吐物。他酒后会失忆，这是那天他在教堂外了解到的一个事实。他竟然对那晚的事情一点记忆都没有。但这也解释了一些问题，譬如在他以为自己只是关在家里喝酒的那几天里，为什么鞋子上会沾上还没干透的泥。这鞋是谁的呢？他忍不住想。随后换一个问题。那我的鞋呢？

他下床，避开地上的呕吐物，光脚走到外面，查看鞋架上的鞋子。可接下来又是一个新的问题：我昨天穿的是哪双鞋？想不起来。于是又引发了再下一个问题：我究竟有多少双鞋？又是哪双鞋不见了呢？他生起气来，把鞋架翻倒在地。一阵宿醉引发的干呕暂时压制了他的怒气，他跑到卫生间，抱着马桶干呕起来。除了口水跟胃里泛上来酸苦的液体，什么都没能吐出来。要么是已经吐光了，要么是根本就没吃过什么东西。

一直到再也没有想要呕吐的感觉了，他才松开马桶，起身来到洗手池前。水泼在脸上的时候他想起一张脸。有些熟悉又有些陌生的脸。这张脸，他昨晚见过，这一点他能确定。他的记忆围绕着这张脸打转，可除了脸，什么都记不起来。他又开始焦躁起来，心里像是绕着一团乱麻。记忆跟你玩捉迷藏，是人生中最为糟糕的感觉之一。还不如什么都记不起来。等你主动放弃了，不再跟它玩了，它就会百无聊赖地现身。记忆就他妈的是个三岁的小孩！他把水泼在镜子上，镜子中映出的那张脸变了形。

他来到沙发上，点起一根烟，尽量什么都不去想，尽量把那张脸给忘了。瓶底还有一点酒，他仰头喝了。肚子发出了点声响，饥饿找上门来。厨房里可能还有些面条，他想要起身的时候，脚一下疼了起来，他抬起脚，左脚大拇指，三厘米长的伤口。原本已经长好的伤口这会儿又渗出了血。但多亏了这疼痛，把关于那张脸的记忆给勾了出来。只有一些记忆的片段：赤脚走路、坐在小区门口的路牙子上、辅警、鞋子，记忆中那张脸是辅警的，鞋是辅警给他的。这两点应该可以确认，至于其他，依然在迷雾之中。那辅警他以前就认识，负责这一片小区起码有个一两年的时间了，知道罗宋是刑警，每次见到都会跟他打个招呼，问候几句。他还记得辅警的名字跟他的名字有点什么关系，不是姓罗就是姓宋。

罗宋找来创口贴，包住脚上开裂的伤口后进了卧室，用两根手指捏起那双难闻又难看的鞋子。这双鞋子怕是不能还给辅警了。他捏着鞋子来到门口鞋架旁，放在地上，跟自己的鞋子比了比，差不多一样大。他知道该怎么办了。终于有机会处理那双妻子没来得及送给他，他也永远都不会穿上脚的鞋子了。与其让它发霉腐烂，还不如让它发挥点用处。

他把鞋架扶起来，鞋子一双双收拾好。清水煮面条，放点盐，大口吃完。卧室地板清理干净，把这几天积攒的垃圾统统收到垃圾袋里。他第一次发现收拾房间原来有平复心情的作用，他觉得心情终于好了那么一点，甚至连想要喝酒的欲望也消失不见。趁他不想喝酒的这会儿，他可以出门转转。

他拿着那双新鞋出了门，把它放在了副驾驶座上，有机会遇到那个辅警的时候可以给他。一上车他就听到了凄厉的警笛声，他下意识地绷紧了身子。这条件反射式的反应让他有些恼怒。他气冲冲地点火，踩油门，车子同样气冲冲地从车位蹿了出来。

从小区门口出来，正巧看到辅警骑着摩托从他车子前面经过，他狂按喇叭。辅警在不远处停了下来，双脚支地，回过头，一脸怒气地往罗宋所在的方向看过来。罗宋下车，辅警看到他后，脸上的怒气瞬间消散，微微笑了起来。

罗宋讨厌那笑。那种某事只有你知我知时才会露出的笑，那种带有某种亲密意味的笑。或许是对方觉得昨晚那件事儿之后，他们之间的关系更进一步了。

"罗警官，酒醒了？"辅警说。

罗宋没有回答，弯腰从副驾驶上拿过鞋子，递给他。

"把你那双鞋子弄脏了，没法穿了，这双给你，尺码差不多。"

"罗警官，这……"辅警说着接过。

话还没说完，对讲机里传来声音，辅警严肃起来，支起耳朵听着。对讲机里那个急促的声音让他尽快赶往沁水花园。

"罗警官，就不跟你聊了，对面小区死了个人。"

辅警说着扭过身子，打开摩托车右后侧悬挂的箱子，把鞋子放了进去。

"你不过去吗？听说是入室杀人。"

罗宋皱起眉，然后摇了摇头。

"我有其他事儿。"他撒谎道。

"那我过去了呀。"

又有一辆警车经过，车速极快。辅警也赶忙发动车子跟了上去。

入室杀人。罗宋望着远去的警车及摩托想，这应该是这一周里的第三起命案了，这还只是城东分局辖区范围之内。他想起上次去城西分局时，王建武办公桌上摆放的卷宗，一个女人在住房内被杀死。

罪恶是痼疾，谋杀是瘟疫。

瘟疫开始蔓延了。不对，瘟疫早就在蔓延了，从来都没有停止过。以前的他，还以为自己能对此做点什么，甚至相信自己能阻止它。那时候的信心是从哪儿来的？他不知道。但他清清楚楚地知道，自己是在哪里把信心给丢了的。有些东西，一旦丢了，就再也找不回来了。

他感觉到有人在看他，有一种被人盯视的感觉。他转动头，四处寻找，终于在小区保安亭玻璃门后看到一张脸。目光接触的那一刻，保安微微笑了笑，冲他轻轻点了点头。他没有回应，转身上了车。或许那个保安是昨晚他那场闹剧的另外一个见证者。关上车门的时候，他仍能感觉到投射在他身后的视线。

　　他发动车子，深踩油门，想把一切都甩在身后。

第三章　恶魔

1

往现场的路上，为了速度，光头没有开空调。发动机的嘶吼让张霖紧紧抓住头顶的拉手，心跳的速度随着车速起伏。他微微侧过头，看到一滴汗正从光头的额头中央缓缓下滑，滑过鼻梁，滑向鼻尖。看着这番景象，张霖觉得自己的鼻子都痒了起来，他伸手挠了挠。光头没有动，右手扶着方向盘，左臂肘搭在车窗上，任由汗滴滑下。终于，那滴汗滑过鼻尖，滴了下去。张霖松了口气，转过头看向窗外，他看树、看云、看烈日照耀下的城市，看炎热造就的寂寥街道。他尽量不让自己现在就开始思考这起新发生的入室杀人案，不让自己去揣测到底是什么让这个城市罪恶丛生。

到了住宅区，速度终于慢了下来，进了案发的小区后，他们往人群集聚的地方开过去。几辆警用摩托横在小区内的一条路口，几个辅警正在维持秩序，呵斥、阻拦，努力让好奇的人们不再离案发现场更近一步。光头靠边停好车，他们下车，挤过人群，向辅警们亮明身份，走了进去。走过警戒线之后，张霖突然心跳加速。他不确定是什么原因。是因为一周内接连发生了三起案子吗？做刑警一年多来，他还没有遇到过命案如此密集发生的情况，像是某种传染的疾病。就连光头一路上都一言不发。张霖有种不太好的预感。

楼下，新晋刑警王文斌正弯腰扶膝干呕。王文斌刚从警校毕业没多久，这应该是他第一次出命案现场。张霖过去拍了拍王文斌的肩膀，对方站直了身子，强忍住干呕。

"张哥。"王文斌有些不好意思，捂了捂嘴，"齐队他们在楼上呢。"

"几楼？"光头问。

"三楼。"王文斌终于忍不住，弯腰又干呕起来。

张霖又拍了拍他的肩膀，跟光头上了楼。

"我×，这味儿。"才爬到二楼的时候光头就皱起了眉。

张霖经常听罗宋说光头是属狗的，鼻子好使。张霖一直走到门口才闻到了血腥的味道，这味道让他心里一紧。屋子里闷热异常，客厅看上去没有什么异样，整齐干净，局里的几个技术员正在取证。齐队站在一间卧室门口，汗水已经打湿了他的后背。

"齐队。"光头招呼道。

齐队转过头，面无表情地冲他们点了点头。

张霖走过去，目光越过齐队的肩膀，往房间里面看去。看到房间里的情形，他明白王文斌为什么要在楼下干呕了，也让他想起了做警察后第一次看到尸体时的情形，一具被乱刀砍死血肉模糊的尸体。其实他还没有看到尸体，他只是看到了白色墙壁上暗红色的血。那是喷溅的血迹。他抻了抻脖子，终于看到了床上的尸体。俯卧在床上的女人，猛一看像是穿了件红色的背心，但仔细看后才发现只穿了一条内裤，赤裸的后背整个被血染红。死者头朝向右侧，圆睁着眼，脸上同样沾染了血，头部右侧床上的血迹与墙上的喷溅血迹连接起来。

分局新来的年轻女法医吴冷云皱着眉，冷冷地看着师傅高振检查床上的尸体。

"初步推断死亡时间在八到十二个小时，也就是昨晚九点到凌晨一点之间。背部有多处单刃锐器造成的刺创，但致命伤应该是脖子上这一处，"高振说着指向死者脖子右侧，"刺穿了颈部大动脉。身上未见明显的约束伤跟抵抗伤。"

"谁报的警？"光头问。

"一个女人，不知道跟死者什么关系，现在在隔壁卧室。"齐队说，"被吓傻了，还没问出话来。"

"我们过去看看。"光头说。

转身要走的时候，死者脚踝位置上的某个东西引起了张霖的注意，他停了下来。一开始他以为是一处血迹，他向前走了一步，仔细看了看，发现那是一处文身。一朵玫瑰，暗红色的花瓣，文在女人白皙的脚腕上。

卧室床上坐着的女人面色苍白，眼睛看向地板，眼神涣散。张霖在心里记住女人的反应。他会记住每一个人在面对一起案子、一具尸体时的反应，记住他们的眼神，他们脸上的表情，他们张口说第一句话时的声音。这是一种积累，他期待有一天，在他的经验积累到一定程度的时候，能够迅速判断一个人在一起案子中是无辜还是有所隐瞒。所谓的直觉。就像罗宋一样。一旁站立的女警看到他们进来后，快走两步上前，压低了声音说：

"这十几分钟里一句话都没说，一直是那个样子，估计是被吓坏了。"

光头轻轻咳了一声，女人没有反应。女警走过去，轻轻拍了拍她的肩膀，女人抖了抖身子，抬起头来，看向他们，眼神终于慢慢聚焦到了一处，然后哭了起来。先是啜泣，女警坐到床上，搂住女人的肩膀，低声说了些什么，女人头靠在女警肩上，放声大哭了起来。女警抬头对他们说了句什么，声音低到听不见，但从嘴形上能看得出，对方是在说：一会儿吧。

张霖无奈地跟光头从次卧出来。齐队正在客厅里翻看一个女式手包。

"有两千块钱，"齐队从包里掏出一沓钱，"手机在床头柜上放着，现场也没有翻找的痕迹，可以排除是侵财了。"

"有性侵痕迹吗？"光头问。

"高振说没看出明显的性侵痕迹，不过还得回去进一步尸检。但是死者身上没有明显的抵抗伤，现场也没有打斗的痕迹。死者上身赤裸，但衣服是整齐地摆放在床头凳上的，说明衣服是死者自行脱下的。我怀疑凶手下手的时候，死者正在睡觉，应该就是被发现时的那个姿势，所以丝毫没有抵抗。"

"凶手是怎么进来的？"

"没有暴力破门的痕迹，看死者的穿着跟姿势，肯定也不是死者给开的门。两种可能：技术开锁，或者凶手有钥匙。"

"不是为财，也不是为色，多处刀伤，反复戳刺，仇杀的可能性很大呀。"光头说。

"我也这么觉得。"齐队点点头说。

卧室里的哭声渐渐弱下来，变成了抽泣声。不一会儿后，抽泣声也消失了，传出低声交谈的声音。所有的声音都消失之后，门开了，女警站在门口，冲他们点点头。

女人的脸上恢复了血色，妆被眼泪冲花了，两道黑色的痕迹从眼睛下方蜿蜒至嘴唇。女警从床头柜上抽出一张纸巾递给女人，女人接过来，擦了擦眼，深吸一口气，缓缓吐出，像是终于做好了准备。

"你跟她是什么关系？"光头问。

"好朋友。"一场痛哭过后，女人声音变得沙哑。

"能不能把你发现尸体的情况大概讲一下？"

"我们是做婚礼跟妆的。今天有个婚礼，昨天约好了今天早上六点半来接她。六点半我到她家楼下，"女人努力控制着情绪，"我打电话给她，一直没接，我就上了楼。我有她家钥匙，开门进来，然后就……"

女人终于忍受不住，再度哽咽起来。

"你进门的时候门是锁着的？"

"嗯……"

"你跟她关系应该挺不错的吧？"

"她是我最好的朋友。"

眼泪滴落下来，碎在了地上。

"那你知道有什么人可能会做出这种事儿吗？"光头问。

女人抬起头，看向光头，露出疑惑的表情。

"有没有什么仇人？或者说谁恨她？"

女人想了一想，然后轻轻摇头。

"她结婚了吗？或者有男朋友吗？"

"她现在单身，也没听她说有谁在追她。"女人顿了顿，"你这么一说，一年前她跟前男友分手，闹得挺不愉快的。"

"不愉快？"

"那个男的劈腿，被她发现了。男人想挽回，求了她好多次但都被她拒绝了，还在他们家门口大吵过几次，有一次她都报警了。但是我好长时间没见过那个男人了，应该已经死心了。"

"他们谈恋爱的时候是住在这里的吗？"张霖问。

"对。这房子是我朋友的。"

"他们同居？"

女人点点头。

"那个男人叫什么名字？"

女人想了一会儿。

"韩冬林。"

"雷子!"

是高振的声音。声音高亢、急促,似乎蕴含着某种不祥。张霖心跳加速。他们把女人留在次卧,来到了主卧门口。高法医正蹲在地上,手里拿着一张纸,远远地能看到纸上的血红。

"怎么了?"光头焦虑地问。

高法医慢慢站起身,仿佛手里的纸有千斤重。他把纸递给光头,光头看了一眼,满脸凝重,随后又递给了齐队。那是一张 A4 大小的纸。张霖探过头去,血红的大字覆盖了一部分黑色的铅字。那张纸终于传到了他的手上,他终于能看得仔细。看标题应该是一份保险合同的条款页,那上面手指粗细的字,无疑用死者的血写就的。

他深呼吸,盯着纸上的血字,试图从中参透什么。纸上面写着:

6 : 3。

六比三。

六点零三分。

六除以三?

张霖在揣测这组数字含义的时候,发现高法医跟光头对此有某种特别的反应,两个人对视的目光之中另有深意,但齐队并没有类似的反应。他又想起刚才高法医喊光头时的声音。最重要的是,他喊的是光头的名字,按照常理,他应该喊齐队,他也应该把发现的证据先递给齐队。毕竟齐队才是现场的负责人。他好奇地看看光头,又看看高振。光头注意到了他的目光,但什么都没说。

"我在床头柜后面发现的。"高振说,"估计是从床头柜上滑下去的。"

"这是用死者的血写的吗?"齐队问。

"看上去像是用指头蘸着血写的，没有指纹，应该戴了手套。是不是死者的血，得进一步鉴定。"

"那这个是什么意思？六点零三？作案时间？"

"这可说不好。"高振摇摇头，"从死亡时间上来推算，清晨六点零三分不太可能是案发的时间。就算是案发时间，我也想不通把这个留在现场有什么含义。当然了，这个要靠你们去查证喽。"

高振说完后，又看了光头一眼。

齐队点点头，把手里的纸递还给高振。高振接过来，小心地放进物证袋。

"还有其他的发现吗？"齐队问。

"暂时没有，尸体准备运回去了，先尸检完了再说吧。"

"赶紧运回去吧，尽快尸检，有什么有用的线索马上告诉我。"齐队说，"雷子，你再去跟隔壁的姑娘聊聊，了解下死者的人际关系。"

"齐队。"王文斌在身后喊。

"你小子终于吐完了？"

"对不起，丢人了。"王文斌挠了挠头，有些不好意思。

"丢什么人？谁不是这么过来的呀？"光头说。

王文斌不无感激地看了光头一眼。

"走访一下邻居，询问下情况，另外去物业查一查监控。"齐队吩咐王文斌道。

"这数字，有什么深层次的含义吗？"大家各自行动后，张霖终于忍耐不住心里的好奇，问光头。

"我看你跟高法医像是知道点什么。"

光头沉默了一会儿，说：

"不是知道点什么，而是想起点什么。"

"什么？"

"六年前的一起案子。大案子。接连死了三个人，现场都留下了数字。"

张霖一下子来了兴致。

"哦？跟这案子有关系？"

光头瞥了张霖一眼。

"看你小子又两眼放亮了。"

张霖赶忙收敛了脸上的表情，尽管他也不知道自己脸上究竟是什么样的表情。

"那个案子早就破了，而且凶手已经死了，确切无疑。再说，这个数字跟当年凶手在现场留下的数字不一样。"

"不一样，怎么不一样法？详细说说呢？"张霖追问。

"哪有空跟你在这儿废话，有时间自己去翻卷宗。对了，那案子是罗宋破的。"光头说完又去了次卧。

张霖怎么也抑制不住自己内心的好奇，想着光头刚才说过的话。接连死了三个人，现场都有数字。连环杀手？案子是罗宋破的。怎么破的？凶手已经死了？光头这么自信眼下的这起案子跟当年的案子没有关系？他想了很多，直到他意识到需要克制自己的好奇心。他一向对连环杀手抱有兴趣，但从没想到过自己会距离一起连环杀人案这么近。回头一定要找卷宗来看一看，但眼下，必须得集中精神在这起案子上。他深呼吸，收敛心绪，也往次卧走去。

从死者田梦岚的闺蜜，也就是报案人吕晓倩那里了解到，田梦岚性格比较内敛，喜欢打网络游戏，工作以外宅在家里的时间较多，人际关系相对简单。没听说过有什么仇人，如果从仇杀的角度来看，目前能扯得上关系的就是田梦岚的前男友韩冬林了。韩冬林跟田梦岚同居过，有过房子的钥匙。据吕晓倩了解，田梦岚在分手后并没有更换过锁。但韩冬林跟田梦岚已经分手一年了，如果真的是因为分手闹得不愉快，又怎么会在一年后才来报复呢？在取得进一步证据之前，张霖觉得要对此存疑。

而王文斌那边，在周边邻居走访过程中没有发现有用的线索。再加上老小区物业不完善，监控设备基本处于无维护的状态，能用的就用，不能用的也没有人积极维修。从还能用的监控中也没有发现什么可疑人物或有用线索。

时间到了中午，齐队接到高振的电话，高振说进一步的尸检中没有发现任何性侵痕迹。简单吃过午饭之后，张霖跟光头去电信公司调取了田梦岚近期的通话记录。他们在分析田梦岚的通话记录时，发现了一个近期联系频繁的号码，而这个号码的机主，正是田梦岚的前男友韩冬林。光头试着拨打了这个号码，却提示电话已关机。就在韩冬林的嫌疑骤升的当口，他们接到了齐队的电话。电话中，光头跟齐队简单汇报了一下情况，但齐队让他们马上赶回局里，吴局等着听报告。

一个人对于周边氛围的感知是因人而异的。越是敏感的人，就越能感知到周边氛围的变化，能察觉到其他人细微的情绪变化。就像是一个情感的雷达。张霖时常感觉自己的雷达过于灵敏了，他很难把它当作一个优点。有时候他倒希望自己能迟钝一点。不过此刻，即便是低灵敏度的雷达也能从吴局的脸色中接收到信号，他皱一皱眉，所有人的心都忍不住要紧上一紧。

招商引资大会马上就要召开了，辖区内却接二连三地发生命案，况且性质也十分恶劣，拦路抢劫、入室杀人，吴局的压力可想而知。尤其是第一起案子，从案发到现在，已经超过七十二个小时了，黄金时间已过，却没有发现什么有用的线索。

"从昨晚到今天凌晨这段时间内，周围邻居没看到可疑人物，也没听到什么声音。小区里监控有限，设备比较老，画质也差，目前也还没发现可疑人员。"齐队报告道。

"我不想听你没发现什么，我只想知道你发现了什么。"吴局说。

"没有财物丢失，没有遭受性侵，死者身中多刀，背部被多次戳刺，致命伤是颈部大动脉处的刺伤。手段极其残忍，我们推测仇杀的可能性最大。死者的人际关系比较简单，唯一的疑点是其前男友，我们在死者近期的通话记录中，也发现了近期与前男友有过通话记录。"说到这儿齐队看了一眼吴局，眼神有些忌惮，"人还在找。"

吴局阴着脸，什么都没说。

"吴局，我们在现场发现了一组数字。"光头补充道。

"我没瞎，看到照片了。"

"吴局，让宋哥回来吧。"光头说。

吴局看了光头一眼，眼神凌厉。

"你觉得这个案子跟那年的案子有关系？"光头还没来得及回答，吴局继续说，"那起案子已经破了，凶手都已经死了，事实充足，证据充分。再说，这次数字跟那起案子里的数字有关联吗？看不出来。"

张霖注意到齐队在听到吴局这些话的时候，一开始有些疑惑，随后又露出恍然大悟的神情。想必在现场的时候，齐队也感受到了光头跟高法医之间的异常。那起案子齐队不是当事人，张霖心想。他对那起案子愈发感兴趣了。

"我不是这个意思……"

"那你什么意思？你的意思是我们城东分局，没了他罗宋就破不了案了？"

"没有，我只是觉得多一个人多一份力量……"

"我看是多添一份儿乱！他现在被停职了你不知道吗？事情才过

去几天？督察大队那边还在盯着这件事儿呢！那个受伤的犯人到现在还没出院，我只是停他职已经够给他面子了！"

光头终于放弃，闭口不言。

"还有什么有用的东西吗？"吴局说着把手里的资料重重地扔到办公桌上，照片从办公桌上滑落，撒落一地。一些照片落在了张霖的脚下，他弯腰捡起。直起身子的时候，其中的一张照片引起了他的注意。那是死者后背的照片。原本布满血迹的后背，已经被冲洗干净，露出一道道触目惊心的伤口。这是他第一次看到死者后背上伤口的形状。他的目光被肩胛骨下方的两道伤口牢牢地吸引住了，他心跳加速。

"霖子！"

光头已经喊了他三声霖子了，他的耳朵能听见，但声音并没有真正被接收并被处理，他的思绪全都集中在了这张照片上，无暇顾及其他。一直到光头拍他的肩膀，他才把目光从照片上移开。所有的人都在看他，看他蹲在地上对着一张照片发了呆，带着好奇，以及一些不满。

"你怎么了？"光头问。

"这案子，跟五羊街那起案子有关系！"

甚至连他自己都能听得出来，他微微颤抖的声音里所透露出的一丝兴奋。

光头从张霖手里接过照片。看到照片之后，光头愣了愣，转向吴局。

"吴局，霖子说得没错，这两起案子，可能真有关系。"

光头说着把照片递给了吴局。吴局看了一眼照片，脸上并没有露出任何张霖所期待看到的表情，惊讶或疑惑，他把照片递给了齐队，问光头：

"这张照片能说明什么？你们凭什么下这个判断？"

"吴局，你忘了第一起案子，受害人后背上差不多相同的位置，肩胛骨下方，也有刀伤吗？"

"我当然记得。"吴局说，"然后呢？"

光头似乎被吴局的这个问题问蒙了，他想了想，对张霖说：

"霖子，你去把五羊街那个案子的卷宗拿过来，在我桌上。"

去办公室的时候，张霖越走越快，他迫不及待要拿到五羊街那起案子的照片，放在吴局面前。在光头的办公桌上，在由文件夹、资料袋、吃剩下的饼干袋子堆就的山中翻找，里面竟然还有一只已经干瘪了的橘子！

终于找到他想要的那份卷宗，又确认了卷宗中有死者后背伤口的照片后，他飞奔回局长办公室，气喘吁吁地把两张照片并排放在吴局的办公桌上。心里带着期许，望向吴局。齐队也凑过来看。

吴局把照片分别拿在两只手上，左右看了看，然后摇摇头，说：

"我看不出有什么特别的。两个人背后都有伤口，然后呢？"

说完吴局把照片丢回了桌上。

张霖张了张嘴巴，好一会儿才说出话来。

"可……可这两个死者后背上有一样的标记呀！"

"什么标记？"吴局问。

这是某种测试吗？张霖忍不住想，吴局是故意对如此明显的标记视而不见吗？

"肩胛骨下方的伤痕啊。"

"你为什么要称刀伤为'标记'？"吴局问。

张霖一下子不知道该怎么回答，他吞了吞口水。

"你的想法太主观了。"吴局摇摇头，"这只不过是有点类似的伤口而已，其实严格说起来，这连相像都谈不上。"

"可两个毫不相关的案子出现类似的伤口，这概率也太低了！"张霖不依不饶。

吴局还是摇了摇头，手指关节敲着办公桌，问齐队：

"高振呢？"

"他父亲心脏病发作住院了，挺严重，还没来得及做尸检就赶去医院了。尸检是他新来的徒弟做的。"齐队说。

"那就让他做尸检的徒弟过来。"

吴冷云跟她的名字一样，总是冷着一张脸。尽管跟她的接触不算多，但张霖总觉得吴冷云的冷是一种自我保护，并非高傲的孤冷，而是因为紧张，因为陌生，因为不确定在不熟悉的人面前该如何表现。在吴冷云身上，张霖能嗅到同类的味道。

"这个尸检是你做的？"吴局指着桌上田梦岚的尸检照片问。

吴冷云探过头去看了一眼，点点头。

"那这个尸检呢？也是你做的？"吴局指了指另一张照片。

"是高法医做的，但我作为助理也参与了。"

吴冷云的声音轻微颤抖，她还不清楚吴局这么问的目的，或许她在担心自己是不是犯了什么错。

"那你觉得，"吴局指着两张照片肩胛骨上的伤口，"这两具尸体后背上的伤口，是否可以判断是同一个人干的？"

吴冷云把照片拿在手上，看了一会儿后放回办公桌，说：

"两具尸体的伤口都是锐器伤，但造成伤口的锐器是否是同一个无法判断。从伤口的位置上来看，都在两侧肩胛骨的下方、背阔肌的位置。但从长度上来说，左侧的这张照片一侧十厘米一侧五厘米，左右不对称且弧度较小，右侧照片上的长度都在十五厘米左右，对称且弧度大。从伤口深度上来说，左侧照片上的伤口仅伤及真皮组织，右侧的这个则深达肌肉组织。"

做此描述的时候，吴冷云自信了许多，声音不再颤抖。

"从这些差异性上来看，我没法判断是同一个人做的。"

"还有件事情不能忽略了，"齐队开口，指了指田梦岚后背的照片，"这具尸体后背有多处刀伤，凶器是刀，行凶过程中，用刀在死者后背反复戳刺，留下这样的伤口应该也并非不可能。"

张霖皱起了眉，似乎没有人认可他的想法，除了光头。想到这儿他看了一眼光头，光头似乎正在思考吴冷云跟齐队所说的话。

"但是，"吴冷云说到这儿看了一眼张霖，或许是注意到了他突然皱起的眉头，"左侧的这具尸体，身上除了这两处锐器伤外没有其他的开放性的伤口。右侧的这具尸体，虽然身体多处锐器造成的开放性伤口，但除了这两处，其他的伤口都是戳刺伤，且穿透了肌肉组织。这两处，可以算作划伤。从这个角度来看，这两具尸体上位于肩胛骨下方的伤口，都是异于身体上的其他伤口的，都是特殊的存在。"

吴冷云的这番话似乎在某种程度上支持了张霖的想法。张霖又看向吴局。吴局盯着照片又看了一会儿后，依然摇了摇头。

"第一起案子，发生在户外，动机是抢劫，死亡原因是勒颈。第二起案子，发生在室内，无财物损失，死因是失血过多。动机、作案地点、作案手法，没有一处是一样的。差异如此之大，大到应该可以忽略你所发现的共同点，只是在差不多的位置发现了有些类似的伤口？这联系太微弱了。"

"第一起案子可能不是抢劫！"张霖抬高了声音。

吴局冷冷地看了他一眼。

"那你说是什么？就因为死者的戒指没被凶手拿走，就能否定案子的性质？"

张霖没想到吴局还记得那天他关于戒指的疑惑，那天吴局无视了他的疑惑，今天，则是彻底地否定。

张霖低下了头。

"我不希望你们盯着这一个点看，尤其不要因为这个耽误了侦查的方向。做刑侦，思维可以发散，但脚踏实地更重要。任何一个想法都要有足够的证据来支持，否则，只能算是胡思乱想。"吴局说，"老齐，你不是说有嫌疑人了吗？继续查去吧。有消息第一时间汇报！"

吴局那句话无疑是针对他说的，这再明显不过了。张霖垂头丧气，感觉到十足的挫败。从局长办公室出来后，光头拍了拍他的肩膀，说：

"霖子，我觉得你的想法也没错，第一眼看到那伤口的时候，我也觉得有关系。不过你也得理解吴局，这两个案子要是真因为这个并了，性质可就不一样了。其实我觉得吴局也不是彻底不相信这个可能，只不过要慎重，不论是谁坐在那个位子上，没有十足的把握，都不会做出并案的决定。还是先查一下死者的前男友吧。两起案子的关联，还得进一步求证。"

回到办公室，光头坐到办公桌前，拿起电话，拨了号码。

张霖还在想光头刚才的那番话。慎重，十足的把握。究竟怎么样才算是有十足的把握？张霖忍不住想，如果罗宋在，他会对此做出什么样的反应呢？是像吴局那样否定他的想法，还是会支持他？

"开机了！"

光头的声音打断了张霖的思绪。他看到光头绷紧了身子，打开免提，扣下话筒，屏气凝息。张霖也暂时从失落中脱身出来，仔细听着电话里响起的彩铃声。

"喂。"一个鼻音浓重的男声传来。

"是韩冬林吗？"光头问。

"是，哪位？"

"这里是毕市公安局城东分局，有些事想要询问一下。"

"公安局？有什么事儿啊？"

韩冬林的语气有些紧张了起来，但张霖倒觉得正因为这轻微的紧张，让韩冬林的可疑程度降低了许多。

"你能来一趟吗？需要当面跟你确认。"

"是不是梦岚出了什么事儿了？"韩冬林声音里的紧张感消失了，变得严肃起来。

光头愣了愣，看了张霖一眼。

"你为什么这么问？"

"我一下飞机就开机给梦岚打电话，打了好几次，都关机。"

"刚下飞机？"

"对，我刚从国外出差回来。"

光头再次跟张霖对视。

"先来局里吧，还是当面说比较好。"

对方沉默片刻，说：

"好，半个小时就到。"

电话挂断后，有好一会儿他们都没有说话。

"我觉得应该不是他干的。"光头摇了摇头，似乎对此颇为失望。

张霖点点头，表示认可。但张霖并不感到失望，如果不是死者前男友干的，那与第一起案子有关联的可能性依然存在！这个想法已经在他心里扎下了根。

"先查一下他的出入境记录吧，"光头说，"如果他说的是真的，案发期间他人在国外，那就没什么好说的了。"

"不能忽略另外一种可能啊。"张霖说。

"什么可能？"

"买凶杀人。"

张霖手指绕着电话线，其实他只是随口一说，这并不是他真正的想法。

"呵，买凶杀人。"光头似乎也觉得这有些天马行空了，"但作为可能性还是存在的嘛。"

可能性。张霖想着这三个字。当然不能忽略任何一种可能，尤其是他所想到的那种可能：这座城市里，有一个连环杀人犯！

2

光头跟出入境管理局核实了韩冬林的出入境记录。五天前韩冬林出境，目的地是日本，是工作签证，今天下午四点入境回国。这至少可以证明韩冬林不是凶手，除非是他们所推测的另外一种可能：买凶杀人，故意制造不在场证明。但如果只是为了制造不在场证明，没有必要出国，国内就已经足够了，毕竟出国手续复杂。另外从韩冬林的反应上来看，这种可能性也不大。

在韩冬林到来之前，他们终于在这马不停蹄的一天中找到了片刻的闲暇，去分局门外的面馆吃了碗面。饭后，张霖跟光头坐在走廊的长椅上吞云吐雾。天已经黑了，没有风的夏日夜晚，闷热的空气贴在身上，汗不停地往外冒。可即便这样，张霖也不想回到有冷气的办公室，那里面空气混浊，人声嘈杂。他享受此刻的清净，热反倒成了可以忍受的事情。光头应该也一样。他们静静地抽着烟，院子里一片寂静，大门外面的车流声听起来像是来自另外一个世界。天空中能看到两颗不怎么明亮的星星，在城市里，你不能指望看到更多的星星。

"你是不是对那起案子很感兴趣？"光头突然开口。

"哪起案子？"张霖明知故问。

光头把烟蒂扔在地上，踩灭后起身。

"在这儿等着。"光头拍了拍张霖的肩膀。

黑暗又浓稠了几分，微弱的灯光勉强在黑暗中洒出一些光线。张霖独自坐在长椅上，思索着这两起案子的关联。类似的刀伤，都位于肩胛骨下方，但又仅限于此。吴冷云所说的，肩胛骨下方的刀伤在两具尸体上都是异于其他伤痕的存在。这多少也可以说明些什么。除此之外呢？第二起案子现场发现的数字有什么含义呢？如果是同一个人所为，那他是不是也在第一起案发现场留下了数字呢？这个突然闪现的想法让他挺直了身子。那天的现场勘查，有遗漏的地方吗？他闭上眼，在脑海里回忆现场，以及那天他在现场所做的侦查。没有什么能跟数字关联起来的地方。有没有可能被雨水冲走了？案发当晚下了大雨。他迫不及待地想要再去现场走一圈，可天已经黑了。他强忍住冲动，靠在椅背上，深吸一口烟。还是等到明天早上吧。

差不多十分钟后光头回来了，把一叠资料丢在长椅上。那是一叠卷宗，张霖拿起来，在昏暗的灯光下，他看清了卷宗封面的字。

王海林连续杀人案

"这就是那起有数字的案子？"张霖问。

光头点点头。

张霖迫不及待地打开。第一页还没看完，门卫处传来的嘈杂人声打断了他。光头站起来，从走廊栏杆处探出身子。

"高师傅，是不是一个叫韩冬林的？"光头喊。

"对！"门卫处传来高师傅的回答。

"让他进来吧。"

张霖把卷宗合上，站起身。

伴随着急促的脚步声，一个瘦削男人的身影出现在了走廊里，手里还拎着一个小尺寸行李箱。

"韩冬林？"光头问。

"对。"

韩冬林回答。脸上带着紧张与疲惫。

"跟我们来吧。"

韩冬林跟他们进了会客室，在沙发上坐定后，他抹了把额头的汗，露出紧张但又有些讨好的笑。

"梦岚到底出什么事儿了？"

"死了。"光头清了清嗓子，直截了当地说。

"怎么可能？"韩冬林笑了笑，"开玩笑的吧？"

光头皱起眉，一脸严肃地看着韩冬林。在光头的盯视下，韩冬林脸上的笑容渐渐凝固，然后他又努力把那笑化开。

"你们肯定搞错了。"

这是另外一种反应。张霖心想。在面对重大变故的时候，极力否定，不承认不接受。面对亲密之人所遭遇的不幸，韩冬林与袁鹏飞所表现出的反应各不相同。他突然想起托尔斯泰的那句名言：幸福的人有着相同的幸福，然而不幸的人却有着各自的不幸。他总觉得这句话用在人们面对不同事件的反应上也一样：面对幸福时，人们的反应大都是相同的，然而在不幸面前，却有着各自不同的反应。痛苦是一件比幸福更为私人的事情。

韩冬林脸上的笑最终消失了，他终于接受了前女友已经不在这一事实。从韩冬林的讲述上来看，他应该是清白的，但却对案子的侦破丝毫没有帮助。他已经一年没有见过田梦岚了，自从他们分手之后，对她这一年的情况并不怎么了解。分手后他上过几次门，请求田梦岚的原谅，希望跟她复合。田梦岚当然没有答应，但他还是会时不时地给她发消息，偶尔会打电话，但一直到两个多月前田梦岚都没有回复过他或者接他的电话。韩冬林的手机短信及通话记录证实了这一点。但从两个多月前开始，田梦岚对他的态度渐渐起了变化，肯回复他发的信息了，尽管态度还是冷淡。最近一段时间，他们恢复了电话沟通，一切似乎又回到了他们刚认识的时候。韩冬林不知道有什么人会恨田梦岚，以致杀死她。韩冬林来的时候走得有多急促，回去的时候就走得有多缓慢。他低着头，背负着痛苦，消失在黑暗之中。

办公室里的人陆续离开，光头收拾东西准备回去的时候已经是夜里十一点，张霖刚给自己冲了一杯咖啡，毫无离开的打算。

"我再待会儿。"他跟光头说。

只剩下张霖一个人，他埋头在光头给他的那堆卷宗里，查看卷宗里的照片，看现场留下的数字，又拿出今天在现场所发现数字的照片，看上去的确没有什么相似的地方。卷宗里记录了侦查过程中，曾经得到一个叫林明的大学数学老师的协助，他把这个人的名字记下来。卷宗的最后记录是在案发的三年后，凶犯王海林自杀身亡，这起连环杀人案得以最终结案。

这次发生的两起案子，会是与王海林案类似的案子吗？是不是可以从林静雯跟田梦岚之间的关联调查下去？但前提是要证明两起案子有关联，张霖思索着，王海林案中的几起案子之间的关联很明确，所以可以并案侦查。一开始在咖啡跟香烟的刺激下，张霖并没有觉得困，即便是已经忙碌了一整天，在这个深夜里他还是觉得干劲十足。他反复查看现场照片，查看物证记录，查看法医报告，在脑海中回忆现场调查的过程，试图在其中找到任何蛛丝马迹。一直到外面光线逐渐明亮起来，他才意识到自己在刑侦大队的办公室里待了整整一个晚上。他打开门，晨光熹微，城市还没有苏醒。经过一个晚上，热气消散了许多，昨晚应该下过一场阵雨，地面上是湿的，空气清新。他来到走廊上，伸一伸懒腰，院子里的树上有鸟叫了起来。这声鸟叫让他没来由地想起了陀螺。他赶忙掏出手机，给左欣发了微信。

昨晚加班没回家，帮忙喂下陀螺。麻烦了！

好的。

左欣很快就回复了。现在是早上五点，左欣是早早起床，还是像他一样整晚未眠？他想再回复些什么，跟她再聊一会儿，却无论如何也想不出什么合适的话题。总不能跟她聊案子吧？聊他为了查案一夜没睡？他气馁地坐到走廊的长椅上，手机扔到一旁，深呼吸，把难得清新的空气吸进肺里，再缓缓吐出。紧绷了一晚的神经终于放松了下来。

他在不知不觉中睡着了。他做了一个梦，梦到左欣拉起她的裙角，露出好看的小腿，腿上的疤痕不见了，一朵漂亮的花从脚踝处向上延伸，消失在裙底。他一下子醒了，睁开眼，心脏跳动剧烈。他觉得这个梦有更深一层的含义，像是他的潜意识在通过梦告诉他什么。他闭上眼，在梦境消散之前回忆，左欣好看的小腿，小腿上的花。他想起来了。两个受害者，她们身上都有文身。

他又找到了两个受害者之间的另外一个共同点，但他能想象得到吴局会说什么。这年头，身上有文身的女人并不稀奇。要证明他的想法，必须得有更有力的证据。他想起昨晚关于数字的想法，再也按捺不住自己，叫了辆出租车，去了第一起案发现场。

一个人乘出租车的时候，张霖从来都是坐在后排。他不喜欢有些出租车司机过于热切的攀谈，他向来都是在后排闭目凝神，主动避免可能遭遇的交谈。

　　张霖闭着眼，在脑海里思索着两起案子的共同点。两名受害者都是女性，年龄都在二十五岁左右，年轻漂亮，但都没有遭受到性侵，甚至连猥亵的痕迹都没有。两个人的肩胛骨下方都有对称（或者几乎对称）的刀伤，且按照吴冷云的说法，这两处刀伤是异于受害者身上发现的其他伤痕的存在。以及他刚才发现的，两个受害人身上都有文身。林静雯肩头文有一只蝴蝶，田梦岚的小腿上文有一朵花。他有种预感，在五羊街的案发现场，凶手也留下了数字。这算是直觉吗？他不太确定。但一想到这个，他就忍不住催促师傅开得再快一点。师傅并没有感受到他的急切，或者故意无视了他的急切。

　　"市区限速哪，有电子眼监控哇，要被交警罚的。"

　　师傅说着从后视镜里看了他一眼。他留意到师傅眼神里有些好奇，但也从中感觉到一丝敌意。因为我是警察？因为我从公安局出来？张霖忍不住想。但他无意再跟对方争辩，他闭上眼，头向后靠，继续在脑海里穷尽关于案子的一切可能。

　　到达五羊街的时候，太阳刚刚升起。张霖匆忙结账下车，一头扎进巷子，弯下腰，目光热切地搜寻，像是寻宝的少年。现场他已经看过几遍了，距离案发也已经过去了几天，按道理来说不会再有什么新的发现。但这次他只有一个特定的目标要寻找。

　　案发之后已经下过几场雨，如果数字跟田梦岚遇害的现场一样，是写在一张纸上的话，那早就已经无处寻找了。田梦岚遇害是在室内，床头柜上有一份保险合同，但没有笔，所以凶手用血把数字写在保险合同的纸上。林静雯遇害，案发在户外，凶手不太可能写在纸上。如果不是，那会留在哪里呢？凶手有刀，所以……想到这儿他往墙上找去。

"你在干什么？"

背后传来的声音打断了他的找寻，他扭过头，看到在巷口一个骑摩托的辅警。辅警脚支在地上，一脸警惕地看着他。张霖没有理他，转过头继续寻找。

"问你话呢！"

辅警走进了巷子，来到张霖身后。

"警察，在查看现场！"张霖有些不耐烦地说，目光没有停止在墙上寻找。

"警察？证件呢？"

张霖下意识地往屁股口袋里摸去。从办公室出来得太匆忙了，忘记带警察证。他终于面向辅警。

"忘带了。"

"那身份证出示一下。"

"也没带。"

钱包也没带在身上。他是在网约车平台上叫的车，否则他早就该意识到自己出门的时候除了手机什么都没带。

辅警的眼神愈发警惕，手往腰间摸去。他知道对方这个动作意味着什么。眼前的这个辅警看上去比他要年轻得多，甚至还有些稚气未脱的感觉，脸上的紧张一览无余。他太紧张了。张霖心想。他笑了笑。但他的笑无疑起了相反的作用。辅警把警棍拿在了手上，摆好了架势。

"面朝墙站，双手背在后脑勺。"辅警吞了吞口水，厉声说。

"我真是警察，你应该是威盛街道派出所的吧？不信问下你们刘云生刘副所，他认识我，我叫张霖，城东分局的刑警。"

辅警皱起了眉，一副思考的模样。就在辅警按下对讲机的时候，张霖的目光越过对方的肩头，在对面墙上看到了什么。他心跳加速，一把按住辅警的肩膀，把辅警往一旁推开，大步向前跨去。就在他终于看清楚墙上东西的时候，他感觉到后脑勺处传来钝痛，随后眼前一片黑暗。

3

"你他妈的还想不想干了！"

张霖觉得这个声音很耳熟，却怎么也想不起是谁。他想睁开眼看看，但眼皮沉得抬不起来，或者是被什么粘住了。他还觉得头疼，觉得嘴里发苦，觉得有什么东西顶在他后背的某个位置，有点疼。

"霖子？"那个声音靠近了。

他痛苦地呻吟起来。他想起那个声音是谁了，威盛派出所的刘云生。眼睛终于睁开了，刘云生的脸出现在他眼前。

"你终于醒了，吓死我了。"

刘云生扶着他坐起来。张霖这才发现自己刚才是躺在地上，他回头看了看，刚才后背所感觉到的，是一颗牙齿大小的石子，形状也像一颗牙齿。搞不好真是一颗牙齿。他想。

"你打 120 了吗？！"刘云生抬头冲谁喝道。

"打……打了呀。"另一个有些熟悉的声音怯生生地说。

"你没事儿吧？"刘云生又凑近了问。

"应该没事儿。"他说。但后脑勺一跳一跳地疼。

"别应该啊。还是去医院检查检查。120 一会儿就到。"

"我靠，霖子你怎么了？"又一个声音从不远处传来。

这个声音他没花多少时间就想起来了，是光头。

"你比 120 还快！"刘云生转过头对光头说。

"我家离这儿比医院近。"光头走过来，蹲下身子，关切地问，

"霖子你没事儿吧？"

"我先跟你道个歉啊，"刘云生站起来，指着一个身穿警服的年轻人说，"我手下的这个小伙子有眼不识泰山。"

"呵，胆子挺大。"光头说。

张霖想起来了，被那个年轻辅警查证件的那段经历，他看向辅警。对方把头转向一边，躲避他的眼神，随后又看向光头，支支吾吾地说：

"我……我看他……鬼鬼祟祟，这个地方才出了命案，看他可疑，就想查他证件，他什么都没带，还推我……想跑……"

想跑？我为什么跑？张霖皱着眉想。又是一阵头疼。他明白了，他知道自己为什么头疼了。他被那个年轻辅警抡了一警棍，打在后脑勺上。

"这么说来也怪不得你，正常执勤，遇到个可疑的人。"光头说着还看了张霖一眼，张霖觉得光头眼里的关心消失了，变成了幸灾乐祸，"不过以后先把自家人认全了呀，幸亏你手里拿的不是枪。"

光头说完又看向张霖，说：

"倒是你，一大早来这儿干什么？这才六点多。"

我来这儿干什么？记忆朦胧。他闭上眼，强忍着头疼回想。想起来的瞬间，他猛地起身，头重重地撞在光头下巴上，光头发出嘶的一声。张霖顾不得原本就疼的头再次遭受了撞击，站起身，往刚才还没来得及看仔细的那面墙望去。

灰白色的墙面上有还没干透的水渍，或许是原本就刻得不深，或许是被这两天的雨水冲淋，那痕迹并不太明显，但足够辨识了。

那是两个数字。

1：6。

吴局的手在办公桌上敲打着，时快时慢，张霖感觉一时半会儿不会停下来。大家都望向他，等待着他的判断。但在张霖看来，吴局此刻的犹豫，正说明了他已经认可了这两起案子的关联。

敲击桌面的手终于停了下来，吴局抬起头，说：

"不能并案。"

听到这句话，张霖的头又隐隐疼了起来。

"为什么？"他问。

"这墙上的数字，怎么证明是凶手留下的？"

如此明显的证据，还需要进一步证明吗？张霖心想。

"可不可以做个笔迹鉴定呢？"光头说。

"不太可能，"齐队开口，"一个是手指头蘸血写的，一个是用刀刻的，形成条件差异太大。况且只有这两个样本，根本做不到同一认定。"

"另外，"吴局说，"这痕迹都已经不太好辨识了，我都怀疑这是不是在案发当天刻下的。"

"可是这数字跟第二起案子现场留下的数字性质相同啊！王海林那几起案子，不也是因为有相同性质的数字才联系在一起的吗？"

听到这句话，吴局意味深长地看了他一眼。

"当年那起案子，可不只是因为数字才并案的。凶手的作案手法、现场的痕迹，很多证据能直接或间接指向是同一个凶手。这两起案子呢？"

"背后相似的伤痕，现场相同的数字，难道这些还不够吗？为什么要对这些视而不见呢？！"

张霖身体前探，几乎是喊着说出最后一句话的。

光头把张霖往后拉了拉，然后拍了拍他的肩膀。

吴局并没有因为张霖的态度而露出不快的神情，反而转过身子，背对了他，看向窗外。张霖注意到吴局背在身后的双手握得很紧。

"吴局，"光头开口，"并不并案先不提，是不是可以从两名受害者之间的关系展开侦查？"

吴局点了点头，转过身子。

"这一点我同意，但是也不要把过多精力放在这上面。"

"另外，"光头语气稍微有些犹豫，"是不是可以让宋哥支援一下？"

"他还在停职期间。"吴局声音沉了下去，头也低下了，摆弄着办公桌上的一支钢笔，"不过，你师傅的聪明才智不是只有到局里才能发挥得出来吧？"

明白了！

张霖从光头的语气里听得出一些欣喜。

"走吧！"一出局长办公室门，光头就跟张霖说。

"去哪儿？"

"宋哥家，寻求支援。"

在车上，张霖忍不住想，如果是罗宋站在局长办公室里，说出他所说的那些话，吴局会做出不一样的判断吗？这种想法不是第一次出现了。张霖始终觉得吴局没有决定并案侦查，是因为不相信他这样一个只有一年刑侦经验的年轻刑警所做出的判断，就像那天他说出受害人手上的戒指没有被凶手拿走时吴局的反应一样。他感觉吴局在轻视他。他觉得失落，又有些愤怒。

"你应该能明白吴局的压力吧？"光头握着方向盘，目不斜视地说。

"但再大的压力也不能忽视这么明显的线索吧？"

"虽然我也觉得这两起案子是一个人干的可能性很大，但吴局的慎重也不是不能理解。再者说，你感觉不出来吴局也在考虑两起案子是同一个凶手的可能了吗？"

"感觉得出来。"张霖想到吴局的犹豫。

"对。所以他同意了我们调查两个受害者之间的关联，还间接同意我们去找宋哥寻求帮助。他需要的，不过是再多一点证据而已。再说，并案还是不并案有那么重要吗？嫂子的案子的侦查被移交到城西分局的时候你怎么跟我说的？你说：侦查权在谁手上有那么重要吗？一样的道理。别被情绪给蒙蔽了，我觉得这一点你应该能做得比我更好。"

张霖微微侧过头看了看光头。光头一脸严肃。张霖越发对光头刮目相看了。

"宋哥以前老说我冲动，可我怎么觉得我越来越冲动不起来了呢？是因为老了吗？我才三十五哇！"光头说着拍了拍方向盘。

光头说得对。并案不并案又有什么区别呢？我在乎的究竟又是什么？张霖心想。

"三十五，可以划到中年老男人队伍里了！"张霖说。

"靠！有种你小子别长到三十五。"光头说着给了他肩膀一拳。

"你这是咒我活不到三十五哇。"张霖笑骂。

光头刚要敲门，张霖发现罗宋家的房门并没有关闭，只是虚掩着。他伸手把门推开，一阵吱呀声后，房门洞开，露出黑黢黢的房间。空调开得很足，冷气扑在身上，张霖起了一身鸡皮疙瘩。原本就是阴天，光线昏暗，窗帘又拉得死死的，在眼睛适应光线之前，什么都看不到。但嗅觉毫无阻碍，浓重的酒味往张霖鼻腔里钻。

"宋哥？"光头站在门口，小声喊。

房间里传来窸窸窣窣的声音。他们踏步进去，眼睛终于适应了昏暗的光线。罗宋坐在一张带有扶手的单人沙发上，手里端着一杯酒。阴影中的罗宋看上去像是一尊石像。光头走到窗边，把窗帘拉开了一些，光线洒了进来。罗宋抬起一只手遮了遮眼，用另一只手把酒杯往嘴边送去。

"宋哥。"光头说。

罗宋身子往前探，把酒杯放到茶几上。

"你们俩要来一杯吗？"

罗宋说着拿起桌上的酒瓶，往酒杯里倒了半杯，放下，又拿起另一个酒瓶，把酒杯添满到几乎要溢出。一瓶是白酒，一瓶是红酒。

"罗宋特调鸡尾酒。"罗宋咧嘴笑了笑，拿起杯子。

杯里的酒洒出来一些，洒在罗宋手上。罗宋毫不在意地举起，喝了一口。太阳似乎挣脱了乌云的纠缠，光线一下子明亮了起来。张霖终于看到罗宋的表情。或者说毫无表情。罗宋看上去极其冷静，只是两眼通红。

"宋哥，现在有两起案子，我们怀疑是同一个人干的，但是线索还不够，想让你给参谋参谋。"光头直奔主题，说着把卷宗放到茶几上。

罗宋不为所动，仿佛没有听到光头的话。

"宋哥，这两起案子，现场都发现了数字！"光头说。

罗宋正端着酒杯往嘴边送的手停了下来，终于看向光头。

光头弯下腰，从两个卷宗里各自拿出一张照片，并列摆放在茶几上。

"宋哥你看。"

罗宋头微微转了转，眼睛往照片所在的方向瞥了一眼。刚才停下来的手又动了起来，喝了一口，然后闭上眼，不再动，也不再说话。

"宋哥，是霖子发现这两起案子的关联的。来之前跟吴局汇报，想要并案，吴局没同意。但我们觉得这两起案子肯定是有什么关系的，就像当年王海林的案子一样。而且这次也有数字。"

光头看了张霖一眼，张霖轻轻摇了摇头。罗宋此刻的状态，应该没有办法给他们提供什么有用的见解了。光头看上去不甘心，咬咬牙，往厨房走去。回来的时候手里拿了两个酒杯，塞了一个到张霖手中，然后蹲下身子，像刚才罗宋那样，把白酒跟红酒掺在一起，又给张霖倒了一杯。

"宋哥，干了！"

光头说完仰头一口气喝了。张霖没有动，他小心翼翼地把酒杯放到茶几上，尽量不发出声音。

罗宋还是没有动，连眼睛都没有睁开。

"宋哥，"张霖终于开口，"我担心还会出现下一个受害者。"

罗宋的嘴唇微微抽搐。

"这搞不好是一个连环杀手。"张霖继续说。

"连环杀手？"

罗宋依然闭着眼，但终于开口。

"对，就像那年你破的那个案子，就像那个王海林一样！"

罗宋终于睁开眼，不带感情地看了张霖一眼，又看向茶几上的照片。看上去像是终于有了些兴趣。

"这是第一起案子现场发现的数字，是刻在墙上的，一开始都没有发现，是霖子后来发现的。"光头指着茶几上的照片说明，"这是第二起案子，凶手用受害人的血把数字写在这张纸上。"

"吴局为什么不肯并案？"罗宋问。

"吴局觉得两起案子的关联太薄弱，除了都发现了数字之外，两个受害人背后有类似的伤口之外。但除了这两点就没有其他共同点了。主要是两个案子性质有些不同，一个是抢劫、勒死的，一个是不明动机，用刀刺死的。"

"其实我觉得第一起案子不是抢劫。"张霖补充道，"死者身上的财物不见了，连手腕上戴的手镯都不见了，但手上的一枚钻戒却没被凶手拿走。我觉得凶手的目的不是侵财！两起案子虽然作案手法不一样，但都有一样的犯罪标记！"

"对，这是霖子的看法，但吴局没采纳。"

"你刚才说背后类似的伤口？"

"对！"光头说着又把卷宗打开，从中拿出受害人后背伤口的照片，递给罗宋。

罗宋没有接，光头把照片放在茶几上。

"两人背后都有刀伤，肩胛骨下方，都是左右对称。"

罗宋终于放下酒杯，从茶几上把那两张数字的照片摸起来，两只手拿着，一左一右对比着看。

"你说刻在墙上的数字一开始没发现？"

"对，还是霖子突发奇想又去现场找的，因为这个还挨了一棍子。"

"那你觉得凶手的目的是什么？"罗宋问。

"还不知道，我们接下来要对两个受害者的关系进行调查，看能不能找到什么关联点。但是我觉得根本就没有什么关联！不对，应该是说在人际关系上没有关联。两名受害者都是年轻漂亮的女性，哦，对了，两个人身上还都有文身！"

张霖越说越激动。罗宋斜着眼看了看他，说：

"也就是说，你们碰到了一个专杀有文身的年轻漂亮女人的连环杀手？"

"这……是霖子的看法。"光头说着看了一眼张霖。

罗宋把手上的照片往茶几上扔去，照片滑落到了地上，没有人去捡。

"连环杀手，连环杀手，"罗宋边说边用右手不停摸着左手上的戒指，张霖注意到罗宋无名指跟小指上各戴了一枚戒指，"你就这么渴望遇上一个连环杀手？"

张霖愣了愣。罗宋是在认真问他这个问题吗？他忍不住想。

"其实可以理解，你们这些刚做刑警的，总是想着要破大案、立奇功，恨不能多出几个连环杀手。我说的对吧？"

罗宋看向张霖。张霖注意到罗宋嘴角露出一抹讥笑，他感觉到血往头上涌。

"可……"张霖结结巴巴地说，"可你……你不就抓住了一个连环杀手吗？"

"严格来说，王海林并不是连环杀手。你了解那起案子的情况吗？"

张霖点点头。罗宋继续说：

"首先他杀的，都是对他妹妹的死负有责任的人。他是复仇。而且在复仇结束之后，他的犯罪行为也就终止了，他甚至选择了自杀。所以我很难把他定义为连环杀手。你呢？你真觉得他是连环杀手吗？"

宋哥说得对。张霖心想。王海林的确是单纯的复仇，不是严格意义上的连环杀手。

"既然说到王海林，说到类似的数字，那我就再提一点：王海林当年留下的数字，没有一个不是在显眼的位置，没有一个不是在明显地告诉别人，这个数字有什么特别的含义，快点来破解我！但这起案子里，你们一开始甚至没有发现数字。我没听你说这两组数字有什么含义，也就是说你们没有找到两起数字的共同点。对不对？"

"都有冒号！"张霖说。

罗宋沉默片刻。

"比起数字，我更在意的是：你有没有想过这起案子太受你主观想法的影响了？从你们的描述上来看，这两起案子的差异点大于共同点。"

罗宋说完又喝了一口酒。

"吴局也这么说过。"光头说完叹了口气，"宋哥，你也觉得这两起案子不具备并案的条件吗？"

"我不知道，关于案子我了解得不多，我下不了判断。"

"那我再详细跟你说说。"光头说。

罗宋抬起手，制止了光头。

"我没兴趣，我只是根据你们的描述说出我最直接的想法而已。要是不想听，就当我没说过。"

罗宋说完又看了张霖一眼，仿佛这句话是特意说给他听的。

张霖哑口无言。罗宋的这一番话说得很直接，直接到让他觉得难过，觉得失落，觉得愤怒。他握紧了拳头。

罗宋再次闭上眼睛，不再说话。张霖仿佛依然能看到罗宋嘴角上的那抹讥笑。

"宋哥？"

轻微的鼾声传来。光头凑近了，然后无奈地看了看张霖。罗宋睡着了。

光头把茶几上的卷宗收起来，深深地叹了口气，把卷宗递给张霖后从卧室里拿了一张毯子，盖在罗宋身上，又小心翼翼地把罗宋手里的酒杯拿下，放到茶几上。最后再把空调温度稍微调高一些。做完这些后，他们才关好门离去，光头带着无奈，张霖则带着些失落与愤怒。但他不知道心里的愤怒究竟是因为罗宋，还是因为他自己。虽然罗宋此刻的精神状态不足以做出准确的判断，但有一点罗宋没有说错：他渴望遇到一个连环杀手。

4

对罗宋来说，能够不带着头疼醒来越来越成为一件不可能的事情了。

身上盖了件毯子，应该不是他自己盖的，他不会对自己这么贴心。他把毯子扯开，忍着头疼站起身。一阵干呕，他强歪住。好像梦到光头跟张霖来了，不过也有可能不是梦。记忆已经乱作一团了，梦跟现实搅在了一起。他打开灯，看到地上有两张照片，他弯腰捡起。看到照片后，记忆多少清楚了些。他想起来了，当然，只是回想起了其中的一部分，一些片段。算他运气好，没有把这段记忆全部忘掉。

光头跟张霖来找他，问他对两起案子的看法，案子里有数字，就是眼前的这两张。他看了看，1：6，6：3，不明所以。他想起来张霖提到过王海林的案子。他把照片扔到茶几上，坐回沙发上，闭上眼。王海林的模样清楚得就像是方才在他面前出现过。奇怪，他从来没跟王海林面对面过，但现在他脑海里的形象，是坐在他对面，老友一般对他微笑。他曾经同情过王海林，那是一个值得同情的悲剧。当然，每一出悲剧都值得同情。但现在他又有些佩服王海林，一些人得到了应有的下场。想到这儿，冷汗一下子流了下来。以前的他可不是这么想的。但现在，这种想法自然而然地就浮现出来，潜意识里他已经彻底认同了王海林。他甚至有些羡慕王海林，王海林的仇恨与愤怒有明确的发泄对象，他的没有。如果他真有机会面对杀害他妻子的人，他会怎么样？他从没认真思考过这一点，他没法思考，他连看一眼发现妻子现场的照片都做不到，又该怎么去找那个浑蛋？想到这儿，脑海中又浮现出妻子被发现时的样子，他摇摇头，努力把那场景从脑海中驱赶出去。他不得已又拿起茶几上的那两张照片，想要借此转移注意力。

1：6，6：3。

两组数字。连环杀手，他想起张霖这样说过。他还想起这个年轻人明亮的眼神，执着，有些目空一切，又在渴求着什么。连环杀手。因为有数字，因为后背有类似的刀伤。他是怎么跟张霖说的？他想不起来了。

想到这儿他又想起一个人。毕市学院数学系副教授林明。当年王海林的案子他向林明寻求过帮助。他还记得那一次见林明的时候，林明鬓角有斑白的头发，眼中空无一物。那时候的他，觉得自己跟林明不一样。林明妻子的死是确切无疑的事实，而他妻子的死，则还是尚未确定的猜想，不过是众多可能性中的一个。现在他们一样了。想到这儿他拿起手机，在通讯录里找到了林明的手机号，这些年他一直都没有删。这不是他的习惯，他一般会在案子侦破之后把案件相关人员的号码都删除掉。但林明的号码一直保留着，像是知道会有这样的一天。手在拨号键上悬了半天，最后他把手机扔在了一旁。打给林明能做什么呢？他已经停职了，这个案子与他无关，他又何必非要参与其中？难不成要跟林明互诉衷肠？两个丧妻的男人，要讨论一下失去妻子究竟是种什么样的感觉吗？

他再也没法在家多待一分钟了。

他没有开空调，也没有开窗，汗如浆出他却觉得痛快，脚下的油门也越踩越深。前方的车辆慢了下来，他也把车速降下来，车快要停下来的时候他才发现是在查酒驾。这是城西分局的地盘，几个交警都是陌生的面孔。这么多年了，被查酒驾还是第一次，他竟然有些好奇。一个年轻交警微微弯下腰，敲了敲车窗。他刚一摇下车窗，交警就露出了警惕的神情。一只呼气式酒精检测仪不容拒绝地伸了进来，他对着吹了口气，检测仪嘀嘀嘀叫了起来。

年轻交警把检测仪收回去，看了看，皱紧了眉头，打量了罗宋一番后，又把检测仪伸了进来。

"再吹一次。"

罗宋照做。检测仪照样嘀嘀嘀叫。

"请熄火下车。"年轻交警冷冷地说。

他熄了火，开门下车，用脚把车门关了，然后伸伸懒腰，活动活动脖颈。

交警瞪了他一眼，似乎对他的悠闲感到十足的不快。

"喝了多少？"

"不知道。"他说着舔了舔嘴唇。

他毫不在乎的态度无疑惹恼了对方，交警的语气变得十分不友好。

"请出示行驶证跟驾驶证！"

他开车门，弯腰从扶手箱里找出行驶证、驾驶证。警察证也在，但他没有拿出来。他把证件递给交警。交警的目光在证件跟他之间来回打量。

"你这已经属于严重醉酒驾驶！"

奇怪，他明明觉得无比清醒。他倒是希望自己能严重醉酒，醉到毫无知觉。

"是吗？"他笑着说。

这笑彻底激怒了对方。对方招呼其他几个交警过来，凑在一起低声说着什么。罗宋点起一根烟，看着城市的夜色，天空中竟然还有月亮。他叼着烟，仰起头。

烟猛地被人抽走了。他把仰起的头放下，看到另外一个年纪较大的交警正对他怒目而视。他毫无感情地直视对方的眼睛，再次从口袋里摸出烟，塞到嘴里，点燃，深吸一口，把烟喷到对方的脸上。在他做这些动作的过程中，对方的脸一点点涨红。

"把他拘了。"年长的交警咬着牙说。

他没有反抗，甚至没有试图解释自己是警察。他顺从地上了警车，透过车窗看到自己的车被另外一个交警开走。做了二十多年警察，做了二十多年执法者的角色，今天他终于站到了另一面。这十几天的时间里，他先是成为被害人家属，今天又成了违法者。

拘留所的人并不多。或许他是今晚查酒驾唯一的收获。又或者纯粹是他自作自受，酒驾也不一定非要当场拘留。是不是潜意识里不想回家的想法驱使着他，让他故意惹怒了交警？在拘留所里过一段时间似乎也是个不错的选择。拘留所里有个警察盯着他看了一会儿，摇摇头走开了。他认识对方，但是对方没有认出他来。这不是什么奇怪的事儿，连他自己都要认不出自己来了。这会儿拘留所里除了值班的，已经没几个警察了，但到了明天早上，总会有某个警察认出他来。一个刑警因为酒驾被交警抓，这会成为一个笑话，或者成为他人生悲剧的一个微小注脚。又有什么关系？

靠东的长椅上坐着一个五十多岁的男人，外表儒雅，表情平静，被关进拘留所这件事儿似乎并没有让他心生不快。注意到罗宋在看他后，他微微点了点头，罗宋没有回应，在西侧的椅子上坐下来，上下看了看。第一次真正从内部打量拘留所这个地方，简直像是做了无数手术的老医生躺在手术床上，等着被人给他来一刀。这地方倒也不错，比他一个人待在家里要好得多，心里竟然多少感觉到些平静，他背靠墙，闭上眼。

开门的声音吵醒他的时候，他才发现自己竟然睡着了，嘴角还挂着涎水，他抬手抹了抹，有些遗憾这难得的没有噩梦侵扰的睡眠被打断。进来的是个二十多岁的小伙子，长头发一半染黄，手摸着下巴上一颗已经冒白头的痘，半眯的眼睛在东侧长椅上的儒雅男人跟罗宋之间逡巡。罗宋一眼就能看穿这个年轻人是什么货色，也知道他想要干什么。他要在这间二十多平方米的房间里，彰显自己的实力，树立自己的霸权。年轻人最终选定了东侧的男人，迈着外八字走了过去。

"哟，"年轻人弯腰，一只手插在口袋，另一只手伸向儒雅男人的脖子，从男人脖子上抓起什么东西，"这还戴着十字架呢？"

年轻人把男人脖子上挂的十字架托在手上。男人只是微微笑了笑，没有说话。

"哎，对了，你们上帝是不是说过：要是有人打你左脸，把右脸也伸过去？"

"《马太福音》第五章第三十九节，有人打你的右脸，连左脸也转过来由他打；有人……"

啪。年轻人左手依然托着十字架，用右手在男人脸上打了一巴掌，声音清脆，然后饶有兴趣地看着对方。男人脸上的表情没有发生什么变化，微笑依然挂在脸上。

"是不是该把右脸伸过来了？"年轻人问。

"不可为恶所胜，反要以善胜恶。"男人说着把十字架从年轻人手上拿下，握在手心里，"《罗马书》第十二章第二十一节。"

男人面容平静，直直地盯着年轻人的眼睛，眼里没有丝毫的畏惧。罗宋突然想起那天在教堂门口遇到的牧师。信仰基督教的人都这样平静吗？他忍不住想。在他二十多年的从警生涯里，接触过不少有过因宗教信仰引发的矛盾。他遇到的，不论哪种信仰，信徒们大多固执专横，很多人都有一种非友即敌的心态。但眼前的这个男人，倒有些让他刮目相看了。宗教究竟让人疯狂，还是让人平静？又或者跟宗教无关。宗教只不过是个放大镜而已，放大了一个人身上原本就已存在的特质。平静的更加平静，疯狂的愈发疯狂。

年轻人自讨没趣，直起身子，随后目光往罗宋这边看过来。罗宋头靠在墙上，微闭双眼。年轻人一屁股坐在罗宋身旁，贴得很近，罗宋甚至能感觉到对方身体的温度，以及味道。浓重的香水味道混杂着汗臭，让他忍不住屏住呼吸。就在年轻人抬起手的那一瞬间，罗宋抓住了对方的中指，向后掰去。年轻人倒吸一口凉气。罗宋持续用力，掌握好力度，在不弄伤对方的前提下，让对方感觉到足够的疼痛，起码足够让他离自己远远的。

"大哥，大哥放手，"年轻人用另外一只手拍打着罗宋紧握的手，"要断了要断了。"

你还能再坚持一会儿。罗宋心想。

五秒钟后，罗宋在年轻人的哎哟声中松开了手。年轻人立马起身，跑到对面的长椅上，坐到了儒雅男人的身边，揉搓着方才被握住的那根手指，时不时地看罗宋一眼，眼里有恼怒，更有忌惮。

儒雅男人看向罗宋，再次对他点了点头，罗宋想起刚才男人所说的：要以善胜恶。看，这个世界上，既可以以善胜恶，也可以以暴制暴。他们分别以不同的方式，制服了那个年轻人。他知道那个年轻人不会再来打扰他了。他闭上眼，期待着能再睡一个没有噩梦的觉。

张霖站在离他不远的地方，一脸焦虑地冲他喊：

"宋哥，那是个连环杀手！他会拿刀在你后背刻上两刀，再留下一组数字！"

光头站在他对面，抓起他的右手，握住他右手中指，一脸疑惑地说：

"宋哥，我握住你右手手指的时候，你是不是得把左手手指也给我？"

"喂。"身后有个声音喊。

他回过头，教堂的牧师站在他的身后。

"《罗马书》第十二章第二十一节：不可为恶所胜，要以善胜恶。"

有刀子从他后背缓缓刺入，疼痛让他仰起头，他在天空中看到了妻子。妻子的身子遮住了太阳，他看不清她的脸，只能看到硕大的翅膀在她后背上伸展开来，不停地拍打。

"老罗，你说我这眼影好看吗？"

罗宋睁开眼。

心脏在剧烈跳动。他觉得自己想到了什么重要的事情，但又不清楚究竟是什么，只是潜意识里的某种感觉。他觉得脖颈僵硬，后背疼痛。梦里背上的痛并非毫无缘由。他起身，活动活动手脚，往前走了几步。年轻人防卫似的抬起双手，身子往后靠了靠，看向他的眼神里有警惕，但更多的是求饶。他盯着年轻人看了一会儿，脸上露出冷笑，年轻人不敢再看他，低下了头。他踱步到门前，透过铁栏杆往外看。外面挂钟显示的时间是九点五十。空气闷热又潮湿。刚才那个梦的残片还在脑海里翻转，有几件事情随着梦的残片浮现出来，随后，潜意识里的某个东西渐渐显现出了身影。在他终于看清那个东西的时候，他觉得像是一把刀插进了他的大脑。他双手紧紧握住栏杆，指节泛白，呼吸急促。

一些事情关联起来了，而这些事情，与妻子有关。

他用了十足的力气才把那四个字喊出口：

"放我出去！"

5

一直到这一天工作结束，张霖都还没有从罗宋的那番话中解脱出来，这让他在调查过程中显得不那么积极。从罗宋家出来后，在光头的建议下，他们去进一步调查了两名受害人的背景，重点放在两者之间的关系上，但一无所获。或者两人真的毫无关系，又或者她们之间的关系太过隐秘，让人难以发现。两个人在现实生活中毫无接触，但并非没有可能在网络上相识，而网络是一个无法穷尽调查的地方。在张霖看来，现代社会里，没有办法彻底证明任何两个人之间是否真的没有关系。互联网的发明，把一个人的人际关系拓展了何止百倍。但他又有些希望她们之间真的毫无关系，这样更能证明他的想法。

你就这么渴望遇到一个连环杀手？你们这些刚做刑警的，总是想着要破大案、立奇功，恨不能多出几个连环杀手。你有没有想过这起案子太受你主观想法的影响了？

罗宋的这几句话在他脑海里不断浮现。一开始他因为这几句话感到愤怒，觉得自己遭到了误解。但离开罗宋家后，怒火渐渐消退，他冷静了下来，开始觉得罗宋说的也不是毫无道理。自己难道没有罗宋所说的破奇案、立大功的想法吗？难道没有可能因此而做出了不太准确的判断吗？不对，他转念又想，反倒是罗宋此刻的状态，真的能做出准确的判断吗？他殴打了嫌犯，他一杯接一杯地喝酒，这样的罗宋，还是以前他认识的那个罗宋吗？他想起今天罗宋的眼神，跟之前他见过的那种恶毒眼神有所不同，这次罗宋眼里所展现出来的，是一种过度的冷静，一种阴冷的感觉。

整个下午，张霖都沉溺在这种自我否定又自我肯定的循环之中。在这种反复之中，他感觉到无助。他渴望得到认同，被人支持，但似乎所有人都在否定他的想法。光头又如何呢？对于他提出的连环杀手的想法，光头又有几分认同？他想问一问，希望在光头身上多少找到一些支持。想到这儿他微微侧头，看了一眼光头。光头直直地看着前方，似乎也沉浸在了自己的思绪之中。张霖张了张嘴，什么都没能说出来。他轻轻叹了口气，又扭头看向窗外。

"该吃晚饭了，找个地方喝一点？"光头问。

他摇了摇头，说：

"我不饿，送我回去吧。"

"真不饿？"

"不想吃。"

光头扭头看了看他，说：

"别气馁啊，年轻人。受点挫折没有害处。我刚进刑警队那会儿，宋哥的嘴比现在可要毒多了，我不知道挨了他多少挤对。说实话，宋哥对你，已经算是客气的了，他喜欢你小子。"

是吗？张霖心想。但此刻罗宋喜欢他还是讨厌他，似乎已经不那么重要了。

"送我回去吧。"他说。

光头又看了他一眼，欲言又止，但最终什么也没说出口。在下一个路口，光头掉了个头，张霖头靠在车座上，又看向窗外。还不到晚上九点，但外面行人稀少，大排档里也只有稀稀拉拉的食客，以前不是这样的，尤其是像这样天气尚可的夜晚。张霖摇摇头，是因为最近几起案子的缘故吗，还是只是自己的错觉？就这么胡乱想着，他觉得眼皮越来越沉。

光头拍他肩膀的时候，张霖正梦到陀螺撕咬着他的小腿。睁开眼，他感觉到腿有些麻，往窗外看了看，他发现车停在了左欣的便利店门口。光头是有意停在这里的吗？张霖心想。他跟左欣的关系，光头应该猜到了点什么，或者说误解了什么。他跟光头道别，下了车。便利店的门开了，左欣站在门口，向他这边看过来。他走上前去。

"你看上去好像很憔悴。"便利店门口，左欣问道。

"是吗？不过你好像也一样啊。"张霖看着左欣的黑眼圈说。

左欣笑了笑，笑容有些勉强。笑容消失后，眉头蹙了起来，随后目光越过张霖的肩头，向他身后望去。张霖回过头，看到光头的车还停在路边，光头身子往副驾驶这边探过来，透过车窗看着他们。光头冲张霖眨了眨眼，然后驱车离去。张霖红了脸，又转过头。

"我同事。"张霖挠挠头，有些心虚地说。他不希望左欣误解什么。

"我知道。有几次见他来接你。他还来店里买过东西。"

张霖不知道接下来该说些什么，空气中出现了让人尴尬的沉默。

"我已经喂过陀螺了。"左欣说。

"谢谢。这几天真是麻烦你了。"

"还没吃晚饭？"

听到左欣的这句话，张霖又回忆起那天在左欣家吃饭的情景。但此刻他却没有心情，不管左欣会不会再次邀请他，他都吃不下，他只想赶紧回家，因为疲倦，也因为其他。

"吃过了。"他撒谎道。

左欣咬了咬嘴唇，一副欲言又止的模样。张霖等待着她说些什么。

"那赶紧回家休息吧。时间不早了。"左欣说。

听到这句话，张霖心里竟然泛起一阵失望。不管自己曾期待左欣会说出什么，都不会是左欣此刻说出的这句。

"那我先回去了。"他挤出一丝笑容，多少有些勉强。

左欣点头回应。

没走出多远，张霖回过头。左欣还站在便利店门口，看到他回头后，冲他摆了摆手，然后转身进了店里。她终究还是放弃了要对他说什么。张霖心想。他在原地站了一会儿，转身离去。

那是一个噩梦连连的夜晚。梦里，一个面容模糊的男人走在左欣身后，左欣身穿短裙，小腿上的伤疤变成了文身，男人脚步越来越快，举起手中的利刃，靠近左欣。他想要追上男人，却动不了身子，只能眼睁睁地看着。他想对左欣大喊，让她快跑，却无论如何也发不出声音。音乐声响了起来，是《死与重生》的旋律。声音越来越响，男人距离左欣越来越近，在极度的紧张之下，他睁开了眼。几秒钟之后，意识终于从梦中回到现实。是手机在响。他松了一口气，伸手摸过手机，手指无力，感觉按下接听键都用尽了全身的力气。

"喂。"他口齿含混地说。

"霖子快起来，"像是光头的声音，但又有几分陌生，"我有凶手的照片了！"

有那么一瞬间，他以为这是另外一个梦，就像是《盗梦空间》里的多层梦境。随后，仿佛有一阵电流在他身上游走，汗毛都竖立了起来。他坐起身，终于彻底清醒了过来。

光头是在凌晨四点钟接到袁鹏飞电话的，用光头的话说，正是睡得七荤八素的时候。电话另一头，情绪过于激动的袁鹏飞费了好半天工夫才让光头明白究竟是怎么一回事儿。据袁鹏飞说，在整理女友遗物的时候，他在女友电脑上发现了一个名叫"查找手机"的 App。他想起女友曾经跟他说过这个 App 可以定位，甚至还有远程拍照的功能，主要是用在手机丢失的情况下找回手机。女友遇害后的这几天里，袁鹏飞时不时地打开那个 App，但手机一直处于关机的状态。今天凌晨，依然失眠的袁鹏飞无意间又打开了 App，竟然发现手机开机了，定位在距离林静雯遇害地点不远的地方，他赶忙启动了远程拍照的功能，拍下了一张照片。

在车上，光头把手机递给了张霖，是袁鹏飞发给光头的。那照片只拍到了半张脸，鼻头以下的部分。由于光线的关系，辨识度比较低，能看得出是个男人，除了嘴角上方的一颗痣，没有什么其他显著的特征。仅凭这个，怕是难以确定究竟是谁。不过张霖总觉得有些眼熟，像是在什么地方见过。

"就只有这一张照片？"张霖问。

"对。据袁鹏飞说，在他拍了这张照片后，手机就又关机了。"光头心有不甘地说。

天色微亮，张霖老远就看到袁鹏飞在路边抽着烟来回踱着步，手里拎着一个手提包。比起上次见面时，袁鹏飞抽烟的姿势熟练了许多，整个人也瘦了不少。他们下车后，袁鹏飞深吸一口，然后把手里的烟扔到地上，踩了两脚，迎上前来。

"笔记本拿来了吗？"光头问。

袁鹏飞打开手里的包，从里面掏出一个笔记本电脑。

"开机密码我贴在显示屏上了。"

"行。那电脑我们就先带走了。"光头说着接过电脑，"拍到的那个人，你有什么印象吗？"

袁鹏飞摇摇头，说：

"没拍全脸，但肯定不是我认识的人。"

张霖再次想起照片上嘴角的那颗痣。他问光头：

"你觉不觉得这个人有些眼熟？尤其是嘴角的痣？"

光头拿出手机，盯着照片看了一会儿，点点头，说：

"你这么一说，的确好像是在哪儿见过。"

话音刚落，光头愣住了，随后瞪大了眼。他想起来了。

"这是报警的那个保安！"

作为林静雯案截至目前的唯一嫌疑人，韩国坤被拘留。被带走的时候，韩国坤嘴里喊着冤枉激烈反抗，挣扎的过程中张霖的肋骨被狠狠地捅了一拳，疼痛久未消散。

此时，韩国坤坐在审讯椅上，露出惊恐而又茫然的神情。资料上显示韩国坤今年五十五岁，但在近距离的观察下，或者在韩国坤此刻表情的衬托下，张霖觉得他至少得有六十岁了。鬓角处的头发已经花白，头顶上的头发也白了一大半，这头发让张霖想起了罗宋。额头上深深的皱纹里有汗水，像是一道道流水的沟渠。力气倒是不小，想到这儿张霖摸了摸被打的肋骨，疼痛让他皱了皱眉。

"知道为什么抓你吧？"张霖问。

"不知道哇！我又没做什么坏事儿！你们抓我干什么呀？"韩国坤眼神躲闪，演技拙劣。

光头咧嘴笑了笑，把压在资料底下的照片露了出来，往前推到韩国坤面前。这是袁鹏飞拍到的那半张脸。一看到照片，韩国坤的脸上就流出了汗，他狠狠地眨了眨眼，吞了吞口水。

"这张照片，是你吧？"光头问。

韩国坤极不情愿地点了点头。

"知道这照片是怎么来的吗？"

韩国坤拼命摇头。

"是林静雯的手机拍下来的。哦，知道林静雯是谁吗？"光头往前探了探身子，故意小声说，"林静雯就是你发现的那具尸体。"

韩国坤身子轻轻抖了抖，抬头看光头，眼里再次露出惊恐，但这次惊恐与一开始有所不同。

"我没有拍啊！"韩国坤说。

"你没有拍？"

"对，手机在我手里，但我没拍啊。怎么会拍了照片？又怎么会到你手里？"

张霖明白了，韩国坤的恐惧所在。这个五十多岁的男人，被时代远远地甩在了身后，他不知道手机可以远程控制拍下照片。

光头看了看张霖，然后站起身走到韩国坤身边，弯下腰，嘴巴凑到对方耳边，说：

"是林静雯自己拍的，她死不瞑目，自己拍了照片，发给我们的。"

韩国坤身子僵住了，汗水从他皱纹形成的沟渠里溢了出来，往下流，流进了他的眼睛。

"对不起、对不起，我不是故意的。"韩国坤闭上眼，不停地点着头，两只被铐在审讯椅上的手拼命往一起凑，"对不起，我一定给你烧香，别怪我。"

韩国坤的举动让光头有些蒙，他没想到韩国坤就这么轻易地接受了他胡扯的说法。他无奈地摇摇头，坐回到座位上，问：

"这么说你承认了？"

"我承认我承认。"韩国坤说，眼睛依然没有睁开。

"那你就详细说说是怎么下的手，尤其是杀害林静雯的经过。"

"你说什么呀！"韩国坤终于睁开了眼，抬起头，"我没杀她！"

"你刚才不是承认了吗？"光头怒道。

"我承认的是我拿了她的包！"韩国坤头上青筋暴露。

张霖跟光头面面相觑。

韩国坤深吸了一口气，说：

"那天早上，我尿急，去那条巷子里撒尿，在巷子口上，我看到一个包，粉的，女式小包。我捡起来看了看，里面有一千块钱，还有手机，我看了看周围没人，就拿回保安室藏了起来。藏好后我又回到巷子去撒尿，发现了尸体才报了警。后来我才想到那包跟手机是那个死了的姑娘的，但是我不敢说啊，怕被抓。手机我关了机，一直没敢动。今天值夜班的时候，我估摸着过了几天了，应该没什么事儿了，想出手卖了，就打开了。不知道密码，我也没进去，然后我就感觉到手机屏幕闪了一下，就赶紧又把手机给关了，那之后就没敢再动了……手机跟包我是捡的呀，捡的，不是抢的！"

韩国坤说最后一句话的时候，拼命摇着头。

从韩国坤的反应以及描述的内容来看，似乎能说得过去。张霖看了看光头，看得出来，光头有些失望，也就是说，光头也不认为韩国坤是凶手。

"有个手镯，你拿走了吗？"张霖问。

"手镯？什么手镯啊？"

"戴在死者手腕上的手镯！"

"我哪敢、哪敢从死人身上拿东西呀！我看了一眼就跑了呀！"

韩国坤带着哭腔说道。

"你觉得他的话有多少可信度？"从审讯室出来后，光头递了一根烟给张霖。

"说得倒也合理，反应也算正常。"张霖说。

光头点点头，说：

"他都吓尿了。"

"嗯？"

"那天他发现尸体后吓尿了，裤子湿了一大片。"

张霖想起来了，那天在案发现场的时候，远远地看到过韩国坤裤子裆部跟大腿的位置上湿漉漉的一片。

"看上去不像是撒谎，"光头说，"再核实一下不在场证明看。要不是这老小子，就又他妈的得从头查了。"

像是一道闪电在脑海里闪过，张霖觉得身子开始颤抖，他控制不住，手里的烟抖动着，烟灰落在他手上他也没感觉到疼痛。

"霖子你怎么了？"光头皱起眉。

张霖咬咬牙，深呼吸，终于开口。

"这两起案子，就是同一个人干的！"

"霖子，你没事儿吧？"光头不解地问。

"你还不明白吗？"张霖双手紧紧抓住光头的肩膀，光头脸上有疑惑，还有些不安，"林静雯的这起案子，一直是按抢劫案在查，吴局否定我关于这两起案子的想法，很重要的一个原因，是两起案子的性质不一样。可现在，案子的性质一样了！根本就不是抢劫！"

光头眼里先是现出茫然，但又在转瞬间消散，变得清澈。但这清澈也随即消失了，恢复了平常。光头拍了拍张霖的肩膀，说：

"还是先确认他的不在场证明吧。"

犯罪动机：不明。但以下几种可明确排除：侵财、性侵（直接）。

在白板上写下这些字的时候，张霖的手微微颤抖，他仿佛能感觉到身后投来的诸多视线。

犯罪手法：不同。但留有相同的犯罪标记。后背肩胛骨下方左右对称（几乎对称）的伤痕，同样结构的数字 ×：×。

两名受害人的关联：人际关系上未发现明确的交叉点。但均为年轻女性。另，两名受害人身上均有文身。

张霖在白板上写完之后，转过身，看向吴局。上一次吴局没有做出并案侦查的决定，是因为还没有在两起案子之间找到足够共同点。这一次，他不认为吴局会继续否决并案侦查。恶魔已经现形，不管是谁都不能再否认它的存在。他放下手里的笔，深呼吸，平稳心绪。

"报警的那个保安，嫌疑能百分百排除吗？"吴局问。

"案发的那个晚上他不当班，搓麻将到凌晨一点十五，有牌友证明。他搓麻将的地方距离案发现场至少要半小时车程。一点半左右的时候，在他住的小区有人看到过他，那小区离案发现场至少也要十五分钟。从死亡时间上来推断，他的不在场证明还比较充分。"光头答道。

"两个受害人的人际关系上，真的没有查到任何交叉点？"

"怎么说呢，明显的交叉点是没有的，工作、朋友、兴趣爱好、常去的地方这些都排查过了，没有发现，如果有关联，也是十分隐秘的。"

吴局的脸又阴了下来，指关节敲打桌面，说：

"如果这两起案子真的是同一凶手……"说到这儿，吴局敲打桌面的手停了下来，"我们得在他下一次出手之前把他揪出来。"

会议室里出现了短暂的沉默。下一次出手。下一个受害者。如果你确定面对的是一个连环杀手，那么倒计时就开始了，但倒计时有多久，无人知晓。这一刻，张霖终于能切身感受到吴局所背负的压力了。

吴局目光扫过几个人的脸，像是终于做出了某个决定，他转向齐队，说：

"老齐，并案侦查，成立专案组。马上给我整理一份汇总资料，我要跟上面汇报。另外，从现在开始，关于这两起案子的侦查情况，每半天向我汇报一次，不管有没有进展。局里上上下下的案子，只要不紧急的，全都放一放，集中全部精力侦破这两起案子。刑侦队的人手要是不够跟我说，我来协调，需要什么，尽管提，不要有顾忌。"

"好。"齐队点点头，"凶手的目的不是财或色，这一点可以确切排除。从常规的作案动机来看，就只剩下仇杀了。两个受害人之间没有找到明确的关联点，共同的仇人这一点也基本可以排除。我觉得，凶手并不一定是对受害人本身怀有仇恨，而是对女性怀有仇恨，或者说是某种特定类型的女性，像霖子刚才分析的，年轻漂亮、身上有文身的女性。两个受害人在男女关系上怎么样？"

"人际关系调查中，并没有发现两个受害人在男女关系上有不检点的地方。第一个受害人林静雯快要结婚了，两个人之间的感情挺不错。田梦岚虽然单身，但也没有跟哪个男人有什么纠缠，不管是现实中还是在网上。"光头说。

"如果凶手是对女人怀有仇恨，我觉得应该会在受害人身上留下某种侮辱性的痕迹。但受害人身上很干净。除非……"

"除非什么？"

"除非是女人。"齐队说这句话时的语气，听上去像是他自己都不太相信自己的说法。

"女人……"张霖若有所思。

"妒忌也是一种很强烈的情感嘛，有时候不亚于仇恨。尤其是女人之间的妒忌。"齐队半开玩笑地说。

两个受害者的确都是称得上漂亮的女人。张霖心想。

"我只是这么一说啊，不要太受我这个想法的影响。但没有性侵痕迹，如果不是女人，就是性功能障碍的男人，再要么就是彻底的疯子了。另外，"齐队说到这儿转向吴局，"这两起案子案发现场之间距离不是很远，凶手有没有可能就住在那附近？我想大范围地摸排一下，看有没有什么可疑人员。"

吴局沉思片刻，点点头。

"可以，让那周边的几个街道派出所协查。"

"我也这么想，把能调用的人都调用起来，把阵仗搞大一点，就算抓不住，也让他有所顾忌，不敢再下手。"齐队说。

吴局看了眼齐队，眼神很复杂。张霖从中看出了矛盾的情绪：你说得对，但又不希望你说得对。但吴局没说什么，转过身，看向张霖。不知道是不是错觉，张霖在吴局的眼神里看到了赞许，他心里不禁泛起一阵得意。

"你跟光头，重点调查关于这两组数字、背后留下伤痕的深层含义。"吴局命令道。

张霖点头，暗中握紧了拳头，他突然想到另外一件事儿。第一起案子虽然不是抢劫，但林静雯的手镯到底还是不见了，基本上可以确定是凶手带走的。所以这个凶手是不是有保留犯罪纪念品的喜好？那第二起案子凶手是不是也带走了什么？这一点也得再查查。张霖暗想。

"吴局……"光头开口，语气有些犹豫。

"又想让你师傅归队是吧？"吴局看向光头。但不论是说话时的语气，还是看向光头的眼神里，都没有不满，更像是一种戏谑，"知不知道你师傅因为酒驾被拘了？"

"什么？"光头瞪大了眼。

但对这个消息，张霖并没有感觉到特别意外。

"昨晚十一点，城西刑警队王建武给我打的电话。把他捞出来还真是费了点力气，大半夜打了好几个电话，得罪了几个领导。"吴局说着转过身，背对他们，"这一次，我不反对让你师傅归队，但我得给你安排个任务。"

"什么任务？"

"看好你师傅，别让他捅什么娄子。要是他再犯了什么事儿，唯你是问。"

吴局转过身，指了指光头。这一次，吴局的表情很严肃。

还没出会议室门，光头就打起了电话，张霖知道他是在打给罗宋。

"不接电话。"光头挂了电话后说，"霖子，我们兵分两路，我去搬救兵，吴局交代的任务就先交给你啦，反正这上面我也帮不上什么忙，就靠你的聪明才智了。"

光头拍拍张霖的肩膀。

张霖点点头。他还沉浸在兴奋的情绪之中，这几天来的抑郁一扫而空。连环杀手。你就这么渴望遇到一个连环杀手？他想起罗宋对他说的这句话，以及说这句话时罗宋嘴角的讥笑。但这一次他对了，也就意味着，罗宋错了。他甚至有些迫不及待地想见到罗宋，让他知道这一点。

数字。吴局安排给他的主要任务是研究那两组数字所代表的含义。他突然想到一个人，王海林案的时候，罗宋所求助的毕市学院数学系教授林明，这起案子或许同样需要专家的协助。打电话询问似乎有些不妥，还是面对面交流比较好。

张霖驱车前往毕市学院。在得知了张霖的身份后，保安十分热心地带他去了数学系办公室，接待他的是一个年龄在三十岁左右的女性。

"我想找一下林教授。"亮明身份后张霖说。

"林教授？"对方看上去有些疑惑。

"林明林教授。"

对方沉默片刻。

"林教授已经不在了。"

"不在毕市学院了？"

"不在世了。"

张霖愣住了，这倒是他没有预料到的结果。

"真不好意思。实在是没有想到林教授已经去世了……"

张霖不无歉意，他来得太匆忙了，至少应该事先确认一下的，那起案子已经过去六年了。六年，任何变化都有可能发生。

对方皱起眉，显然这是一段不好的回忆。

"林教授自从妻子意外去世后就一直很消沉，两年前他被确诊为抑郁症，那之后不久……"

这句话之后，两个人都沉默了。这沉默让张霖有些尴尬。

"警方找林教授有什么事情吗？"柳芸主动打破了沉默。

"六年前有一起案子，林教授曾经协助过警方，帮助很大。现在有个类似的案子，原本想要寻求林教授的帮助……"

"是那起有数字的案子吧？"

"你也知道那个案子？"

"那年我研究生在读，导师正是林教授，多少听说过一些。再说，那几起案子很轰动。"

"你也是数学系的老师吗？"

"对，我是数学系的讲师。我叫柳芸。"

"有纸跟笔吗？"张霖问。

"纸跟笔？"柳芸有些疑惑，随即露出恍然大悟的神情，"哦，对，是你说的数字吧？稍等一下。"

柳芸从办公桌上找来笔跟一张空白 A4 纸，递给张霖。张霖在纸上写下那两组数字，然后把纸递给柳芸。

"这两组数字，能不能看出什么含义？或者有什么能把两者关联起来的？"

"从数学的角度吗？"柳芸问。

"不局限于数学，任何你能想到的都可以。我想你们研究数学的，对数字的敏感程度要远高于我们。"

"能问问，是什么样的案子吗？"柳芸小心翼翼地问，但脸上写满了好奇。

"抱歉，案子还在侦查阶段，案情的细节还不方便透露，只能告诉你在两起谋杀案的现场发现了这两组数字。"

柳芸的眼里闪过一丝惊恐，说：

"该不会跟那年一样，是个……连环杀手吧？"

柳芸说出连环杀手四个字的时候，声音里透出来的是不可思议。张霖沉默，不予回复。但在这样的场景下，沉默代表的只能是默认。

面对张霖的沉默，柳芸眼里的惊恐一览无余，盯着张霖看。张霖被盯得有些不好意思，他挠挠头，说：

"不好意思，对这两组数字有什么想法吗？"

"数字与冒号的组合。最容易让人想到的是比值，一比六，或者一除以六，但从这个角度来看，似乎找不到两者之间的共同点。"柳芸说，"如果从两者的共通性这一点来看的话，时间是一种可能。"

"嗯，"张霖点头，"这一点我也想到过，但从时间这个角度来看的话，跟案情挂不上钩。"

"如果再往深一点去想的话，在一些复杂的数学计算中也会出现这样的组合，"说到这儿柳芸咬了咬嘴唇，沉思片刻，然后摇摇头，"但如果从深层含义或者两组数字之间的关联这个角度来看，我看不出有什么特别的。如果这是某种密码……我对密码学也没有太多研究，以我的能力，也看不出破解的办法……实在抱歉。"

柳芸的声音里不无歉意，把手上的纸递还给张霖。

张霖多少有些失望，但这失望的情绪很快消散，他原本就没有指望仅靠一个数学方面的专家就能破解这起案子。他接过那张纸，想了想，又拿起笔，在纸上写下自己的名字跟号码，递给柳芸。

"这是我的号码，我叫张霖，这张纸留在你这边，如果后续想到任何可能性，请随时给我电话。"

柳芸接过纸，盯着纸上的数字，轻轻点了点头。

一走出数学系办公室门他就点起一支烟，深吸一口。天空中乌云又在聚集，夏季的天气就像是人生，反复无常，前一秒还阳光高照，后一秒就会暴雨如注。他想到柳芸对林教授的描述，妻子去世、消沉、抑郁症，这几个关键词在他脑海里浮现，这没法不让他想到罗宋。罗宋头顶的乌云积聚了九年，此刻罗宋应该正在经历一场人生的暴雨，他头顶的天空不知何时才会放晴。

回到局里后，他突然想到齐队之前提到的那个可能性：凶手是女人。他倒是没有从这个角度考虑过，他难以想象一个女人可以犯下这样的案子。但这在一些地方能解释得通，例如为什么两起案子都没有性侵痕迹，甚至连猥亵的痕迹都没有。也可以解释第一起案子受害人为什么一开始只是昏迷了，凶手力气不够是一个可能性。但是，目的是什么？因为妒忌而杀人？似乎有些不可理解。也并非完全不可能。女人也有可能是连环杀手。据统计，已知的连环杀手中有15%是女性。但历史上的女性连环杀手，受害人多为男人，受到的也往往是经济利益的驱使。所谓的黑寡妇。或者作为医护人员的死亡天使。但这种类型的连环杀手，似乎并没有专门以年轻女性为对象的先例。在张霖所知道的女性连环杀手中，受害者以女性为对象的，应该只有四百多年前的伊丽莎白·巴斯利，杀害了数百名女孩，以保持青春永驻。

　　凶手为女性，是一个可以考虑的点，并非完全不可能，但还是有些天马行空了。张霖想了想，觉得还是暂时把这个想法放到一旁。

　　想到连环杀手，他注意到另外一个问题。第一起案子，发生在户外，凶手没有直接导致受害人死亡，背后的刀痕看上去刻得也有些匆忙。但第二起案子，发生在了室内，刀痕整齐得多。这可以解释为凶手的升级行为，说明凶手的胆子更大，作案也更加冷静了。但是……张霖突然想到一个问题，如果真的是连环杀手，又怎么能确定林静雯的案子就是第一起案子呢？想到这儿他打了个激灵。这个凶手，有没有可能还犯下了其他案子？

　　光头进来的时候，张霖正在办公室里来回踱步，像动物园里关在笼子里的狮子。直到光头走到他面前挡住他的脚步他才停了下来，才注意到光头。

"干吗呢？跟拉磨的驴似的。"光头问。

张霖把自己的想法跟光头说了，说得有些急切，光头似乎被张霖的情绪所感染，有些紧张起来，绷紧了身子。

"你是说这个凶手有可能之前就犯下了案子？"

"只是一个想法。我们分局辖区下没有年轻女性死亡的案子没侦破的吧？"

光头摇摇头。

"城西分局呢？"

"我来问问。"

光头说着摸起电话，拨了个号码，开了免提。

"大狗，问你个事儿，你们那边近期有没有没破的案子？"

"雷子你瞎胡说什么呢，我们今年的案件侦破率可是百分百。"

"你就不怕那里面有屈打成招的冤假错案？"

"滚蛋。为什么问这个？"

"我们在查一个案子，想了解下有没有类似的案子。你们现在在侦查的案子里面，有没有受害人是年轻女性的？"

"你们辖区那两起案子吧？能破得了吗？要不要我们城西分局给你们指导指导？"

"少给我贫，说正经事儿。"

"三十多岁算年轻吗？"

"算吧。也就是有？"

"的确有个女性死亡的案子，三十多岁，是个卖淫女，死在出租屋里。但我们手头有几个嫌疑人了，破案已经是指日可待。"

光头看了眼张霖。

"受害人背后有没有刀伤？"光头继续问。

"刀伤？是被掐死的，哪儿来的刀伤。"

"数字。"张霖小声在光头耳边提醒。

"那现场有没有发现数字？"

"数字？"

"写在纸上的，刻在墙上的，怎么样的数字都行。"

"没有。"

光头跟电话那头叫大狗的又打了一会儿哈哈后挂了电话。冲张霖摇摇头。

"看样子，林静雯的案子是凶手第一次犯案。"

张霖点点头，然后左右看了看，问光头：

"宋哥呢？"

听到这句话后，光头的脸一下子沉了下来，刚才跟大狗打哈哈残留的乐呵劲儿一下子消失得无影无踪。

"没找着宋哥。敲了半天门都没开，耳朵贴在门上也没听到有动静。电话不接，响两声就给我挂了。去他妈家里也没找着，还害阿姨担心一场，撒了半天谎才圆过去。我给他微信留了言，让他看到后回我。"光头说着掏出手机看了看，"到现在过去两小时了，还没回。"

"吴局说的酒驾被拘究竟怎么回事儿？"

"我也问了城西交警队那边，昨晚宋哥开车到了城西的地界儿，碰到查酒驾，仪器差点吹爆表，对交警态度还不好。奇怪的是，宋哥没表明自己的身份，拘留所里有两个人是认识宋哥的，但宋哥没跟他们打招呼，他们也没敢认。你也知道宋哥这段时间外表变化挺大，再说谁能想到一个刑警会被拘？一开始宋哥没有任何反抗，很配合，但是到了晚上，他突然喊着放他出去，很激动。这才告诉拘留所的人自己是警察，拘留所联系了王建武王队，王队又联系了吴局，折腾了半晚上才出来。出来之后去哪儿就没人知道了，车都还在城西分局交警大队那儿扣着呢，我问过了，宋哥没去取车。"

突然变得很激动？是发现什么了吗？张霖忍不住想。但他又觉得此刻的罗宋做出什么事情都不难理解，你不能指责一个正在经历丧妻之痛的男人举动异常，一切都是可以理解，可以接受的，如果他没有对别人造成伤害的话。

6

傍晚时分，大雨滂沱。张霖走进刑警大队办公室的时候，办公室里一个人都没有，因为这起案子，所有人都被派了出去。张霖把两起案子的卷宗拿出来，在办公桌上摊开来，把两起案子现场的照片并排放在一起，互相对比，试图从中找到些蛛丝马迹。在自己的想法一直被否定的时候，张霖着眼的是两起案子的共同点。但眼下，他反倒重视起两起案子的差异点来了。

第一起案子发生在室外，作案的凶器是受害者挎包的包带，不是预先准备好的凶器。凶手用刀在受害者后背留下了痕迹，也就是说凶手有刀，但受害者身上没有发现威逼伤，死亡原因也并非刀伤。也就意味着，凶手在勒住受害者脖子使其昏迷之前，没有用刀。而是在昏迷之后才用到了刀。为什么？另外，勒颈只是造成了受害者昏迷。凶手是不是一开始并没有打算杀害受害者，还是因为过于匆忙？凶手的目的究竟是什么？不是侵财，不为谋色，只是为了在受害者背后刻上两刀？但第二起案子，凶手又使用了刀，反复戳刺。为什么？

他把两名受害者后背的照片拿了起来。与第一起案子相比，第二个受害者后背上的刀痕要整齐得多，也更加对称。左右对称，位于肩胛骨下方，就像是，一双翅膀？想到这儿张霖皱起眉。第一个受害者肩膀的位置有蝴蝶文身。这是刀痕所代表的意思吗？但第二个受害者身上的文身不是蝴蝶，而是一朵花。招蜂引蝶？张霖天马行空地想。不为财不为色，难不成是对女性的仇恨？但如果是这个原因，难道不应该做出更具有侮辱性的行为吗？第二起案子中有反复戳刺的动作，算是侮辱性动作吗？那为什么第一起完全没有？张霖咬着左手大拇指，在头脑中刮起一阵风暴，思考各种可能性。

有人进来了，跺脚声打断了他的思考。他回过头，看到齐队正一边跺脚一边抖落身上的雨水。

"有什么发现吗？"齐队问。

张霖把大拇指从嘴里拿出来，摇摇头。

齐队看上去十分焦躁，他摸了摸裤子口袋，掏出烟盒，抽出一根烟。烟已经被雨水湿透了，齐队愤愤地揉作一团，扔到地上。张霖递了一根烟过去，给齐队点燃。齐队深吸一口，闭上眼。再睁开眼时，眼里的焦躁褪去了许多。

"其他人有什么发现吗？"张霖问。

齐队无奈地摇摇头，沉默地吸着烟，张霖也没再说话，沉默塞满了房间。天黑了下来，派出去的刑警们陆陆续续回来了，但他们没有带回来什么好消息，只带回了焦躁、饥肠辘辘、满身的疲惫，以及雨水。办公室里变得嘈杂起来，空气也一点点混浊起来，热气蒸腾，烟雾缭绕。张霖没办法再在办公室里待下去了，他走了出去，来到走廊里看雨。雨声似乎有催眠的效果，又或许是因为太累了，他觉得精神有些恍惚。雨点敲击自行车棚的棚顶，发出咚咚咚的声音，听着听着，他仿佛听到了《死与净化》开场的定音鼓声，随后脑海中浮现出《死与净化》的旋律，然后他想起了左欣那布满了疤痕的小腿。左欣曾经昏迷了三天，与死亡仅一步之隔。濒临死亡究竟是种什么感觉？他忍不住想。死亡。他见识了很多，但好像从未深入思考过。那个已经犯下了两起罪行，很有可能还会继续的凶手，是否享受夺去他人生命的快感？一个彻头彻尾的变态？死亡。死亡看上去关乎死者本身，却又是与死者最无关的事情，除非你相信鬼魂，相信天堂，相信来世。这些他都不信，否则为什么他母亲死了，他却一次都没有梦到过她？不管他有多么想她。死亡与死者的亲人爱人有关，与制造死亡的人有关，与目睹死亡的人有关，与调查死亡的人有关。死亡。他不能再想下去了，他觉得头疼，大拇指顶住太阳穴，他有些想念陀螺，怀念抱着它时的感觉。有人拍了拍他的肩膀，他抖了一下，但终于从胡思乱想中解脱出来。

"吴局召唤。"光头说。

吴局的办公桌上放着市招商大会的宣传册。封面上的毕市中央广场气势恢宏，阳光照耀着广场中央的雕塑，行人脸上洋溢着现实中难得一见的幸福。"共创共赢"，这是这届招商大会的标语，简单直接。招商大会还有五天召开。

"我在市局领导那里立了军令状。"吴局说，"三天破案。"

没有人说话，就连齐队也没有吭声。吴局的目光在齐队、光头、张霖三个人脸上一一扫过。

"罗宋呢？"吴局皱起眉。

"联系不上，找不到人。"光头答道，"我找了他半天了。"

吴局闭上眼，咬了咬牙，下颌鼓起。

"有什么进展？"吴局睁开眼，问。

"进一步调查了两名受害者的关系，没有发现任何交叉点。对案发周边进行了摸排，发现了一些可疑人员，排除了几个，顺便抓了几个在逃犯，剩下几个在查，但还没查到能跟这两起案子扯上关系的。也有一些热心市民提供了些线索，但查下来都没什么用。"

热心市民。很多所谓的热心市民，也不过是瞎凑热闹。张霖忍不住想。帮不上忙不说，反而给调查带来干扰。

"我们现在破案只能用排除法了吗？这个不是，那个没用，那个不可疑。也不是不可以嘛，"吴局冷笑，"毕市毕竟不是大城市，也就300多万人，排除掉299.9999，剩下那一个可不就是凶手？！招商大会之前破不了不是最糟糕的，最他妈糟糕的，是在招商大会期间再来上这么一起！多好哇，有连环杀手的城市，欢迎你来投资！"

吴局一口气说完，脸色黑青，气喘吁吁。

"吴局你消消气。"齐队开口，"不行还是让各个派出所都动起来，城西分局那边也协助一下，还是那句话，就算抓不到，也让凶手有所忌惮，不敢下手，先把招商大会开好了。"

吴局对齐队怒目而视。

"干脆在市公安局大楼上举个白旗！不行电视上发个声明：恳请凶手停手，同舟共济开大会，开完之后再杀人！"

齐队不再说话。吴局目光扫向张霖，张霖心里一紧，赶忙低下头，惴惴不已。

"那两组数字有什么发现吗？还有后背上的刀伤？"

对于这个问题的回答，除了"没有"两个字以外，还有更加委婉的表达方式吗？

"还……没有……"张霖小声说。

吴局没有说话。窗外传来雨声、风声，偶尔响起的雷声，这衬托得房间里更加安静。房间里，四个男人静静地站着，没有人在说话，仿佛动一动身子都会惊扰到什么。张霖终于忍耐不住，小心翼翼地抬头看了看吴局，吴局脸上的怒气已经消散了，眼神有些茫然，盯着墙上的某个点，张霖觉得吴局一下子老了许多。不一会儿，吴局叹了口气，然后扬了扬手。

"都出去吧。"吴局说。

从办公室里出来后，没有人说话，每个人心里都充满了挫败感。

"不早了，都回去休息吧。"齐队无奈地摆摆手，走了。

这天晚上，疲惫不堪却难以入睡的张霖，在清醒与睡眠的中间地带辗转反侧时接到了一个电话。对方只说了简短的几句，声音带着十足的无奈。挂了电话之后，张霖才反应过来打电话的人不是光头，而是齐队。

吴局说错了，其实根本不用等到招商大会了。齐队说：

"又他妈有案子了。"

九月六日晚十一点三十分，威盛街道派出所辅警在执行夜间巡逻任务时，于天临巷发现正在行凶的凶手。由于巷子比较窄，又有受害者躺在地上，摩托车无法通行，凶手得以脱逃。辅警发现受害者还有脉搏，紧急将其送往医院，经过抢救，受害者暂时脱离生命危险。

这是凌晨四点张霖赶到案发现场时了解到的情况。据辅警说，因为有雨，视线不太好，再加上凶手身穿黑色雨衣，帽檐宽大，遮住了脸，并没有看到凶手的样子。只能判断身高在一米七五左右。

雨还在下，丝毫没有要停止的迹象。路边商铺的遮雨棚下，张霖跟光头还有齐队等待技术人员勘查现场。

"太他妈猖狂了。"光头恨恨地说。

光头之所以这么说，是因为由于前两起案子，各街道派出所都加强了巡逻的力度，声势比较大。在这样的情况下凶手都能作案，可以称得上丧心病狂。

"受害者那边怎么样？"齐队问。

"刚才电话问过了，醒过来了，但惊吓过度，现在还不能说话。这姑娘胆子也真是大，都那个时间点了还在外面。"

"应该是同一个人干的吧？"

"刚才听辅警说，他在巷口看到凶手的时候，他正拿着刀。从医院那边了解到，受害者昏迷的原因应该是窒息，应该是被捂住了口鼻。最重要的是，受害者后背左侧肩胛骨下方，有刀伤。从这几点上来看，可以肯定是同一个人。"

齐队给光头跟张霖分别递了一根烟，三个人各自点燃。在这个雨夜，张霖感觉到一丝凉意。

"跟第一起案子很像。"张霖说，"都在受害者昏迷之后再在后背留下刀痕。我有点不太理解，为什么这两起发生在室外的案子，凶手都没有直接杀害受害者？"

"难不成凶手没有打算杀人？"齐队说。

"我倒觉得凶手不是故意要留活口的。"光头说。

"什么意思？"

"要彻底勒死或者捂死一个人，其实没有想的那么容易。"

张霖点点头，明白了光头的意思。凶手不是没打算杀人，而是以为受害者已经死了。

"但为什么不用刀？他可是有刀。"张霖问。

"我怎么知道，"光头愤愤地说，"可能他就喜欢这样。"

"这也许可以说明一个问题，"齐队说，"这个凶手并不太懂怎么把人弄死，我想起第二起案子，凶手在死者后背扎了很多刀，但致命伤其实只有一处。"

"还有一个地方我有点想不通，"张霖说，"第二起案子，凶手是入室杀人，我们怀疑凶手是会技术开锁。但如果真是这样的话，为什么不再入室杀人？找一个独居的女人，这样被发现的概率比在室外要小得多。为什么要冒这个险？"

"有没有可能这一次的受害者不是独居？"

"可是我们在前两个受害者之间没有找到连接点，唯一共同的地方是年轻女性，我之前比较倾向于是随机杀人。但现在我有点犹豫了。在我们为了抓捕凶手出动了大量警力的情况下还顶风作案……"

"会不会是控制不住自己？"齐队说。

"你是说控制不住想杀人的冲动？"

齐队点点头。

但即便是控制不住自己的冲动，应当也会选择更加保险的方式。一般而言，连环杀手往往有难以抑制的杀人冲动，除非因为以下几个原因停止作案：身体原因不允许再继续作案；被抓进了监狱。也就是说，求生的冲动会在一定程度上战胜杀人的冲动。但这一次，凶手却在警方如此大规模的行动之下依然出手行凶，是对警方的某种挑衅吗？另外，从第一起案子到第二起案子，凶手的犯罪手法看似有了某种升级，但到了这一起，反而又退回到了与第一起相同的水平。从这几点上来看，张霖觉得这其中还有另外的原因。

"这次我们遇到的还真是个变态连环杀人犯啊。"光头感叹，"受害者没死，真是不幸中的万幸。"

两盏车灯刺破了雨夜的黑暗，向他们驶来，然后靠路边缓缓停了下来。车门打开，吴局从车上下来。三个人赶忙熄灭了手里的烟。

吴局的目光在他们三个人脸上扫过。

"能确定是同一个凶手吗？"吴局单刀直入地问。

"受害者后背有刀痕，这个消息我们没有对外公开过。所以基本可以断定是同一个人了。"齐队回答道。

吴局沉默片刻。

"有什么发现吗？"

"还在提取现场遗留的痕迹，但是雨一直在下，不抱太大的希望。"

"现场勘查完后局里集合。"

吴局说完后又转身上了车。

看着吴局疲惫的背影，张霖想起吴局在市局立下了军令状，三天破案。没有想到在这么短的时间里又发生了一起案子。但或许不是坏事儿，凶手作案越多，露出的马脚也就越多。但愿。张霖心想。

"这里离之前两起案子的现场都不远，我觉得凶手肯定是住在这方圆几公里的范围内。"齐队说。

光头点点头，说：

"我还发现一个问题，发生在室外的这两起案子，位置都比较偏僻，刚才我简单转了一圈，基本上是监控的盲区。我觉得凶手应该对这一块比较熟悉。"

现场勘查基本结束了，一个技术员来跟齐队简单汇报了下情况。除了一处泥地上留下了几个不完全的脚印之外，没有什么发现。

"我先回局里，你跟霖子去医院查看下受害者的情况，尽可能地从她嘴里问出些有用的东西。"齐队吩咐完后匆匆离去。

是个漂亮的姑娘。这是张霖看到韩蓓蓓时心里浮现的第一个念头。三起案子的受害者都是漂亮的年轻女性，这一点已经确定无疑。尽管动机不明，但凶手在受害者的选择上有明确的标准。

韩蓓蓓已经苏醒，但从呆滞的眼神能够看得出，她还没有从惊吓中恢复过来。不管他们怎么问，她一句话也不说。韩蓓蓓的男友提出了抗议，医生也建议过些时间再问话。他们只能从韩蓓蓓男友那里先了解了一些情况。从过去的两起案子来看，凶手与受害者之间并没有直接的联系，但他们还是问了几个人际关系上的问题，是否有人对她心存仇恨，是否有金钱或感情上的纠纷，尤其是她是否可能与林静雯或田梦岚相识。从韩蓓蓓男友那里，他们一无所获。要离开的时候，张霖突然想到一个问题。他问韩蓓蓓男友：

"你女朋友身上有文身吗？"

对方愣了愣，然后回答道：

"有，在后腰的位置。文了一朵黑色的玫瑰。"

"案子已经上报市局了，两死一伤，上头很重视，十有八九会报到省厅。我希望省厅来过问这件事儿的时候，我们多少能给出点有用的消息。"吴局说，"说说现在的情况。"

这一次吴局没有发火，反而比以前要平静许多，脸上也看不出或焦躁或不满的神情。有些人越到关键的时候越是淡定沉稳。张霖心想。

齐队简单汇报了案情。

"从三个受害者后背上的伤痕上来看，应该可以判断为同一人作案。这三个案发现场距离不算远，相互之间不超过五公里，我们推测凶手的活动范围应该就在这方圆五公里之内。两起室外作案现场周边都是监控盲区，就算是室内作案的那起，也是个监控设备不多的老小区。所以没有在监控里发现凶手的身影。在推测的凶手逃脱路线周边的监控中也没看到可疑的身影。要么是凶手运气好，要么是他很清楚哪里是监控盲区。我推测是后者，凶手很熟悉那一带的环境，也有很强的反侦察能力。

"对于凶手，目击了行凶现场的辅警，也只是远远地看到了身穿雨衣的凶手，并没有看到长相。唯一跟凶手有近距离接触的，只有今天这起案子的受害者韩蓓蓓了，但是由于惊吓过度，她现在还不能开口。据了解她在附近的一家会所上班，案发的时候，是去上班的途中。因为下雨，现场痕迹提取不理想，发现了几个残缺的脚印，有一个证实是那个辅警的，另外几个有可能是凶手留下的。"

今年夏天毕市的雨似乎特别的多。凶手犯下的三起案子，除了在室内的那起，另外两起都是在雨夜，雨水成了帮凶，把痕迹冲刷干净。尽管这一次有目击者，但对于确定凶手的身份并没有特别的用处。根据目击现场辅警的描述，从体形步态上来看应该为男性。至少可以排除凶手是女人了。张霖心想。

吴局的手指又在办公桌上敲了起来。他看向光头，问：

"罗宋呢？"

"还是没联系到……"光头无奈地说。

吴局摇了摇头，又把目光投向张霖。在吴局的注视下，张霖绷紧了身子。

"有什么发现？或者什么想法？"吴局问。

"初步调查下来，今天这起案子的受害者跟前两个受害者之间没有明显的交集。三个受害者都是年轻漂亮的女性。但凶手不为色，也不图财，对于他的作案动机，很可能是对异性的仇恨。我发现，三个受害者的共同点除了年轻漂亮之外，还有一个，三个人身上都有文身。另外，如此短的作案周期，我觉得凶手很有可能是个精神状态极其不稳定的人。"

"一个疯子。"吴局喃喃自语，随后提高了声音，"那两组数字有什么发现？"

张霖摇摇头。心里竟然有些许愧疚。

"这次现场没有发现数字？"

"应该还没来得及留下。"

"我跟城西刘局通过电话了，让他借调一些人手。"吴局转向齐队，"你跟王建武联系一下，让他派些人。既然没有什么好办法，那我们就来笨办法，把那一片给我翻他个底朝天，不放过任何一个可疑人物！"

"好。"

"光头、张霖，你们俩盯住受害者那边，尽快从她嘴里撬出点东西来。"

韩蓓蓓开口了，在一场号啕大哭之后，像是终于从一场再也忍受不了的噩梦里醒了过来。她那双漂亮的眼睛里流露出来的只有惊恐不安，紧紧搂住男友的手臂，依靠在男友的肩上。

"能说说当时的情况吗？"等韩蓓蓓的情绪多少稳定一些之后，光头问。

听到这个问题，韩蓓蓓身子抖了抖。

"一定要现在问吗？"韩蓓蓓男友不满地问。

"你能不能先回避一下？"光头不客气地对韩蓓蓓男友说。

韩蓓蓓用力摇了摇头。

"不回避就闭嘴。"光头皱眉道。

"我们是警察。"张霖把警察证从口袋里掏出来，亮给韩蓓蓓看，试图让对方放心，稳定下情绪来。

"昨晚你是在什么地方遇到那个人的？"光头问。

"柳前街，"韩蓓蓓小声说，"我上班走到那个地方的时候下起雨来了，避雨的时候。"

"你不是打车上班的吗？"一旁的男友突然问。

"我跟你说让你送我的呀，下雨天，打车都打不到，你都忘了呀？"韩蓓蓓声音颤抖了起来，搂着男友胳膊的手松开了，对男友的怨愤暂时战胜了恐惧，"你就知道打游戏！我昨天晚上要是死了你最开心吧？"

"我……"韩蓓蓓男友支支吾吾，最终没能说出什么来。

"我家离上班的地方只有两公里，昨天下雨，网上约车怎么都约不到，让他送我他也不理，我一生气出了门，准备在路边打车，没有打到，这会儿雨停了，我就打算走路过去。走到柳前街的时候又开始下起来，有点大，我在一个遮雨棚下面避了会儿雨，有个人也站在我旁边避雨，路上人越来越少，我有点害怕了……雨小了一点后我赶紧走了，但是那个男人跟在我后面……"

韩蓓蓓又搂住了男友的胳膊，恐惧又回到了她的脸上。

"你看到他长什么样子了吗？"

"没有，他穿着雨衣。"

"什么样的雨衣？"

"黑色吧……应该是，连体的那种，长度到膝盖下面。帽子很大，把脸都遮住了。"

"后来呢？"

"后来……那个人离我越来越近，"韩蓓蓓声音抖了起来，"我刚要喊救命，他一下子捂住我的嘴，把我往巷子里拖……手一直没松开，后来我倒在地上，再后来，我就什么都不知道了……"

"你一点都没看到他的样子吗？"

韩蓓蓓摇摇头。

"其他的呢？声音啊，味道哇，什么都行。"

"对不起……那时候我太害怕了……"

"你为什么要说对不起？又不是你的错！"韩蓓蓓男友说。

光头瞪了他一眼，对方赶忙低下了头。

"啊，"韩蓓蓓像是突然想起什么来，"中药味！"

"什么？"

"中药味！我闻到那个人身上有股中药味，应该是中药味，我以前给我妈熬过。"

中药的味道，难不成这个凶手生病了？是不是这个原因让他如此丧心病狂，接二连三地作案？张霖心想。从韩蓓蓓口里没再问出其他的东西，她脸上的恐惧渐渐被疲倦所替代，甚至忍不住打了一个哈欠。为了打游戏不去送女友上班的男人，此刻又化身为贴心男友，鼓足了勇气向他们提出，他女朋友要休息了。

"照顾好你女朋友哇。"光头说，语气中不无嘲讽。

临走的时候，光头嘱咐病房门口值守的警察盯紧了，尽管可能性不大，他们还是不得不警惕，凶手在得知受害者没有死亡的情况下是否会到医院继续行凶。

刚走出病房，张霖接到一个电话，是个陌生的号码。

"喂。"

"张警官吗？"

"我是。"

"我是柳芸。"

柳芸？张霖愣了一下，然后想了起来。她打来电话，难道是……他停下脚步。

"柳老师吗？"

"对，是我。那天你留下来的那两个数字……我想我知道是什么意思了。"

张霖意识到自己在咧开嘴笑的时候，光头正用疑惑的眼神看着他，像是在看一个傻子。

"其实那两组数字，跟数学无关。"柳芸说，"当然了，可能还要结合你们案子的实际情况，但我们到目前为止发现的唯一能把两组数字关联起来的，只有《圣经》。"

"《圣经》？"张霖疑惑不解。

"对。当然一开始我也不知道。我把你留下来的那两组数字给我们系的其他同事看了，其中一个人恰巧是基督徒。这是《圣经》里用来表示第几章第几节的一种方法，当然，前面还要加哪一本。我们在整本《圣经》里把这两组数字一本本去匹配，花了大半天的时间，终于找到了两者之间的联系。"

柳芸说到这儿顿了顿，像是留给张霖做好心理准备的时间。张霖深呼吸。

"6 : 3，有可能是《哥林多前书》的第六章第三节，对应的内容是：岂不知我们要审判天使吗？何况今生的事呢？

"1 : 6，应该是《犹大书》第一章第六节：又有不守本位，离开自己住处的天使，主用锁链把他们永远拘留在黑暗里，等候大日的审判。

"这两者之间的关联，是天使。"

脑海中亮起一道闪电，眼前的迷雾瞬间消散了。就是它！张霖在心里喊。受害者后背上左右对称的刀痕，代表的是天使的翅膀！

7

罗宋摸起茶几上的酒瓶，狠狠地摔在地上。清脆的声响过后，酒瓶碎裂成一地的碎片，浓重的酒味弥漫。他呼吸急促，感觉到狂怒，在这个时候，自己竟然喝醉了，竟然睡着了！

昨天晚上十一点，折腾了几个小时后，他终于从拘留所里出来。王建武把他送回家，但他沉浸在自己的发现之中，一路上王建武问了他几个问题，他一句都没有回答。他甚至没有跟王建武说一声谢谢。回到家后，他迫不及待地找出光头跟张霖来时落下的那几张照片，确认上面的数字，然后找出那本《圣经》。翻开圣经的时候，他才发现自己的双手在止不住地颤抖。

那两组数字代表的，有可能是《圣经》的章节，他早该想到的！两个受害者后背上的刀痕，有可能代表的是天使的翅膀，而妻子的后背上，肩胛骨的下方，就文着一双天使的翅膀。如果他能证明这两组数字所代表的，的确是《圣经》里的内容，而又与天使有关的话，那这个凶手就很有可能跟妻子的死有关！这是他从那个梦里领悟到的。他甚至推测，凶手之所以开始行凶，与妻子尸体的发现不无关系。但要证实这一系列的想法，首先要证实的，是那两组数字的确来自《圣经》。

　　他还记得第一次翻看这本《圣经》的时候，看了十几页就睡着了。他已经很久没有仔仔细细看一本书了，家里的《圣经》是小开本，字体过小，他得凑近了才能看清楚，密密麻麻的字让他头昏，他强忍着，瞪大了眼睛，一行行地看，仔细寻找某个第一章第六节、第六章第三节，以及与天使有关的章节。他还找出一支笔，随时准备在书上标出有用的信息。他甚至后悔那天在教堂门口的时候他没有接下那个牧师递过来的名片。不，即便他有对方的电话也不能贸然拨打，这个凶手是个信教的疯子，甚至有可能是那个牧师！这个想法刚冒出来的时候，让他出了一身的冷汗。有可能吗？他想。那天牧师说他曾经在教堂门口出现过，可他对此一点印象都没有，难道不可能是那个牧师编造的吗？但冷静思考过后，他还是否定了这个想法。牧师说他问了一个问题：究竟是什么样的上帝，会让一个天使一样的女人被杀死，被埋在土里，让细菌腐烂她的皮肤，她的血肉，只剩一具白骨？这的确是他曾经想过的问题，如果他没有告诉过那个牧师，牧师绝无可能编造出一模一样的话。但即便如此，他也不想轻易去问任何一个能跟《圣经》扯得上关系的人。不，不能贸然去问任何一个人。这件事关系到妻子，必须小心翼翼，必须万无一失。他只能相信他自己。昨晚在看《圣经》的过程中，他感觉迷失在了一行行的字之中，想要喝酒的欲望越来越强烈，他干脆一边喝酒一边看，却在不知不觉中睡着了。他把掉在地上的《圣经》捡起来，发现竟然连《旧约》中的《律法书》都还没有看完！他看了看时间，已经是中午了，他饥肠辘辘，已经不记得上一顿饭是什么时候吃的。他翻出不知何时剩下的半袋挂面，清水煮，加了点盐，狼吞虎咽地吃完，继续研究起《圣经》来。

电话响的时候，罗宋已经看了三十多页，精神十足，没有想要喝酒的冲动，但也还没有什么发现。他看了看，是光头。该不该把这个发现告诉光头？他盯着电话想，随后兀自摇了摇头，任由电话响个不停。电话终于停下来后，他点起一根烟，多少冷静了下来。光头的电话让他想到，如果他能确定这两组数字来自《圣经》，内容又与天使有关的话，那这起案子的凶手就极有可能与妻子的死有关，如果是这样的话，他要告诉局里吗？可如果告诉了局里，案子的侦查权无疑会落到其他人手里。这不是他想看到的结果，他必须亲手抓住那个浑蛋。想到这儿，他把烟熄灭，继续看起《圣经》来。

半个小时后，电话又响了起来，还是光头，他掐掉。五分钟后，响起了敲门声，伴随着光头的声音。

"宋哥。"光头喊，"在家吗？"

罗宋没有回应，屏气凝息，也不发出一丁点声音。

"吴局让你归队，那两起案子，真是连环杀手哇！霖子说得没错。"

他依然不回应，光头固执地敲门，仿佛认定了他在房间里面。五分钟之后敲门声才消失。他松了口气。

天色已经暗到不得不开灯时，他才看到《先知书》中的《以赛亚书》，依然没有发现。他起身开灯，有些气馁，想要喝酒的冲动涌上心头，他越是要压抑，这冲动就越是强烈。现在不是跟酒瘾对抗的时候！他告诉自己。可以适当满足一下酒瘾，换取它短暂的停歇。他又开了一瓶酒，轻轻呷了一口。酒瘾是个贪婪的魔鬼，它不会如此轻易地满足，他咬咬牙，喝了一大口，酒洒了出来，弄湿了衣服。魔鬼似乎暂时满足了。他瘫坐在沙发上，看着空旷的房间，看着满地的酒瓶与碎片，看着电视柜上妻子的照片，此刻虽然没有了酒瘾，但却有痛苦、悲伤、思念、愤怒，这些情感混杂在一起，如此强烈，几乎要超过他所能承受的极限。

电话声解救了他。是母亲。他努力平息自己的情绪，不得已又喝了一大口酒，等到终于平静一些后才接起电话。

"雷子找你。"母亲说，声音里不无担忧。

"这小子找你了？"他皱起眉。

"是呀，来家里找你，我说你不在，他说没什么事儿。但我看着不像没事儿的样子。不太放心。"

"真没事儿啊，我在查案子，刚才那个地方手机没信号打不通，我一会儿给他回个电话，这小子。"他尽量放轻松，笑着说。

"没事儿就好。"母亲说。

浑蛋！挂掉电话后，罗宋出声大骂。这个浑小子！他气喘吁吁，闭上眼，努力让自己冷静下来。眼下不是跟光头生气的时候，还有更重要的事情要做，今天必须要确定，这两组数字是否的确与《圣经》有关。他揉了揉酸胀的双眼，来到灯光最亮的地方。

目光扫过《哥林多前书》第 6 章第 3 节之后停了下来，与此同时，呼吸也停顿了下来。

岂不知我们要审判天使吗？

几秒钟后，他恢复了呼吸，身体开始剧烈颤抖，他用尽了全身的力气才抬起胳膊，摸过酒瓶，颤抖的手让瓶口碰撞到牙齿。岂不知我们要审判天使吗？这句话在脑海里翻滚。岂不知我们要审判天使吗？热辣的酒灌进了喉咙。岂不知我们要审判天使吗？酒滑过喉管，进入胃中。他没有意识到自己不小心释放了酒瘾这个恶魔，他急切地大口吞咽。在酒精的作用下，颤抖逐渐消失了，但他也逐渐失去了意识，进入黑暗之中。

再次睁开眼，天已经大亮，光线刺眼。意识到自己醉酒之后，罗宋再度感到愤怒，但这次他没有把酒瓶摔在地上。他点起一支烟，深吸一口。半支烟过后，他平静了许多。已经基本可以确定了，这个凶手与妻子的死有关。《圣经》已经看了三分之二，剩下的应该不需要多少时间。他还有一组数字需要验证。他去卫生间洗了把脸，在镜子里看到一张陌生的脸。蓬乱的头发里灰白的部分看上去更加多了，双眼通红，脸色是不正常的潮红。他别过头，走出了卫生间。

在看到《彼得后书》第2章第4节的时候，他感觉到意识深处有什么动了动，但没有浮现到意识表层。就是天使犯了罪，神也没有宽容，曾把他们丢在地狱，交在黑暗坑中，等候审判。这一句与《哥林多前书》第6章第3节相似，同样是关于天使，关于对天使的审判。他把这句话暂时标示出来，折起页角，继续向下读。在《圣经》的最后几页，他终于找到了他想要的最后一个证明。

《犹大书》第1章第6节：又有不守本位，离开自己住处的天使，主用锁链把他们永远拘留在黑暗里，等候大日的审判。

他用笔把这句话重重画下，折起页角，然后把《圣经》跟笔扔到桌上，长长地出了一口气。他握紧了拳头，他的想法得到了证实。接下来要做的，就只有一件事儿了：找到那个浑蛋。为此他需要参与到光头跟张霖的调查中去，可以告诉他们这两起案子与《圣经》的关系，但绝不能让他们知道这两起案子与他妻子的死有关。

拿起打火机准备点烟的时候，《彼得后书》第2章第4节的内容所触动到的东西一下子从意识深处浮现了出来，像是浮出海面的鲸。他愣住了，放下火机，打电话给王建武，没有寒暄，直奔主题。

"前段时间我去你那儿取戒指的时候，在你办公桌上看到了一起入室杀人案的现场照片，一个年轻女人，应该是机械性窒息致死。那起案子，破了吗？"

"还没有，"王建武顿了顿，"你怎么想起问这个？"

"没什么，就问问。"

"你有什么线索吗？"王建武警惕了起来。

"没有。"他说。

"要是有什么想法也可以说说啊。"王建武说。

"没有什么特别的想法，有也还不成熟，就先不误导你了。"

电话那头沉默了一会儿，随后王建武说：

"行吧。对了，你知不知道你们辖区昨天晚上又有案子了？"

他一下子绷紧了身子。

"听说跟前两起案子是同一个人干的。"王建武继续说，"不过这次受害人没死，现在在医院。"

他深呼吸，努力平静下来。不能让王建武发现异常。

"我现在还在停职，得靠齐队他们了。"

王建武没有接话，他们在电话两端彼此沉默着。罗宋突然想起自己还欠王建武一句谢谢。

"前天晚上，多谢了。"

说完后他挂了电话。

是时候了。他握紧拳头，又松开，如此反复。

是时候了。他站起身，去会一会这个恶魔。

8

破解谜题会带来某种快感。

张霖体会到了那种快感。尽管他并没有亲自破解数字之谜，但疑点毕竟是他发现的，并最终得到了证实。从这个角度上来看，可以说是他破解的谜题。受害者后背上的刀伤、数字、连环杀手、《圣经》、天使，是在他的努力之下破解，谜团先是被发现，继而被解开，最终，围绕在凶手周围的迷雾被彻底吹散，一个连环杀手的身影终于显露出来。此刻，他有些难以控制自己的情绪。他来到光头面前，双手紧紧扣住光头的肩头，说：

"知道了！"

"知道凶手是谁了？"光头面露惊讶，似乎觉得有些不可思议。

"不是，"张霖摇摇头，"不是！是知道那两组数字什么意思了！"

"嘿，我当是知道凶手是谁了呢。既然不是，能不能先把手松开，抠得我肩膀疼！"

张霖松开手，有些不好意思。

"那数字什么意思？"光头问。

"天使！"

"天使？"光头皱起眉。

张霖把去找柳芸寻求帮助的经过以及柳芸刚才电话里说的内容告诉了光头。

"太好了！"光头的兴奋溢于言表，"结合刚才韩蓓蓓说的中药味，这个凶手应该生病了，或者家里人生病！"

"凶手本人生病的可能性比较大。我在想，凶手几次作案都没有直接置人于死地，除了凶手很有可能不懂得怎么杀人之外，还有可能是因为生病导致的体力下降。我甚至还怀疑凶手病得很严重。"

"为什么？"光头问。

"作案频率太高了，两起案子之间的间隔很短，在警方严查的情况下还敢顶风作案，有没有可能是身患重病，知道自己活不久了，所以才疯狂作案？"

光头想了想，点点头，说：

"你说得有道理。一个生了病吃中药的疯子，信基督教！光是这样就能把侦查范围缩小不少了。我马上打电话给齐队！"

光头去打电话的时候，张霖才注意到自己的手在微微颤抖。这些年他见了不少罪犯，尤其是做刑警的这一年，其中不乏一些穷凶极恶之徒，但这么近距离地接触一个连环杀手还是第一次！他深呼吸。要镇定。他告诉自己。

电话响了，他赶忙接起来，连屏幕上显示的名字都没有看清楚。

"你们在哪儿？"

对方沙哑的声音听上去有些熟悉，但又有些陌生。他把手机从耳旁拿开，看了一眼屏幕。是罗宋。

"在……在医院。"

"是不是又有一起案子？"

"对。"

"受害者还活着？"

"还活着……"

"精神状态怎么样？能问话吗？"

"刚问过了，状态还可以，这会儿……估计睡着了。等我看一看。"

张霖说着走到病房门口，探头往里看了一眼。韩蓓蓓闭着眼，眉头紧皱，紧紧抓着男友的一只手。男友正用空着的另一只手玩手机。

"睡着了。"他跟罗宋说。

"我一会儿过来。哪个医院？哪个病房？"

"毕市中心医院，"张霖抬头看了看病房门牌号，"三〇五。"

挂掉电话后，张霖有些不解。罗宋怎么在这个时候突然要参与这个案子？光头这两天都没能联系上他。难道是吴局亲自请他出马了？

"宋哥刚打电话过来，说一会儿要来医院。"

光头打完电话后，张霖告诉他。一开始光头也一脸的疑惑，但马上又咧开嘴笑了，说：

"宋哥终于肯出马了！不过晚你小子一步咯。"光头拍了拍张霖的肩膀，看上去心情十分不错，"差不多该吃中午饭了，我们正好去门口吃点东西，然后等宋哥过来。"

医院门口小饭馆的饭菜让人难以下咽，但生意却好得出奇。也不难理解，来这里吃饭的人，没有几个有心情细细品味饭菜的味道。这个饭馆的存在并非要满足口舌之福，只是为了提供身体基本所需。张霖几乎是逼迫着自己吃完这顿饭，还有一个连环杀手要追捕，身体需要能量。

回到医院时，韩蓓蓓已经醒了，男友正用勺子一口一口地喂她吃饭，说些笑话，逗她笑。看样子她已经原谅了男友，也暂时从濒临死亡的恐惧中摆脱出来了。张霖跟光头在病房门口的长椅上坐下。光头从口袋掏出烟，刚把一根烟塞到嘴里，马上意识到是在医院，又塞回了烟盒，放回口袋里。

"有了信教这一点，应该要好查多了。"光头说。

张霖摇摇头。

"根据 2017 年的数据，中国有六千多万基督教徒，这个数字还在不断攀升。也就是说，二十个人里面，至少有一个是基督教徒，这个比例在东部城市更高，毕市虽然不是大城市，但城西有一座规模不算小的基督教堂，说明毕市的基督教徒比例可能会更高。"

城西的那座教堂，他从门口经过几次，但从没进去过。他没有宗教信仰，母亲还活着的时候，他还勉强算是个神秘主义者，相信这个世界上存在有某种神秘不可知的力量。但母亲去世后，他成了彻底的无神论者。不相信上帝或任何神灵，不相信有前生来世。

"你说这个浑蛋到底是为了什么杀人？"光头问。

一个人为什么要杀人？这也是张霖想要知道的问题。可看得越多，他就越糊涂，就越搞不清楚一个人到底是因为什么或者为了什么杀人。为了复仇，为了钱，为了女人，因为爱，因为由爱生出的恨，因为一句微不足道的话，因为一个并无恶意的眼神。劳伦斯·布洛克说纽约有八百万种死法，但杀人的原因，只怕比八百万种更多。罗宋不相信凶手们的自白，总觉得他们往往有自保、自我美化的嫌疑。但张霖觉得，总该有一个或者一些原因，他想要知道。

"《七宗罪》看过吧？"张霖说。

"布拉德·皮特演的那个？"

"对。里面的凶手就是根据天主教义里的'七宗罪'来杀人的。"

"可那毕竟是电影啊。"

张霖点点头，说：

"二十世纪九十年代初期，美国有个连环杀手叫亚伯特·费雪，杀了十五个人，还都是幼童，他声称是上帝的指使。这可是真事儿。"

"你是怎么知道这些乱七八糟的事情的？"光头瞥了他一眼。

张霖有些不好意思了。他对连环杀手感兴趣，尤其是真实的连环杀手。

"那你觉得这个凶手也是类似的疯子？"光头问，"从你刚才说的那两句经文来看，都提到了审判。这个凶手觉得自己在审判什么？"

张霖点点头，表示认同。

"刚才说的那个亚伯特·费雪，说过这样一句话：我觉得我做的都是对的，因为如果我做错了，上帝派来的天使应该会阻止我。"

"天使……"光头沉吟，"眼下的这个案子里也是天使。"

这也是张霖为什么会想到这个连环杀手的原因。

"要真是这样的话，得尽快抓住这个疯子，要不然，他是不会停手的。"光头说着站起身，活动活动腰身。

张霖也站了起来，瞄了一眼病房里面，韩蓓蓓正跟男友看着手机上的什么，表情放松。

一阵丁零零的声音传来，微弱，又很有节奏，伴随着脚步声。张霖往走廊里看去，看到了熟悉而又陌生的身影。罗宋愈发瘦了，头发里灰白的部分看上去比前一次见时又多了几分，但步伐坚定，眼神也跟之前不一样了，不再恶毒或空洞，而是带着几分炙热。

"宋哥！"光头迎上前。

张霖把头探进病房，想要告诉韩蓓蓓警察接下来还要问些问题。可还没等他开口，就注意到韩蓓蓓脸色变得苍白，身子瑟瑟发抖。

"你怎么了？"韩蓓蓓男友问。

韩蓓蓓没有说话，只是紧紧地抓住了男友的胳膊，额头上渗出汗，眼睛往病房门口看过来，但没有看向张霖。那双眼旦满是恐惧。张霖皱起眉。

罗宋来到了病房门口，张霖喊了一声宋哥后闪开身子。罗宋走进了病房，站住脚，丁零零的声音终于停了下来。张霖看向罗宋手里的车钥匙，那丁零零的声音，是车钥匙上挂的铃铛所发出的，看上去像是……某种护身符？张霖心想。跟嫂子有关系吗？嫂子尸体被发现之前，没见过罗宋车钥匙上挂着这个。

韩蓓蓓依然是一副惊恐的神情，目光落在了罗宋的脚上，盯着某一处看，有那么一瞬间，惊恐从她脸上消失了，但那似乎并非因为不再恐惧，而是恐惧超过了某个临界点。随后，韩蓓蓓异常艰难地抬起头，像是有什么在压着她的脖子。她颤抖着嘴唇，低声说了句什么。

韩蓓蓓男友弯下腰，把耳朵凑到韩蓓蓓嘴边。

"你说什么？"男友问。

韩蓓蓓又说了些什么，张霖依然没能听清。韩蓓蓓说完后，男友转过头，看向某处。张霖沿着韩蓓蓓男友的视线望去。他是在看罗宋。但罗宋脸上同样堆满了疑惑。

"就是他！"韩蓓蓓男友像是终于领会了女友的话，猛然直起身子，抬起手，指向罗宋，"我女朋友说，昨天晚上，就是他！"

第四章　风暴

1

城西分局接待室的空调冷气开得十足。整整一个下午，罗宋只听到空调出风口的风声，墙上那只挂钟秒针走动时的声音，以及门口偶尔传来的踱步声。门口有人守着。没有把他关进铁栅栏里面，已经足够给他面子了。到目前都还没有人来找他谈话，问他些什么。他也没有要求见谁，或者想要出去。一切都在一团迷雾当中。他不认为这时候有人能回答他的问题。

那个男人指着他，说出"就是他"三个字的时候，他有些发蒙。抓住他，快抓住他呀。男人扯着嗓子大喊，声音尖锐，身子拼命向后靠，比床上的女人还要靠后，几乎贴到了墙上。那场景让罗宋忍不住想笑。或许他真的笑了，因为他看到男人的脸色骤变，超乎了惊恐，变得茫然。

是光头扯住他的胳膊把他从病房里拉了出来，他明白光头也不过是想让那个男人停止叫喊。但当他走出病房之后，男人也从病房里蹿了出来，绕过他们，踉跄着跑远了。他还没来得及跟光头说上几句话，医院的几个保安就急匆匆地跑了上来，男人躲在保安们身后，伸长了手，指向罗宋。保安们靠了过来，小心翼翼，十有八九是受了那个男人的影响。

"抓住他呀！"男人又指着光头，"你们不是警察吗？"

"少他妈胡扯，我抓他干吗？他也是警察！"光头说。

"警察？可我女朋友说他是凶手！"

他那时候才意识到张霖没有跟出来。他斜眼看了看病房里面，张霖正焦急地询问着病床上的女人。但女人只是双手抱头，瑟瑟发抖。

更多的保安赶了过来，但大部分人看上去都是一副搞不清楚情况的模样，疑惑他们要处理的对象究竟在哪里。直到一个身穿警服的男人到来。

"怎么回事儿？"穿警服的男人问。

"他……"男人的手指又指向了罗宋，"他就是凶手！"

"凶手？什么凶手？"

"杀人犯啊！杀我女朋友的杀人犯！"

"闭上你的嘴！"光头吼道。

"你们包庇他！我女朋友都已经指认了！"

"能跟我们走一趟吗？"穿警服的男人客客气气地说。

"你是哪个单位的？"光头说着掏出警察证，亮了出来。

看了光头的警察证后，穿警服的男人眼神变得有些忌惮，他走到一旁，打起电话来。

"宋哥，跟我走。"光头凑到他身边，小声说。

"往哪儿走？"

"出去呀。"

"你觉得他们会让我走吗？"

"那也不能在这儿耗着呀。"

他摇摇头，干脆在长椅上坐了下来，闭上眼，不再理会光头说什么。事情已经超出了他的控制，甚至超出了他的想象。他必须得思考，为什么那个女人会把他指认成凶手，他在脑海里穷尽一切可能。

吴局亲自来医院，一起同行的还有几张陌生的脸孔。他们一个个问话，光头、张霖、第一个赶到现场的警察、医院保安、受害者男友。受害者本人受到了惊吓，还无法开口。一直到最后，吴局才来到罗宋面前。吴局只问了他一个问题：

"昨晚你在哪儿？有没有人能证明？"

不在场证明。这个问题他已经考虑过了。昨晚他一个人在家，从那本《圣经》里寻找蛛丝马迹，没有人可以为他证明。

他摇摇头。

"跟我走。"吴局黑着脸说。

光头跟张霖想要跟着上车，被吴局拦了下来。吴局跟他两个人坐到后排，一个陌生的年轻人坐到副驾驶上，身子微微向后倾斜，紧绷的身子显出十足的警惕。

"事情怎么会搞成这个样子？"吴局问。

这也是我想问的问题。罗宋在心里说。

"省厅总队的人来了。"

"因为我？"

吴局转过头，警惕地看了他一眼，又把头转回去。

"因为那个连环杀人犯。三起案子，两死一伤，不得不报省厅。省厅是派人来指导工作的，刚到没多久就听到了你的消息，接下来的事儿，已经由不得我了。"

他明白了，他沉默。

"怎么会这样？"吴局不甘心地问。

"我不知道。"

"是你没做，还是你不知道你做没做？"

过了一会儿他才反应过来吴局这句话的意思。这是一个很好的问题。我没做，还是我不知道我做了？他在心里问自己。

"我不知道。"他用同样的话回答。

车开到了城西分局，吴局把他带到这间接待室后就走了。

"在这里等着，不要出去。"吴局走的时候说。

他听到了门口的低声交谈，吴局的声音，还有另外一个陌生的声音。副驾驶上的那个年轻人在门口冷着脸看了他一眼，把门带上。他又独自一人了。

整个下午他一口水也没有喝，也没有上过一次厕所，烟已经抽完了。好在沙发还算舒适，他竟然睡着了。在同一个梦里，他梦到了六月的太阳，也梦到了腊月里的风，梦到了坐在病床上的一具骷髅，抬起手，指着他。醒来的时候，他觉得冷，又觉得脸上发烫。这两天他没日没夜地思考，查证，追寻，他没有告诉任何人他在干什么，也没有寻求谁的帮助，像一头独狼。这个时候无论如何也不能生病啊，路还没有走到该休息的那一头。他起身，把空调关了。没多久，房间就变得闷热起来，嘴唇干了，他变得焦虑，舌头舔着嘴唇。他想喝酒了。

门开了，进来的是坐在副驾驶上的那个年轻人。

年轻人走到他跟前，把一双拖鞋放在地上。做这件事情的时候，年轻人眼神警惕，目光紧紧地盯着他。

"把你的鞋子脱了，还有车钥匙交出来。"年轻人说。

他顺从地换下鞋子，把车钥匙从口袋里掏出来，递给对方。

"能给我拿瓶水吗？"他问，"要是有瓶酒就更好了。"

年轻人皱了皱眉，不发一言，拿走了他的鞋子跟钥匙后离开，关上门。这一次他听到了上锁的声音。

十分钟后，年轻人开了锁，进来，把一瓶矿泉水放在桌上，还有一个面包。

"没有酒吗？"

他的这个问题是认真的。他焦躁不安，身体对酒精的渴望差不多达到了顶峰。

年轻人没有理睬，转身走了。

他用力拍了拍桌子，拿起矿泉水，拧开瓶盖，大口喝了起来。整整一瓶水下肚后，他出了满头的汗，但终于觉得好受些了。他撕开面包的包装袋，咬了一口，还没咀嚼就吐了出来，扔到茶几上。

有人进来的时候，天已经黑了。罗宋没有开灯，枯坐在黑暗之中。门打开后，走廊里昏黄的灯光照进来，他看到一个瘦长的剪影。灯开了，他抬手遮住眼。

"罗宋。"

他把手放下，看到一个看上去有些脸熟的年轻男人，脸上微微带着笑。他坐直身子。

年轻男人坐在对面的沙发上，跷起二郎腿。这个男人身上散发出十足的自信，以至给人倨傲的感觉。但在这个没开空调的房间里，对方的那股自信也像是被融化了，这么热的天，他竟然还穿着西装，打着领带。年轻人跷起的二郎腿放了下来，目光在四处寻找。目光落到茶几上罗宋咬了一口的面包上时，年轻人皱了皱眉。

罗宋把沙发角落的空调遥控器拿起来，打开空调，冷风吹了出来。

"不记得我了。"对方的二郎腿又跷了起来，冷风吹拂下，自信又凝结成形。

"看着眼熟。有烟吗？"罗宋问。

对方从口袋里摸出一个白色烟盒，抽出一根烟递给他，他看到上面写着内部专供。他掏出打火机，点燃，深吸一口。

"六年前那起连环杀人案子的调查，我曾经参与过。有数字的那起。"

罗宋想起来了。眼前这个年轻人当时刚从警官学校毕业，在市局实习。记得当时吴局告诉过他，这个年轻人是省里某位高官的儿子，在毕市只是锻炼，早晚会调到省厅。比起六年前，林天栋成熟了不少，身上的那股子傲气跟当年比起来也是有增无减。

"林天栋。"罗宋想起了年轻人的名字。

中午的时候吴局说省厅来人了，指的应该就是眼前的这个年轻人。

"真是缘分啊。我中午刚到，就听说受害者指认你是凶手。"

"我可不把这当成缘分。"

"你有什么想说的吗？"

"能来瓶酒吗？"

林天栋笑了，但笑容很快就消失了。

"酒喝得太多。你不认为这是原因之一吗？"

"什么的原因之一？"

"我该把这当成否认呢，还是在逃避话题？"

"那我是该把这当成审讯呢，还是普通的聊天？"

"随你。"林天栋耸耸肩。

罗宋没再说话，林天栋也是。两个人目光接触，林天栋像是在用眼神跟他较量。他可不想陷入这样的较量之中，他转开目光，舔了舔舌头。他刚才说来瓶酒的时候，可不是在开玩笑。

"对你夫人的事情，我深表遗憾。"林天栋说。

他说话过于文绉绉了。罗宋心想。身体上的动作也完全不像是个警察。或者说不像是国内的警察。在国外待过，或者国外的电视剧看多了。罗宋莫名其妙地想着，抬起头，迎上林天栋的目光。

"在来毕市之前，我已经大概了解了案子的情况。两起案子的共同点之一，是现场都留下了数字。这也是为什么我要来的原因，跟六年前的那个案子很像。你不觉得太像了吗？"

林天栋的这句话似乎另有深意。

"我们在你家里发现了那本折了页、画了线的《圣经》，对应案发现场发现的数字。"

当然。罗宋微微点头。他们搜查了他的家。

"那是因为我在查那几起案子。"

"为什么吴局不知道你在查案子呢？他一直以为联系不上你。好像没有人知道你在查案子。你一向都是独自查案的吗？另外，如果真的像你说的那样，是在查案子，既然你已经知道了数字的含义，为什么没有告诉其他人呢？"

是因为他觉得这两起案子，跟妻子有关。但他没有说出口。

他觉得冷，或许是因为空调吹出的冷风，又或者因为其他。

林天栋站起身，在房间里踱步，鞋跟敲击地面，发出嗒嗒的声音。

"你相不相信，每个人都有黑暗的一面？"林天栋背对着他，问。

他没有回答。他知道林天栋想要说什么。吴局已经问过这个问题了。

"你做了这么多年的警察，肯定见过很多人的黑暗面吧？文质彬彬的人突然发起狠来杀了人，看上去心地善良的人突然下了毒手。妻子的死是一个重创，在这样的重创下，人是会做出一些反常的事情。你不觉得吗？"

"你不觉得你是在诱供吗？"

"前提是你把这当成了一场审讯。"林天栋像是终于抓住了什么，"不过，在审讯方面你才是老手，任何审讯方法，在你身上怕是都派不上什么用场。所以我们就是随便聊聊。在明天之前。"

在明天之前。他咂摸着这句话的意思。明天开始，就会有正式的审讯了。他会坐在审讯桌的另一边，与他这二十多年来常坐的位置所对立的那一侧。他们会铐住他的手吗？

"你想知道我的想法吗？"林天栋在沙发上坐下，双手撑在茶几上，直视罗宋。

对方的目光让罗宋觉得烦躁。

"要是你想说。"

"我觉得你不像是知道自己犯下的事情，否则你不会冒险去病房，想要继续杀她，还有更好的机会。你不应该是那么蠢的人。"

"你好像认定了是我。"

"说得准确一点，是另一半的你。"

"黑暗的另一半。"他冷笑。

"对。黑暗的另一半。妻子的死是个创伤，激起了你的另一面。留下数字，更像是在回应多年前你亲自破获的那起案子。"

"回应？怎么回应？"

"你认同了王海林的做法。"

"所以呢？"

"所以你黑暗的另一半有没有可能是在模仿？数字、接二连三地杀人。"

罗宋冷笑。这个年轻人怎么回事儿？他心想。觉得自己在拍电影吗？精神分裂？多重人格？但不管怎么说，他捉住了对方的一个漏洞。

"我认可王海林。"他点点头，"但你不觉得如果我认可的话，就更不可能做出这种事儿吗？"

"什么意思？"

"王海林是复仇，他杀害的人没有一个是与他亲人的死无关，没有一个无辜的人受到牵连，他宁肯自杀都没有伤害其他人。如果我认可他，为什么要接二连三地伤害无辜的人？"

林天栋皱起眉，思考着他说的话，片刻过后，林天栋脸上似乎有了一丝恼怒。

"不管怎么说，受害者的指认很确切。我们反复确认了。"

"那她是凭什么那么确定是我？"

"你不知道吗？"

"你们拿走了我的鞋子跟车钥匙，我觉得跟这个有关。"

"不愧是刑侦老手。既然你都懂，我也就不废话了。你到病房的时候，受害者听到了铃铛声，然后回忆起被人尾随的时候也听到铃铛声，就像是宠物脖子上经常挂的那种。还有，目击到案发现场的辅警说凶手身高一米七五左右，跟你的身高相符。再结合在你家里发现的《圣经》，上面的折页、画线。还有，三起案子发生的地点都距离你家不远。如果是你，你能做出什么样的判断？"

有动机。没有不在场证明。有受害者的指认。家中发现不利证据。

我是最为理想的嫌疑人选。罗宋心想。但除了这些，还有更不利于他的一件事儿：他酒后会失忆。他不能说出口。作为一个资深的刑警，他明白一个道理：任何人都值得怀疑。这里面当然包括他自己。这一刻他有一些动摇，甚至连他自己都开始怀疑自己了。

"凭这些就能确定是我吗？这里面没有一样直接证据。她看到我的脸了吗？"

问这句话的时候，罗宋心跳加剧，会听到什么样的回答？

"没有。她没看到你的脸，另外一个目击证人也没有。"林天栋说，"当然，即便他们声称看到了，我们也不会完全采信。对目击证人的话，总要有几分保留。"

那为什么你会认定是我？这句话罗宋还没问出口，就在林天栋脸上看到了一抹自信的微笑。他有一种不祥的预感。

"没有任何确切的证据，你觉得我会这样出现在你面前吗？其实可以不用这样的，走常规程序好了，安排一场正式的审讯。但不管市局还是省厅都还是有顾虑的，毕竟你是个警察。另外，从个人角度来说，我还是很崇拜你的。"

一丝冷汗伴随着真正的汗水从额头上流了下来。

"除了刚才说的铃铛声，受害者还指认，凶手穿的鞋子就是你脚上那双，样式相同，LOGO 都是一个字母 L。我们查证过了，这个 LOGO 是你妻子自创品牌，市面上原本就不多，九年多前你妻子失踪之后，这个品牌就慢慢地消失了，不可能凶手正巧买到一双吧？另外，昨晚的案发现场，找到了半个鞋印。在我来之前，初步比对结果刚出来。"林天栋说到这儿停了下来，像是刻意制造某种戏剧效果，他竟然还点起了烟！

罗宋握紧拳头。

林天栋吐出一口烟后，说：

"鞋底的花纹完全一致。花纹里有 L&L 的字样，就目前所知，没有某个品牌的鞋子有相同或类似的花纹，你应该……"

林天栋接下去说的话罗宋一句都没能听进去。罗宋只是盯着林天栋动个不停的嘴巴，但声音完全传不进耳朵，汗从他脸上滴下来，落到地板上。林天栋皱起眉，停止了讲述，嘴巴不再动了，他站起身，伸长了手，在罗宋面前打了个响指。

这个响指终于把罗宋拖回了现实。

他看了看林天栋，犹豫着是否要把他刚想到的告诉给对方。林天栋已经认定了我是凶手，罗宋心想。想到这儿他抹了抹脸上的汗，深吸一口气，说：

"我想喝口酒。"

"喝了酒就会承认？"

"承认？承认什么？"

林天栋脸变得阴冷。

"我要见王亚雷（光头本名）跟张霖。"罗宋说，"在见到他们之前，我什么也不会说了。"

林天栋站直了身子，双手插在裤子口袋里，冷眼看着他。几秒钟后，林天栋转身离开了这间接待室。关门的时候，林天栋很用力。

2

看着光头嘴唇上方胡乱生长的胡子，张霖也忍不住摸了摸自己的。已经三天没有刮过胡子了，也已经三天没能睡个好觉。原本马不停蹄的调查一下子停了下来，疲倦就像涨潮，一点点涌上来，淹没了他。他打了个哈欠。

案子的调查进入了最为关键的阶段，他却一下子成了旁观者。一个小时前，吴局让他们把迄今为止的调查结果统统交了出去。张霖跟光头对此都十分抵触，但原因却有所不同。对张霖而言，最让他失望的，是原本由他发现的连环杀手，却失去了亲自抓捕及审讯的机会。但心里的不甘还是敌不过身体的疲倦，他想先回家睡一觉。他又看了一眼光头。光头已经在抽第二包烟了，紧皱着眉，眼里布满了血丝。

光头不相信是罗宋干的。完全不信。张霖则对凶手是罗宋这件事儿有一定程度的保留。也就是说，他也不太相信是罗宋干的，但又不能完全排除这种可能。韩蓓蓓提到的铃铛声以及凶手脚上的鞋子，对罗宋十分不利，尤其是那双鞋子。但在那样的精神状态下，难道不可能出现记忆偏差吗？记忆原本就是十分主观的东西。毕竟还没有直接的证据，证明罗宋就是凶手。如果能再多一些消息就好了。但他们已经被排除在调查之外。

光头的电话响了。接起来之前，他让张霖看了看显示屏，然后开了免提。

"光头叔叔，我爸怎么了？"罗佳蕊急切地问。

"你听谁说的？"

"刚才我打电话给我爸，接电话的是一个陌生男人，说是省公安厅的，说我爸因为杀人嫌疑被捕了！"罗佳蕊带着哭腔说。

光头看了一眼张霖，说：

"蕊蕊你别急呀，是场误会。我正在跟上面沟通呢，没事儿的，放心啊。"

"我买了明天一早的票，我会尽快赶回去。"

"蕊蕊你不用……"光头说到一半停了下来，"行吧！路上注意安全啊。"

"知道了。"电话那头的罗佳蕊深吸了一口气，"对了，我奶奶知道了吗？"

"没有，怎么能让她知道！"光头说。

"那就好，"罗佳蕊的语气平静了许多，"我奶奶心脏不好。"

"放心吧！"光头安慰道。

挂断电话后，光头恨恨地说："省厅来的到底是谁？"

张霖摇摇头。他们没有见到省厅的人，或者是省厅的人刻意没有见他们。在这个节骨眼上，他们是尴尬的存在。

"我要去找吴局。"光头把烟扔到地上碾灭，站起身来。

张霖没有跟上去。光头走到门口站住了脚，回过头来，问：

"你不去吗？"

"去找吴局干什么？"

"还能干什么？你没听到刚才的电话吗？我要见宋哥。"

"见了宋哥之后呢？"

"我不相信这事儿是宋哥干的。"

张霖摇摇头。

"霖子你他妈的怎么回事儿？难道你也怀疑是宋哥干的？"

"我不是这个意思。"

"那你摇什么头？"

"我的意思是，你觉得你跑过去跟吴局这样说，吴局就会让你继续调查了吗？你越是声明不可能是宋哥干的，就越不会让你去调查。再说现在省厅的人已经接手了，不是吴局能说了算的。"

"那你说我们该怎么办？"

张霖又摇了摇头。

"你今天他妈的是属拨浪鼓的吗？"

"我也不知道该怎么办。可能只能等了。"

"等？等什么？"

"等他们调查，排除宋哥的嫌疑，或者证明宋哥是……"他把说了一半的话咽了回去，"到时候我们就可以再继续调查了。"

光头冷眼看了看张霖，说：

"我绝对不相信宋哥会干出这种事儿。就凭一双鞋？那个女人说到的中药味又怎么解释？宋哥最近没有在吃药。"

的确。如果韩蓓蓓提到的凶手身上的中药味属实，倒是对罗宋更有利一些。

"我还是要去见见吴局。"光头说，"在这儿干等着算是怎么回事儿？"

光头走了。张霖叹了口气，赶忙追了上去。

光头敲了敲局长办公室的门，还没等里面的人回应就推开门走了进去。张霖站在门口，犹豫不决。办公室里，吴局正跟一个男人说着什么，看到他们后，脸一下子阴了下来。

"我没让你进来。"吴局说。

"吴局，我要见宋哥。"光头开门见山地说。

听到这句话，吴局没有回应。这让张霖觉得意外，他踏步进了办公室。

"这位是省厅刑侦局大案要案处林天栋林副处长。"吴局介绍道。

男人轻轻点了点头，脸上带着看上去多少有些虚假的微笑。

这个男人看上去不过三十岁左右。张霖感叹，竟然已经坐到了省厅副处长的位置。

"我们见过。"林天栋看着光头说。

"一时想不起来了。"光头的语气不怎么客气。

"六年前的那起案子，有数字的那起。"

光头露出恍然大悟的神情，但随后又阴下脸来，说：

"接宋哥女儿电话的是你吧？"

"是我。"林天栋微微点头。

"她来电话的时候手机正巧在我手上，调查需要。"林天栋没有表现出恼怒，轻描淡写地说，"再说，拘留后通知家属也是应该的。就当这是通知家属了吧。"

"你！"光头怒气冲冲，又不知道该说些什么。

林天栋没有理会光头，而是转向了张霖，说：

"你应该就是张霖了吧？"

张霖没想到对方会知道自己的名字，有些意外。还没等他答复，对方又开口了。

"正好，罗宋也想见你们两个。"

光头看了一眼张霖，没想到他们这么轻易地就能见到罗宋。

去往城西分局的路上，没有人说话，各自想着心事。晚上十点钟，他们到了城西分局，在林天栋的带领下，他们到了审讯室。罗宋坐在审讯椅上，手上戴着手铐。

"宋哥！"光头喊道，随后转向吴局，"吴局，真的有这个必要吗？"

但从吴局的表情上来看，他对此并不知情。很明显，对于这件案子，吴局似乎也已经没有多少话语权了。

"罗宋作为这起连环杀人案的重大嫌疑人，我觉得这样的对待是合乎规定的。我们不能因为他是警察就破坏规则。"林天栋说。

"宋哥，听说你想见我跟霖子？"光头急切地问。

"在开始交谈之前，我先声明。王亚雷跟张霖已经被要求回避了，他们不能继续参与调查了。让你跟他们见面，也是给吴局一个面子。"

"我知道。"罗宋看向林天栋，笑了笑，"能抽根烟吗？"

林天栋刚把手掏进口袋，罗宋又开口了：

"抱歉啊，你那烟我抽不太习惯，我还是喜欢抽普通的烟。光头。"

光头赶忙掏出烟，抽出一根，直接递到罗宋嘴边。

光头给罗宋点火的时候，张霖注意到罗宋在光头耳边低声说了什么。

罗宋闭上眼，深吸一口，缓缓吐出。烟雾笼罩住罗宋的脸，有那么一瞬间，张霖觉得陌生。

"我让他们来，就是想要告诉他们，不要干扰你们的调查。"罗宋说。

"罗宋，不用把我当傻子吧？"林天栋说。

"当然不是。我会告诉他们，尤其是告诉这一位，"罗宋用夹着烟的手指指着光头，"不要感情用事。"

林天栋笑了笑，微微点头，似乎表示认同。

"他们不能干预调查。但我还是希望他们能帮帮我。"罗宋说。

"帮你？帮你什么？"

"理智一点考虑，我的确是这起案子的重要嫌疑人。有受害者的指认，有能说得过去的作案心理动机，没有不在场证明，当然，还有一堆直接或间接的证据。"

"宋哥，我不相信是你干的！"光头说。

张霖突然有些羡慕光头，如此相信一个人。他做不到。自从他成年以后，他从没有过毫无保留地相信一个人。他的习惯是怀疑，尤其是做了刑警之后。在他眼里，这个世界让人疑窦丛生，这个世上的任何一个人都是可疑的。

"你小子跟了我这么多年了，怎么一点长进都没有呢？你还不明白吗？这个世界上任何一个人都有可能是凶手！包括你，当然也包括我。这一点，你得向霖子学习。"

罗宋说着看向张霖。张霖觉得自己被看穿了心事，脸一下子烫了起来。罗宋这句话听上去并没有什么恶意，但张霖却突然有一种负罪感，因为对罗宋的怀疑，因为没能像光头一样信任罗宋。他低下头。

"我之所以调查这起案子，是因为我怀疑这个案子跟我妻子的死有关。你们在我家里发现了被折页的《圣经》吧？"罗宋看向林天栋说，"其实还有一件事儿我没有说。"

林天栋一下子来了兴致，站直了身子。

"什么事儿？"

"我妻子的后背上，有一个文身。"

"文身？"

"对。肩胛骨下方，一对天使的翅膀。"

天使的翅膀。受害者肩胛骨下方对称的刀痕。张霖觉得心跳加速。罗宋为什么要把这一点说出来？这只能让他更加可疑！

"在我查清楚那两组数字的意思之后，我就怀疑这案子跟我妻子的死有关系，所以我开始调查。凶手在死者后背留下象征翅膀的刀痕，而且接二连三发生的案子是在我妻子被发现之后开始的，所以现在疯狂作案的凶手，很有可能也是杀害我妻子的人。我没有告诉其他人，是因为我想亲自找出那个浑蛋来。你应该知道我想干什么。"

众人沉默，听着罗宋的讲述。

"你提到受害者听到了铃铛声，我车钥匙上也正巧挂着铃铛。挂在我车钥匙上的这个御守原本是一对。"说到这儿罗宋顿了顿，"另外一个，她失踪的时候是带在身上的。"

"我不觉得这能证明这几起案子不是你干的。"林天栋摇摇头，"我倒觉得你刚才讲的这些，反而更能证明是你干的。"

"对，不能证明。说实话，我也已经没法确定这件事儿不是我干的了。可能真的像你说的，是我黑暗的另一半干的。所以，要么证明不是我干的，要么证明是我干的。"

"你觉得我不能证明吗？"林天栋问。

"你已经认定是我干的了。你会努力证明是我干的。就像刚才，我说出了我的想法，但在你看来，反倒更加确定我是凶手。"

林天栋沉默片刻，说：

"但你的徒弟不相信是你干的。所以他们会向另一个方向，努力证明不是你干的？"

"聪明。"罗宋竖起大拇指，"你们不让他俩参与调查，但我知道他们不会放手，你们拦不住，尤其是那头倔驴。"罗宋指指光头，"所以我要告诉他们，不要干扰你的调查，不要再喊：我不信是宋哥干的！他们要查，就让他们用他们的法子去查，只要不违反规定。霖子，再给我来根烟。"罗宋说。

"林处、吴局，罗宋说得没错，"光头转向林天栋跟吴局，说话的语气也变得客气了起来，"我不会干预你们的调查，但是我……"

光头喋喋不休地说着什么。张霖掏出一支烟，递过去，点火的时候，罗宋开口，声音轻柔但语气坚定。

"去找在我小区周边巡逻的一个辅警，姓罗或者姓宋，眉角有一道五厘米长的疤。前几天，我给过他一双鞋子。"

回城东分局的路上，光头坐在副驾驶，张霖跟吴局坐在后排。张霖第一次跟吴局挨得这么近，觉得局促不安，想要离吴局远一点，却又不敢表现得太明显，像是坐在班主任旁边的学生。

"罗宋跟你说什么了？"车子开动后，吴局问。

"没有哇。"张霖挪了挪屁股，距离吴局远了一厘米。

"少拿我当傻子。"吴局语气严厉。

就在张霖犹豫要不要说出来的时候，吴局又开口了，语气柔和了许多。

"算了。别让我知道他告诉了你什么。记住，从现在开始，你们在这起案子上的任何调查行动都是没有经过允许的，我都是不知情的。我只要求别干扰省厅的调查，别添乱子。知道了吗？"

"放心吧，吴局！"光头说。

"希望你们下次再跟我提罗宋的时候，是告诉我这个案子跟他没关系。"

从吴局的语气里听得出十足的无奈。

"肯定的！"光头信誓旦旦。

"宋哥跟你说什么了？"下了车后，光头问。

吴局已经离得足够远了，但张霖还是压低了声音。

"宋哥让我们去找一个在他小区附近巡逻的辅警，最近宋哥给他过一双鞋子。"

"鞋子……鞋子原本是对宋哥很不利的一点，因为其他人不太可能有一模一样的鞋子，但现在有了。而且根据我们之前的推测，凶手还有几个特征：活动范围在几个案发地点周边五公里的范围之内，而且对道路上的监控比较熟悉。如果是在那附近巡逻的辅警，这几点都能满足！"光头难掩脸上的兴奋，"那我们赶紧去找。"

光头说着又要上车，张霖拉住了他的胳膊。

"你看看现在几点了？"

夜里十一点多，城市已经进入睡眠。

"要不就打电话给威盛街道派出所的人问一问。对了，宋哥有没有说那个辅警叫什么名字？"

"没有，罗宋只说姓罗或者姓宋，眉角有一道五厘米的疤痕。"

"那应该不难找，我来打电话问问。"

张霖又拉住了光头的胳膊。

"要是这个人真是凶手，除非你能问到他现在在哪里，我们直接杀过去。但如果问不到，有刑警找他这事儿又传进那个人耳朵里的话，你觉得他不会警惕吗？这样不就打草惊蛇了吗？"

"那我们应该怎么找？"

"明天早上，我们直接去威盛街道派出所，最好能在那人知道我们找他之前就找到他。如果没有什么特别的原因，他不会恰巧在这天晚上就跑路了，再说现在有宋哥给他当替罪……"

张霖自觉失言，闭上了嘴。

光头想了想，说：

"你说的有道理。不过万一他今天值夜班呢？对了，我们现在就开车在宋哥家周围转一转，说不准能碰到他！"

张霖叹了口气。现在让光头停下来歇一歇似乎是不可能的了。

但张霖现在更想做的，是回家睡一觉。他不情愿地又上了光头的车。

"对了，宋哥跟你说了些什么？"张霖突然想起来。

"还能说什么？就说了一句：给我跟霖子打掩护。这种事儿，宋哥还是信得过你。"

来到罗宋家附近后，光头放慢了车速。为了便于观察，光头落下了车窗，热风扑面而来。夏日夜晚的风，像个不怀好意的人，把让人讨厌的热身子往人身上凑。接连发生的凶手案，让原本喜欢过夜生活的人也不敢出门了，街道变得空空荡荡。

张霖觉得烦躁，更觉得疲倦。疲倦不停地怂恿着他，让他进入睡眠。他强打着精神，但眼皮还是在不知不觉间落了下来。一直到有人推他的肩膀。

睁开眼的时候，他注意到车已经停了下来。他扭过头，看到光头正在点烟。

"醒了？"光头问。

"嗯。"

"你睡觉打呼噜哇，震天响。"

他有些不好意思，挠挠头。他发现光头把车停在了左欣的便利店门口。

"行了，你先回家睡吧，明天一早我来接你。"

光头抽着烟，脸上看不出丝毫倦意。

"有发现什么吗？"他问。

光头摇摇头。

"看到了四个巡警，都不是我们要找的人。"

"你怎么确定？大半夜的，眉角上的疤又看不清楚。"

"几十厘米的距离我要再看不清那不成瞎子了？"

光头该不会下车一个个去问了吧？张霖心想。

"没打草惊蛇吧？"他问。

"放心，虽然我没你跟罗宋那么聪明，也不傻。我就下车借个火，看一眼对方的脸，看看有没有疤。有个辅警起疑，我就亮了亮警察证，说才下班，路过，想抽烟又没火了。"

张霖点点头，开门下了车。他抬头看了看左欣家的窗户，灯还亮着。他这才意识到，早上微信上拜托左欣喂猫，左欣没有回复。一个身影从窗前缓缓走过，影子投在窗帘上，是左欣。张霖盯着那扇窗看了一会儿，身影没有再出现，他转身离去。

还没进家门张霖就听到了陀螺的叫声，听得出来是因为饥饿。开门后，陀螺绕着张霖的腿转个不停。他打开灯，看到客厅中央空荡荡的猫盆，他终于确定左欣没有来喂陀螺。一丝担忧爬上心头，他掏出手机，想要问一问左欣是否一切都好。但左欣刚才不还好好地在家里吗？想到这儿他放下手机，弯下腰，轻轻摸了摸陀螺的头，然后拿起猫粮袋子。

"实在是对不住啦。"他说。

入睡前的最后一刻，张霖突然意识到自己的担心是多余的。左欣原本就没有义务帮他喂陀螺。也许她不过是厌倦了，厌倦了总是替一个明明没有时间却还是养了一只猫的警察喂猫。他想起那天晚上左欣的欲言又止，这就是那天她想要告诉他的吗？我不能再帮你喂猫了，你自己想办法吧。或许吧。这个想法让他觉得失落，他在这样的失落感中入睡。这一夜，一个梦也没有。

尽管张霖早就做好了光头一大早就杀过来的心理准备，但光头来电话的时候他心里还是一百个不情愿。他艰难地从床上爬起来，匆忙洗了把脸，往猫盆里添了足够陀螺吃一整天的猫粮，下了楼。

经过左欣便利店门口的时候，他注意到店门没有开。七点半，以往的这个时间点，店门早已经开了，卖早餐给早起上班的人。他停下脚步，抬起头看了看二楼的窗户，有微弱的灯光透出。

"快点上车！"光头喊。

车开走的时候，张霖再次回头看了看。他掏出手机，打开微信。

你没事儿吧？

手指在发送键上悬了半天，按下去之后他赶忙锁了屏，把手机塞进口袋，深呼一口气。

他们直接去了威盛街道派出所。在张霖的强烈要求下，进派出所前，他们在对面小吃店里吃了顿早饭。就在光头狼吞虎咽的时候，电话响了。

"是蕊蕊。"光头说着接了电话。

"对……你爸没在城东分局……我也没在，要不你先回家？我知道，不是你奶奶家。行，我忙完手头的事儿过去接你……没事儿的，放心吧，蕊蕊。"

挂了电话后，光头一口气把碗里的粥喝了，站起身，抹了抹嘴，说：

"走。"

张霖赶紧把手里的包子一口塞到嘴里，跟了上去。

"你们怎么来了？"刘所惊讶地看着他们俩。

"刘所，来找个人。"

"什么人？"

"一个辅警，姓罗或者姓宋，眉角有道疤。"

"你是说宋雨生吧？脸上有疤的就只有他了。这一大早找他干吗？"

"有点事儿想找他确认一下。他今天来了吗？"

"我来问问。"刘所说着抓起话筒。

"刘所，"光头上前踏了一步，按住电话，"问的时候委婉点，别让人知道有刑警找他，说点鸡毛蒜皮的小事儿。"

刘所把话筒放下，严肃又有些警惕地看着光头，问：

"他犯了什么事儿吗？"

"还不确定，但是……"光头顿了顿，"很重要，现在不方便透露，但是千万不能打草惊蛇。拜托了，刘所。"

刘所紧皱眉头，拨了电话。

"宋雨生在所里吗？巡逻去了？这边接到一个投诉。"刘所说着看了光头一眼，光头冲他竖起大拇指，"让他回来一下，我要了解下情况。"

"都听到了？"刘所挂了电话，对光头说。

"多谢刘所。"

"一点都不能透露？"

"还不是时候。等事情确认清楚了，第一时间跟你汇报。改天一定请你吃饭。"

"得了吧你。"

"对了，有这个宋雨生的资料吗？"

刘所起身，在办公室的文件柜里翻找起来。不一会儿找出一个文件夹，放在光头面前。里面有宋雨生的简历跟照片。照片上的男人看上去老实憨厚，眉角的疤痕清晰可见。张霖觉得有些眼熟，应该在什么地方见过。

光头拍了几张照片后把资料还给刘所。

"刘所，我们去门口等，就不在这儿耽误你时间了。"

"有什么事儿要第一时间告诉我呀。"

出门的时候，刘所在他们身后喊，声音略有不安。

他们上车后，光头把车开出派出所门口后停好。

"霖子，一会儿你来开车。"光头说着下了车。

他们一起外出的时候一向是光头开车，光头的安排让张霖有些费解，他看了看光头的黑眼圈跟布满血丝的眼，下车，绕过车头，坐到了驾驶座上。

在等宋雨生回派出所的时候，张霖时不时掏出手机，等着微信左下角出现红色数字。就在他盯着手机发呆的时候，光头碰了碰他的胳膊。他抬头看到一辆警用摩托车开过来，是宋雨生。张霖瞬间警惕起来，收起手机。

"你在车上等着。"

光头下车，跟着摩托进了派出所。会是他吗？张霖的目光紧紧盯住宋雨生。宋雨生微微皱着眉头，看上去有些不快。不知道为什么，张霖轻轻摇了摇头。宋雨生把车停在了车棚底下，光头快步走上前。张霖看到光头把手搭在宋雨生的肩膀上，等宋雨生转过头来，光头说了句什么，对方点头。光头又说了什么，对方的眉头皱了起来，摇了摇头，做出防卫的姿势。光头突然用右手扣住对方右手手腕，左手按住对方肩膀，用力把宋雨生的胳膊拧向身后。光头一定用了十足的力气，张霖看到宋雨生脸上露出痛苦的表情。张霖绷紧了身子。

"你他妈的要干什么？"张霖终于听到了宋雨生的声音。声音里充满了惊恐。

光头用押解犯人的姿势把宋雨生带出了派出所大门，保安室里有人出来，大声问干什么。宋雨生大喊救命。光头不管不顾地往前走，来到车前，打开后门，把宋雨生推了进去。

"开车！"关上车门后光头命令道。

派出所里有人跟着跑了出来，张霖赶忙发动车子，大脚油门驶离派出所。

"开哪儿去？"

确认后面没有人追上来后，张霖问光头。

"随便找个人少的地方！"

张霖咬咬牙，深踩油门。汗从全身的各个毛孔里冒出来。

"你们是谁？到底要干什么？"宋雨生在后排挣扎。

张霖觉得有什么地方不对劲。他意识到这个宋雨生不是他们要找的人，但他还不清楚自己为什么会做出这个判断。是因为脸上的表情吗？张霖心想。他看了眼后视镜，从里面看到了宋雨生脸上的不安。宋雨生扭动身子，想要挣脱光头的钳制。光头不说话，只是死死地钳住宋雨生背在身后的双手，让他挣脱不得。

来到一处偏僻小道后，张霖把车停了下来，心脏依然在剧烈跳动。

宋雨生已经停止了挣扎，满头大汗。光头用右手抓住宋雨生的双手手腕，腾出左手来，伸向后腰，摘下手铐，把手铐绕过副驾驶头枕跟靠背之间的连接处后，铐住宋雨生的双手。

做完这些后，光头终于松了一口气，点起一支烟，问：

"知道我们为什么找你吗？"

"我他妈怎么知道？你们到底是什么人？"

光头的手机响了起来，他看了一眼，把手机扔到一旁。张霖看到屏幕上显示着刘所的名字。

"少他妈装傻，你自己干了什么不知道吗？"光头问。

张霖的手机也响了起来。也是刘所。他把手机调成静音，塞回裤子口袋。

"我想起来了，"宋雨生盯着光头看了一会儿后说，"你是刑警队的吧？那次入室杀人的案子，我看到过你，看到过你们俩！"宋雨生扭头看了看张霖，眼里的恐惧少了许多，像是松了一口气。

"我看你还不傻！"

"你们抓我干什么？"宋雨生的语气软了下来。

"不对。"张霖说。他明白什么地方不对劲了。

"霖子你说什么？什么不对？"

"他不是我们要找的人。"

"为什么？"

"你忘了，凶手的身高应该在一米七五左右，跟宋哥身高差不多。但是他，"张霖指了指宋雨生，"最多一米七。"

"我一米七一。"宋雨生赶忙说。

"还有，"张霖探了探身子，看了一眼宋雨生的脚，"你看他的脚，罗宋鞋子的尺码，这个人穿着大太多了！"

"你们是在说罗警官给我的那双鞋子吗？"宋雨生突然说。

张霖跟光头都看向他，在他们的注视下，宋雨生又有些紧张起来。

"那双鞋呢？"光头问。

"我……我给别人了呀。"宋雨生吞了吞口水，说。

"那天晚上我值班，巡逻的时候，差不多凌晨一点多，我在罗警官小区东门看到他。他坐在马路牙子上，光着脚，脚上都流血了。看他的样子应该是喝多了，我问他话，他什么也不说。我在附近找了找他的鞋子，没找着，也不知道丢到哪儿去了。我就去了小区保安室，问值班的保安有没有能穿的拖鞋什么的。那个保安找了一双旧鞋子给我，我给罗警官穿上，扶着他，送他回了家。第二天中午他碰到我的时候，给了我一双新鞋子，说旧的那双没法穿了。对了，就是发生入室杀人案的那天，我正赶着去现场。等忙完了我才把鞋子给那个保安。刚才这位也说了，"宋雨生说到这儿看向张霖，"那鞋子我穿着太大了呀。那双鞋子怎么了？至于因为一双鞋子这样对我吗？"

宋雨生生起气来，扭动着手铐。

"那个保安叫什么名字？"光头问。

"我只知道姓林，四十岁左右，具体叫什么不知道，大家叫他老林。"

"你说的这个老林多高？"

"一米七五左右吧，跟罗警官差不多高。要不然鞋子尺码也不能差不多大。"

光头看了一眼张霖，又问：

"他信教吗？"

"这……倒不清楚。"宋雨生露出思索的表情，"好像见过他戴着个十字架。"

"带我们去找你说的这个保安。"

"能把手铐松了吗？"

"等找到那个保安再说！"

宋雨生无奈地叹了口气。

张霖发动车子，往罗宋小区开。来到小区东门后，宋雨生打量了一会儿保安室，然后摇摇头，说：

"没看到他。"

光头抽完一根烟后，才有些不情愿地解开了手铐。

"下车，跟我进去找。"

光头让宋雨生走前面，张霖殿后，三个人进了保安室。

"老林呢？"宋雨生问保安室里的人。

"我也正找他呢，"保安恨恨地说，"八点多不知道有什么事儿出去了一趟，就没再回来了，打电话也不接。"

光头耸了耸鼻子，皱起了眉，问：

"谁在吃中药？"

听到光头这句话，张霖愣了愣，他仔细闻了闻，闻到了若有若无的中药味。

"林洪斌啊。一个多月了，天天带中药，拿个保温杯。屋子里一天到晚中药味。"

"你说的这个林洪斌就是老林吗？"张霖问。

"我们这儿就一个姓林的。"保安说。

"他生病了？"

"不知道什么毛病，看他最近瘦得厉害。你们找他到底干吗？"

"再给他打个电话。"光头没有回答保安的问题。

保安有些不情愿地掏出手机，拨了号码，眼睛上下打量光头跟张霖。

"关机了。"保安说。

光头一把夺过手机，放到耳边。

"你这人怎么回事儿！"保安说着要抢手机。

宋雨生上前拦住保安，小声说：

"刑警。"

保安愣了愣，安静下来。

光头把手机递还给保安，跟张霖说：

"关机了。"

"知道他家住哪儿吗？"光头问保安。

"不知道。这个人就是个闷驴，跟我们不怎么聊天。只知道他住得离这儿不算远，具体住哪儿不知道。你们去物业问问，那边应该知道。他犯什么事儿了？"

"不该问的别多问。"光头说，"一会儿他要是回来了，别跟他说有人找他，然后给我打电话。"

说完光头从放在桌上的本子上撕下一张纸，写下号码。

"林洪斌，哪三个字？"光头又问。

"我哪儿知道啊。去物业问问吧。"保安说。

“等会儿。”张霖说着指了指保安室的监控显示屏，“我们先看看监控。”

“兵分两路。”光头一脸的急躁，“我去物业查查这个林洪斌的资料，你在这儿看监控。”

张霖点点头。

从监控上来看，早上八点十五分，一辆出租车在门口停了下来等道闸抬杆，这个时候林洪斌从保安室里走了出来，出租车进去后，林洪斌也往小区里走了。但在那之后小区所有的监控里都没再看到林洪斌的身影。张霖觉得林洪斌是故意躲着监控走的，毕竟他对小区里的监控死角了如指掌。但到底去了哪儿？难不成跑了？张霖思忖。

光头回来的时候，张霖还在看最后一个时间段的视频。看完后他冲光头摇了摇头。

“八点十五进了小区，那之后就没再看见了。”

“你觉得他在这个小区里？”

“不确定。我感觉他是故意躲着监控走的。也有可能是故意给人还在小区里的假象。你觉得有没有可能这个林洪斌跑了？”

光头咬了咬牙，问保安：

“小区几个门？出入口的监控有没有死角？能不能在不被拍到的情况下出小区？”

“三个正门，门口都有监控。但还有一个偏门，只能走人，也不能算是正式的门，大家为了图方便硬开辟出来的门，栏杆弄掉几根，能走出人去，物业堵了几次又被人弄开了。你知道，大家都只图自己方便。后来物业干脆弄成一个小门，早六点到晚九点之间开放，那个地方，没有监控。”

“别真他妈让这小子跑了。我们也没打草惊蛇呀？”光头看着张霖说。

"你那边有什么发现？"张霖问。

光头递过来一张身份证复印件。林洪斌，年龄三十五，面容清秀。从身份证号跟家庭住址上来看，这个林洪斌应该是本地人。

"我刚才打电话给局里查了一下林洪斌的信息。家庭住址一直是身份证上的地址，去他家里找找看。"光头说。

"我……能走了吗？"一直安安静静等在一旁的宋雨生怯怯地问。

"再陪我们一会儿，"光头的语气客气了许多，拍了拍宋雨生的肩膀，"等我们找到这个林洪斌。"

宋雨生无奈地叹了口气。

林洪斌身份证上的住址是个老拆迁小区，楼道的墙上贴满了小广告，楼梯扶栏上生着铁锈。光头打头，宋雨生居中，张霖殿后，三个人上了楼。林洪斌家住顶楼六楼，上到五楼后，就闻到了浓重的中药味。张霖心跳加速，种种证据都表明这个林洪斌就是他们要找的人。他突然有些犹豫起来，是不是该跟吴局汇报一下？还没等他开口，光头突然停下了脚步。

"怎么了？"张霖紧张起来，问。

光头转过头来。

"你没闻到吗？"

"中药味吗？这么大，肯定闻到了。"

光头摇摇头，脸色不太好看。

"不是，不只是中药味。这里面还有其他味道。"

光头的鼻子一向比其他人要灵敏一些。张霖深吸了一口气，除了中药味，没闻到其他的味道。他摇摇头。

"尸臭。"光头阴着脸说。

几秒钟的沉默之后，三个人各自有了动作。光头往后腰摸，掏出枪。宋雨生也往后腰摸，摸出一个催泪喷雾。张霖也下意识地往后腰摸，但什么都没摸到。他不习惯带枪，平时用到枪的机会少之又少，一年多了，除了训练的时候，他从没把枪拿在手上过。再加上带枪外出手续麻烦，还要担心丢枪的风险，除非有要求，他轻易不会把枪带在身上。但此刻，看着前面两个人都有了护身的装备，张霖心生不安，吞了吞口水。

"要不要先上报，等支援来了再动手？"张霖小声说。

"我能问一句，老林到底犯了什么事儿吗？我好有个心理准备。"宋雨生小声说。

"最近的这几起案子，十有八九都是这个林洪斌干的。"光头说。

宋雨生没再说话，但张霖注意到宋雨生的手有些抖。

"他应该没有同伙，"光头说，"我们仨还弄不过他一个？先上去看看再说。"光头说着继续往上走，放轻放慢脚步。

顺着中药味，他们来到味道最浓的那户人家门口。三个人贴墙站好。光头扭头看了看张霖，看到张霖空空的双手后走过来，把枪递过来。

"你不用吗？"张霖问。

"没有迹象表明林洪斌有枪，他要是赤手空拳我应该能对付得了，"光头说，"就算他有工具我也对付得了。应该用不到枪，你拿着，当个后备，以防万一。不过万不得已要开枪的时候可千万瞄准了呀，别把我给崩了。"

张霖点点头，又吞了吞口水。枪已经被光头握得温热，张霖交替着在裤子上蹭了蹭手心上的汗，然后两只手握紧，尽量不抖。这还是他第一次在训练场之外握枪，但愿他在训练场上学到的技巧能在关键时候发挥作用。走廊里安静极了，张霖听到宋雨生吞口水的声音，然后听到持续不断且很有节奏的声音，怦怦怦怦，过了好一会儿他才明白过来，那是他的心跳声。

光头后背贴墙，伸手敲了敲门，然后等待。没有人回应，房间里也没有任何声音。光头再敲，这次力气要大了许多，连续敲了许多下，还是没有任何声音。光头在裤子口袋里摸了半天，最后摸出一个回形针，掰直了，凑到门锁上。光头出门带的东西真是全。张霖忍不住想。这是个老式入户门，开起来应该不费劲。不到半分钟，锁开了，光头轻轻把门推开，但还是发出了吱呀一声响。光头赶忙又靠墙站好。更加浓烈的中药味从房间里飘出来，这一次，张霖闻到了尸臭的味道。他拿枪的手微微抖了起来。房间里传来低沉的嗡嗡声。

光头又在门上敲了几下。除了嗡嗡声之外，没有任何其他的声响。过了半分钟后，光头小心翼翼地进了门。宋雨生站着没动，张霖绕过宋雨生，也进去了。

"你在门口守着。"张霖说。

"好好好。"宋雨生忙不迭地说。

房间里光线黑暗，所有的窗帘都拉得紧紧的。光头伸手在墙上摸索着。啪的一声。张霖的心跳剧烈，在灯亮起的那一瞬间，心跳的速度几乎要超出了他能承受的范围。尽管做了一年多的刑警，也出过一些说起来算得上凶险的现场，但与一个连环杀手如此近距离地接触还是头一次。他原本以为会看到血迹四溅尸块四散的场景，所以当他看到客厅里的情景之后，下意识地把枪放了下来。看上去似乎没有什么凶险。客厅不大，家具不多且款式老旧，但摆放整齐有序，水泥上没有铺瓷砖，但也打扫得干干净净，看不到一丝杂物。这与张霖的设想相去甚远。他四处看了看，所有的房门都紧紧地关闭着。挂有十字架的两扇门应该是卧室，嗡嗡声是从其中一间传出来的。中药味道最浓的地方应该是厨房。剩下的一个是卫生间。他们放轻脚步，光头先去了厨房，轻轻打开门往里看了看，然后又查看了卫生间。再接下来是没有嗡嗡声的那间卧室。光头手握球形门把手，回头冲张霖点点头，张霖举起枪瞄准，光头转动把手。客厅里的光线照亮了大半个房间，目光所及之处没有人。光头打开灯，张霖看到房间里只有一张单人床、一个衣柜、一对桌椅，所有的物品都摆放得整整齐齐，桌上摆放了一个耶稣雕像、一本《圣经》，还有一个手镯跟一对耳钉。手镯。张霖想到林静雯那只被凶手带走的手镯，不确定是不是那一只。光头走到衣柜跟前，侧耳听了听后才拉开柜门，看了一眼就关上了，冲张霖摇了摇头。

他们来到最后一间房门前。尸臭应该是从这个房间散发出来的。光头轻轻转动门把手，推开门，浓烈的味道瞬间扑鼻而来。光头捂住了鼻子，张霖也一样。冷气扑面，张霖打了个战。嗡嗡声更加强烈。房间里光线昏暗，客厅里的灯光只照到了床脚的位置。床上躺了一个人，体型庞大。不对，应该是一具尸体。尽管光线昏暗，也能看得出床上的那个人已经没有了生命的气息。张霖觉得心脏要从嘴里跳出来了，他极力控制住自己的双手，不让它们抖。光头在墙上摸索，开了灯。张霖先看了床以外的地方，确认没有危险后才把目光放在床上。看了一眼他就闭上了。拿着枪的手垂了下来，另外一只手捂住了嘴巴。

这几年他也看了不少的尸体。但巨人观的尸体，他还是头一次见。

3

确认没有危险之后，宋雨生没能控制住自己的好奇心，进卧室看了一眼。为了不让他吐在现场，张霖拉着他跑下了楼。看着呕吐不止的宋雨生，张霖心理平衡了些。虽然他也干呕了半天，但好歹没有吐出来。张霖拍了拍宋雨生的肩膀，递给他一支烟。宋雨生摆摆手拒绝，继续弯腰呕吐。光头打了几个电话后回来了。

"吴局他们一会儿就过来。"光头说。

张霖点点头，把刚才宋雨生没接的那支烟递给了光头。

"看头发跟尸体的穿着，应该是个女的。"光头点起烟，深吸一口。

张霖也点起一根烟，深吸一口，让鼻腔里充满烟的味道，驱赶久散不去的尸臭。

"应该可以确定林洪斌是凶手了。"光头说。

"在没尸体的那间卧室的桌上，放着一个手镯跟一对耳钉，应该是两个受害者林静雯跟田梦岚的东西。"

光线突然暗了下来。张霖抬头看了看天，一片乌云遮住了太阳。张霖回头看了一眼楼道，没有灯，黑黢黢的。昏暗房间里腐烂膨胀了的尸体突然在脑海中浮现出来，张霖全身的汗毛都竖了起来，他赶紧往前走了两步。光头疑惑地看着他。

宋雨生终于停止了呕吐，直起腰来，有些不好意思地看了看张霖，说：

"真没想到，老林是这么个浑蛋。"

"以前跟他接触的时候，没发现他有什么不对劲吗？"

"接触不多啊。他应该在那个小区当保安有……"宋雨生思索片刻，"有一年多了。巡逻的时候，有时候我会去他们保安室休息一会儿，跟保安们吹吹牛。但说实话，我印象中没怎么跟他聊过天，关于他的事儿也都是别人告诉我的。我只知道他不抽烟不喝酒，没结婚，有没有女人不知道，但是我们聊女人的时候他从来不插嘴。"宋雨生说到这儿顿了顿，"要这么说的话，还真是挺不对劲的。三十多岁的年轻男人，不抽烟不喝酒没女人，你说是不是挺不对劲？给我根烟？"

宋雨生终于彻底平静下来。张霖递过去一支烟。

"听说过他家里有什么人没？"

"这个……倒不清楚。"

"或者家里有过什么变故？"

"也没听说。不过，刚才在保安室不是听老韩，就是那个保安，说他最近在喝中药吗？还说他瘦了。"

张霖点点头。

"他不只是瘦了，瘦得很多。原来也不胖，但最近瘦得特别明显，腮帮子都瘦没了。十有八九是生了什么大病。"

张霖突然有些理解了。凶手得了重病。这应该能解释凶手为什么两次勒杀都没能直接置人于死地。体力不足是其中一个原因。也能解释为什么凶手在警方高度警备的情况下还疯狂作案，这个林洪斌，应该时日无多了。

"霖子，我们再上去看看。"光头说，"宋雨生，你在楼下守着，以防林洪斌突然回来。"

"啊？"听光头这么一说，宋雨生紧张了起来，"他……他还会回来吗？"

"以防万一。"

"可是他回来我能干什么？"

"逮住他呀。"

宋雨生愣了愣。

"你好歹也是警察嘛。"光头说着拍了拍宋雨生的肩膀，"林洪斌回来的可能性应该不大，不过还是得提防。记一下我号码，要是看到他回来了，立马给我打电话。"

再次踏进房间，尽管尸臭还直冲鼻腔，但已经没有了恐惧，张霖能够更加仔细地观察现场。林洪斌的房间异常整洁，单人床上的毯子叠放得整整齐齐，书桌上，从左到右整齐地摆放着《圣经》、手镯、耳钉，几乎是沿着一条中轴线在摆放。这种异于常人的整齐已经达到了强迫症的程度。他凑近仔细看了看那个手镯，应该有些年头了，基本可以确定是第一个受害者林静雯的。他拉开书桌左侧抽屉，在里面发现了一本相册，相册里照片不算多，有男孩的单人照，有跟一个女人的合影，以及三张全家福，全家福上的男孩最大不过五岁，应该是父亲的男人的脸，则被刀或者什么东西刮得干干净净。这些照片是按照男孩年龄顺序从前向后排列，记录了一个男孩从出生到青春期的过程，最后一张是在一所高中门口拍的，再之后就没有了。从前往后翻过去，男孩脸上的笑容逐渐消失，眉头则渐渐皱起。张霖合上相册，放回抽屉，然后拉开右侧的抽屉，里面大大小小的药盒药瓶也摆放得十分整齐，最底下的一张医院检查报告吸引了他的注意力，他轻轻地抽出来。姓名林洪斌，下面的病理结果显示胃低分化腺癌，晚期。报告的时间是一个月前。

"霖子！"光头在外面大喊。

张霖来到客厅，光头手里正拿着一个瓶子。

"百草枯。"光头说，"只有一半。我在厨房水槽下面发现的。你说主卧里那个女人有没有可能是喝这个死的？"

"我刚在林洪斌的房间发现了一本相册，差不多从林洪斌小时候到他上高中，那之后的就没有了。一半是单人照，还有一小半是跟一个女人的合影，应该是他母亲。还有几张全家福，上面的林洪斌差不多在一岁到五岁之间，但男人的脸都被用刀子刮了。从相册上基本能推测，林洪斌在五岁左右的时候，父亲因为某种原因离开了，在那之后跟母亲两个人生活。所以主卧的那个女人很有可能是林洪斌的母亲。"

"服毒自杀？"

"有可能。"张霖点点头，"刚才我还发现了一份检查报告。一个月前，林洪斌被检查出了胃癌。"

"得了绝症，母亲又自杀了，这两件事儿让林洪斌疯了？"

"不对。"张霖突然说。

"什么不对？"

"我突然想起来，他们家是信教的，不管是天主教还是基督教，教义上应该都是不允许自杀的，自杀的人不能上天堂。"

光头点点头，说：

"等尸检完再说吧，也有可能跟这百草枯完全没关系。"

在林洪斌家里并未发现什么有用的线索，主卧的尸臭浓烈到让人难以忍受，他们暂时退了出来，关上门，来到楼下，等其他人的到来。看到他们后，宋雨生终于松了口气。

一辆警车停在了楼前，后面跟着的一辆黑色帕萨特也停了下来。法医高振、吴冷云跟另外两个手提勘查箱的技术员下了警车，吴局跟齐队，还有省厅来的林天栋从帕萨特上下来。光头上前。张霖跟宋雨生赶忙踩灭了烟。

"能确定这个人是凶手吗？"吴局问。

"这个林洪斌信教，家里有十字架跟《圣经》。他在宋哥家小区做保安，离几起案子的案发现场都不远。身高一米七五左右，宋哥有一次喝醉丢了鞋子，借过他一双鞋，后来宋哥又把自己的一双新鞋给了他，就是宋哥脚上穿的那种。后面这个辅警是人证，"光头说着指了指宋雨生，"林洪斌胃癌晚期，在喝中药。我们还在房间里发现了银手镯跟一对耳钉。第一起案子的受害者手上的手镯不见了，这个手镯很有可能是她的。第二起案子虽然没有报财物丢失，但我估计这耳钉应该是第二个受害者的。林副处，"光头一口气说完后看向林天栋，"这下能把宋哥放了吧？"

林天栋微微笑了笑，不急不躁地说：

"你们说的这个凶手人在哪儿呢？还是先抓住这个人再说吧。"

"你……"

"林副处，我想现在证据应该已经足够充分了，我觉得没必要再继续拘留罗宋。"吴局说话的时候底气十足，像是对弈中终于搬回了制胜的一局。

林天栋思索片刻，耸了耸肩，未置可否。但大家都把这当做同意。

"楼上的尸体是怎么回事儿？"吴局问。

"还不清楚，不知道是受害者还是林洪斌的家人，林洪斌母亲的可能性比较大。死了得有好几天了，在卧室的床上，空调温度打得很低，但还是烂了，都呈巨人观了。"

"你们先上去吧。"吴局跟高振说。

"关于这个林洪斌的行踪有什么线索？"齐队问。

"手机已经关机了。跟他一起值班的保安说他今天早上去上班了，但是八点多出去了一趟，后面就再联系不上了。我们查了小区的监控，林洪斌进了小区，但是在这之后就看不到人了，他躲着监控走的，结合之前几起案子的情况，这个人有很强的反侦察意识。小区出口的监控没拍到他，但是有一个没有监控的小门，很有可能从那个门出去了，得调取一下周边的监控。"

吴局转向齐队，说：

"把城东分局所有能调动的人都调起来。我马上上报市局，要求全市范围内发紧急通报。紧急通缉林洪斌。"

"齐队，现场就先交给你了。"光头跟齐队说，"霖子，走。"光头说着拍了拍张霖的肩膀。

"去哪儿？"张霖疑惑。

"去城西分局，接宋哥。"

"用得着我也一起去吗？"

"嘿，我说你小子也忒没情义了吧。宋哥好歹也算是'进了局子'，怎么也得去接接风吧。"

光头说着勒住张霖的脖子，用了用力，说：

"把宋哥接出来，咱哥儿仨一起逮住这个浑蛋，少了谁都不行！"

4

电子时钟上的数字，34变成了35。

十二点三十五分。也就是说，他已经整整一天没有喝一口酒了。

几乎到了没法正常思考的地步，在这种完全无事可做的状态下，想要喝酒成了他脑海中最重要的一件事儿。昨晚见过光头跟张霖之后，就再没有跟任何人交谈过，除了送饭送水的年轻人之外，也再没有见过任何人。他起身，喝水，在房间里踱步。要分散注意力，尽量把对酒的渴望排挤到意识的最边缘。他还是有些好奇，他是凶手这件事儿，不知道被证实了还是被证伪了？

门外传来杂沓的脚步声。还有光头底气十足的声音。

"宋哥！"

从光头的声音来判断，应该是对他有利的结果。

门开了。光头走进来，咧嘴笑了笑。张霖跟在后面。

"我们找着那个浑蛋了。"光头说。

"人抓住了？"他问。

"还没，但是已经确认是凶手了。宋哥，赶紧走，我们一起去抓。这事儿不能少了你。"

当然。罗宋心想。这个凶手跟妻子的死有着莫大的关系。

"宋哥，你的东西。"

张霖递过一双鞋子。他盯着鞋子看了一会儿，问：

"是那个辅警吗？"

张霖摇摇头，说：

"是你们小区的保安。那天晚上宋雨生，哦，就是那个辅警，是找保安借的鞋子。你那双鞋子，后来又给那个保安了。"

这倒让他有些意外。他小区的保安？哪一个？

"有照片吗？"他问。

张霖掏出手机，给他看了一张照片。他对照片上的人没有什么印象。

"他在我小区做了多久保安了？"

"跟宋雨生聊的时候，听他说也就一年多。"

一年多。他皱起眉。那九年前，他跟妻子有怎样的关联呢？还是说他跟妻子的死没有关系？他把鞋子接过来换上。提鞋的那一刻，他想起来了，把鞋子给辅警的那天，在保安室门后盯着他看的那个人。就是他。想到这儿，他回想起当时被人盯视的感觉。所以当时那个保安盯着他看，其实另有深意？张霖又把车钥匙跟手机递给他。他摇了摇钥匙上的铃铛。铃铛。受害人听到的铃铛声，会是属于妻子的那个吗？他打开手机看了看，没有未接来电。

他终于踏出了拘留室的门，心里却没有半点重获自由的感觉。

"对了，"在拘留室门口，光头拉住了他的胳膊，像煞有介事地说，"宋哥，你说是不是得过个火盆？"

他愣了愣，随后才反应过来光头什么意思。他瞪了光头一眼。

"停车。"车刚驶出城西分局，罗宋吩咐道。

"怎么了宋哥？"光头问。

"去给我买瓶酒。"

"宋哥，非……喝不可吗？"光头犹犹豫豫地问。

"少他妈废话。这会儿可不是戒酒的时候。"

他必须要先平息对酒的渴望，否则他没法理智思考。

光头在便利店门口停下车，车还没完全停稳张霖就开门下车，淋着雨匆匆跑进便利店，回来后递给罗宋一小瓶红星二锅头。

"宋哥，我看你喝过这个。"张霖说。

罗宋点点头。其实什么酒都无所谓，他现在不是为了品酒，只是为了平息对酒的渴望。他喝了一小口，等了一会儿，确认酒瘾有没有得到满足。似乎还需要那么一点，他又喝了一小口。光头不住地从后视镜里看他，看得他心烦。他喝了一大口，拧上盖子，把酒扔给副驾驶上的张霖。

"我跟你要的时候给我，我不跟你要的时候，别让我看见。"

张霖点了点头，把酒塞到裤子口袋里。

他深吸一口气，缓缓吐出，心情多多少少平复了些。他看向窗外，窗外是淅淅沥沥的雨。

罗宋在吴局脸上看到的，是如释重负。吴局迎上前，重重地拍了拍他的肩膀，什么都没说。一旁的林天栋冲他微微笑了笑，伸出手，说：

"恭喜你洗脱了嫌疑。"

他轻轻握了握那只手。

"希望你别怪我。"林天栋又说，"我也是照章办事。"

"怪你？"他摇摇头，"你也没做错什么。"

"不过你为什么不把线索告诉我呢？"

"什么线索？"

"事到如今还隐瞒什么？你让你的这个徒弟打掩护，"林天栋指了指光头，"又把关键的信息告诉给了另外一个徒弟，我不信你的两个徒弟会这么巧就能把凶手给找出来。"

"别看不起人啊。"光头在一旁说。

罗宋倒是对林天栋有些刮目相看了。他还是不喜欢这个年轻人，但林天栋似乎也不是他一开始以为的那般眼高手低，多少有些刚愎自用，但又不完全是那种固执己见，不肯承认错误的人。

"说到底还是信任吧。"罗宋说，"希望这次之后，你能多信我一点，我也能多信你一点。"

"但愿。"林天栋笑着说。

"老罗你放出来了呀。"

高振的声音从身后传来。罗宋转过身，看到高振正在摘手套。

"尸检完了？"

高振点了点头。

"说说情况。"

"简直一塌糊涂。就尸体的那个状态，我也只能判断出是个女性，年龄应该不小。死了至少有七天以上，虽然是夏天，但空调温度打得很低，降低了尸体腐败的速度。死因还不清楚，得拉回去尸检了。"

"刚才我大概走访了一下邻居，根据大家的反映，林洪斌一直跟他母亲住，但最近这段时间没见到他母亲。不过，这些年他们家跟邻居来往也不多，一向独来独往，所以大家也没在意。我估摸着这个死者极有可能是林洪斌的母亲。"齐队说，"另外根据邻居的说法，33栋502的老太太跟林洪斌母亲关系比较好，来往还算密切，刚去找了一下，家里没人。"

"林洪斌还有什么其他亲属或者朋友吗？"吴局问。

"林洪斌父母早年离婚，离婚后没多久他父亲就出车祸死了。他父亲有一个哥哥，前两年也已经病逝。有几个堂兄弟，我已经派人去查了，还没什么有用的线索。林洪斌母亲有个妹妹，嫁到外地去了，也还在查。朋友的话，没查到他有什么朋友。"

"女性关系呢？"

"单身，一直没结婚。也没查到有没有女朋友。我让人去调了他的通话记录，近三个月打进打出的电话不多，还在一个个排查。他自从高中毕业之后就四处打工，一开始在工厂做过一段时间，后来好像是受了点工伤，小拇指还是哪个手指被切掉了一块。后来就做保安，先是在工厂，这几年才到小区做保安，现在这个小区，"齐队说着看了看罗宋，"也才待了一年多。"

"九年前，他在哪儿工作？"罗宋突然问。

大家都用意味深长的眼神看向他。每个人心里都明白，他问这个问题的目的何在。

"还没查那么细……"齐队说，"再……查查看吧。"

"齐队，"王文斌跑过来，"33栋502的老太太回家了。"

面对突然进来的一屋子警察，老太太看上去有些不知所措。光头直奔主题。

"你知不知道林洪斌在哪儿？"

"我哪能知道哇。问他妈呀。他妈呢？"老太太问。

"他妈也联系不上。"光头撒谎道。

"我也有段时间没跟他们来往了。出什么事儿了？"老太太遮掩不住脸上的好奇。

"有事儿找他。最近没见过他？其他人都说你跟他们家关系最好。"

"那是以前了。我们这里是拆迁小区，拆迁之前，我们是邻居，关系还行。拆迁后，分的房子不在一栋楼，但也时不时地走动，逢年过节的串个门。但是自打她信了教，来往就越来越少了，偶尔会去串串门，也越来越说不到一起了。洪斌到底犯什么事儿了？"

"杀人。"罗宋直截了当地说。

老太太愣了愣，随后点了点头，似乎对此并不感到意外。

"唉……"老太太叹了口气，"我早就知道这个孩子会出事儿。"

"哦？"

"小时候挺聪明活泼的孩子，长得也漂亮。我小女儿小时候就喜欢找他玩。自打他爸跟他妈离婚后，性子就变得一天比一天怪了。独来独往，不怎么跟人说话，更不爱跟人来往。"

"他爸妈因为什么离婚？"张霖问。

"女人呗。他爸跟一个年轻漂亮的女人走了，拆迁了，手头有了点钱就烧包。那之后洪斌他妈就有点不对劲了。对了，"对方压低了声音，神神秘秘地说，"洪斌他爸是出车祸死的，跟那个女人一起。他爸跟他妈离婚后，买了辆货车跑跑运输什么的，但是大家都说，那次车祸很有可能是有人在车上动了手脚，都怀疑是洪斌他妈干的。"

"你是说林洪斌母亲害死了他父亲？"

"我可没这么说啊。"老太太摆摆手，"你们警察当年都没查出什么来。"

"林洪斌有没有什么朋友？"

"这个就不知道了。刚才不也说了嘛，他不爱跟人来往。他跟我大儿子同级，小学的时候俩人关系还好，初中之后来往也少了，我有时候去他们家，我儿子都不爱跟着去。"

"他有女朋友吗？"

"几年前，好像还带过一个姑娘回家来，但不知道为什么后来就散了，大家都说是被他妈拆散的，听他们楼下邻居说，带姑娘回来的那天晚上，娘儿俩大吵了一架，摔了不少东西。好像后来就没听说再带女人回来过。不是我在背后说洪斌他妈坏话，自从她离了婚，又信了教，脾气是一天比一天古怪了，对洪斌也管得越来越严。对了，洪斌他妈有神经衰弱，经常失眠，这两年没少往医院跑……"

看着老太太喋喋不休，罗宋突然感觉到厌烦。林洪斌是什么样的人、他妈又是什么样的人此刻又有什么关系呢？

"九年前，他在哪儿上班？"他打断老太太说话。

"我哪儿知道哇。"说话被打断，老太太似乎有些不高兴。

"他有没有在城东开发区工作过？"张霖问。

罗宋看了一眼张霖。很明显，张霖的这个问题才算是问到点子上了。

"这么一说……十几年前，应该是……"太太皱起眉，从久远的记忆中打捞，"我儿子刚结婚的时候，洪斌在开发区的一家工厂干过。我记得很清楚，我大孙子出生那年，洪斌在工厂里出了事故，赔了一笔钱，然后在那家工厂做了保安。"

"你孙子多大了？"

"十一了。周岁十岁。"

张霖往罗宋这边看过来，眼神里的含义明确无疑。手机响了一声就断了，罗宋掏出来看了看，是女儿打来的电话。他打回去，却提示手机已经关机。不安瞬间攫住了他。他这才注意到跟女儿的通话记录，时间是昨天晚上，通话时长两分钟。昨晚手机不在他身上。

"怎么了，宋哥？"张霖注意到了他的异样，问道。

"蕊蕊刚给我打电话，就响了一声，现在打过去关机。"

"我靠！"光头突然说，"我给忘了！"

"忘什么了？"

"蕊蕊今天早上回来了。昨天她打电话找你，手机正好在林天栋那儿，他接了，告诉蕊蕊你被拘留了。蕊蕊挺着急的，打电话给我，说要回来。今天早上七点多的时候给我打电话说回来了，要去局里找你。我让她先回家等，等我去接她，结果一忙把这事儿给忘得干干净净。"

罗宋的手抖了起来，他问光头：

"她有没有说是回奶奶家还是回我那儿？"

"回你那儿了，她怕让她奶奶知道了担心。"

"你说在监控里看到林洪斌往小区里走是几点？"他问张霖。

"八点十五。"张霖说，眼里写满疑惑。

"那你看到蕊蕊了吗？"光头问。

"没有哇，"张霖终于意识到了问题所在，眼里的疑惑被担忧所代替，"不过……"

不要说出来。罗宋心想。千万不要把不过后面的话说出来。他握紧拳头。说你确定蕊蕊没有回到小区！他在心里喊。

"林洪斌消失前，一辆出租车进了小区门口。蕊蕊，不会是坐那辆车吧……"

世界在坍塌，在剧烈旋转，这是一场梦，我必须得醒来。罗宋拼命握紧了拳头，指甲戳进掌心的肉里。但他感觉不到痛，也控制不住双手，它们剧烈抖动，仿佛自有生命。

5

"宋哥，都怪我，把蕊蕊回来这件事儿给忘了。"

光头说着抹了抹额头上的汗，从后视镜里瞄了一眼罗宋。张霖也看向后视镜。

罗宋的脸色从五分钟前的苍白，变成此刻的铁青。汗水打湿了他灰白的头发，额前的头发紧紧贴在额头上。

"宋哥，蕊蕊肯定没事儿的……"光头安慰罗宋道。

或者说光头是在安慰自己。罗宋此刻最不需要的就是这种无谓的安慰。张霖心想。

"闭嘴！"罗宋表情变得狰狞，低声喝道。

光头闭上了嘴，嘴巴抿成一条直线，两眼直直地盯着前方的路。发动机的嘶吼声更加剧烈，但速度仿佛还不够快，或者时间放慢了，每个人的每一个动作张霖都看得清清楚楚。光头紧紧地抓着方向盘，紧到手指关节都已经泛白。光头伸出舌头舔了舔干裂的嘴唇。张霖又看向后视镜，在罗宋的眼里看到茫然与无助，罗宋右手紧握住左手无名指跟小指上的戒指，嘴唇在动，像是在做着某种祈祷。张霖移开了目光，深呼吸，闭眼冥思，思考蕊蕊此刻遭遇凶险的可能性究竟有多大。

电话打不通，关机。有可能是手机没电了吗？恰巧在手机拨通后没电了？回来得太匆忙没有带充电器？

出租车上的，真的是蕊蕊吗？

如果车上的是蕊蕊，那么林洪斌的消失正好跟蕊蕊回到小区的时间吻合，只是巧合吗？但林洪斌为啥恰好在这个时间点选择逃跑？他察觉到了警察在找他？但他们并没有什么打草惊蛇的举动。真的只是巧合吗？

宋哥说过，如果某件事存在两个以上的巧合，就要对其保持足够的警惕。为什么宋哥认定蕊蕊此刻身陷险境？除了时间上的巧合之外，还有没有其他原因？

蕊蕊乘坐出租车回到了小区。

林洪斌给其放行，这过程中看到了蕊蕊。

蕊蕊触发了林洪斌的行动。

为什么？为什么恰好在这个时间点？林洪斌在小区做保安已经一年多的时间了，不太可能第一次见到蕊蕊。

不对……张霖突然想到，据他的了解，蕊蕊平时住在奶奶家，很少回家，所以林洪斌是第一次见到蕊蕊这件事儿，并非不可能。而且，蕊蕊长大了，张霖见蕊蕊的次数不多，第一次见，是一年前他刚来刑警队的时候，那时候的蕊蕊刚高中毕业，还孩子气十足，但葬礼上见到的蕊蕊，已经成熟了许多。他突然想起在葬礼上看到的嫂子的照片，长大后的蕊蕊几乎就是嫂子的翻版。对！罗宋早就说过，最近作案的凶手极有可能是杀害嫂子的人，所以，如果林洪斌看到自己九年前已经杀死的人再次出现，他会做出什么反应？所以……

轮胎摩擦地面，发出刺耳声响。张霖在惯性下向前冲，头差一点撞上挡风玻璃。车还没停稳罗宋就已经跳下车。光头紧随其后，张霖落在了最后。他们跑进单元门，光头按下电梯按钮，一部电梯正在上行，另外一部停在了六楼，迟迟不动。罗宋抬腿冲进了楼梯间，光头跟张霖也跟了上去。跑到三楼的时候，罗宋停下了脚步，扶着扶手气喘吁吁。他们也停下了脚步。

"赶紧跑！"罗宋用力喊，声音勉强从喉咙里挤出来。

"等一下！"刚抬脚要跑的时候，罗宋又喊了一声，张霖回过头，罗宋把什么东西扔了过来，张霖一把接住。是一串钥匙。他紧握在手里，继续往上跑。

来到七楼后，光头放慢放轻脚步，在张霖气喘吁吁的时候，光头拍了拍他的肩膀，食指放在嘴边，示意他安静。张霖赶忙屏住呼吸。来到门口，光头先把耳朵贴在门板上听了听，然后冲张霖摇了摇头。张霖把钥匙递给光头，光头把钥匙轻轻插进锁孔，转动。张霖心跳加剧，门的另一侧到底会是什么？

光头掏出枪，这一次他没把枪给张霖，而是紧紧地握在自己手里。光头轻轻推开门，合页没有如张霖所担心的那般发出吱呀声响，但他还是吞了吞口水，把从身体最深处涌上来的紧张感给咽下去。先是酒味扑鼻，随后客厅里的两个身影吸引了他全部注意力。一个俯卧在地上，另外一个跨坐其上。光头举起枪，大喊：

"住手！"

那人抬起了头。是林洪斌。脸上交织着两种神情，兴奋与茫然。他又低下了头，手上的刀在被撩起了 T 恤的后背上游走。

嘭。

枪响的瞬间，张霖闭上了眼，身子抖了抖。

一片寂静。死一般的寂静。

张霖睁开眼，林洪斌并没有倒下，但手上的动作已经停止了。枪并没有击中他，或者光头原本就没有瞄准。

"妈的住手！"光头大踏步向前。

林洪斌放下了手里的刀，举起了双手，但脸上流露出的却是满足。

张霖僵在原地。太晚了。他想。他的目光迎上了林洪斌的目光，他见识过一些穷凶极恶之徒，但他第一次见到恶魔。屋里光线昏暗，但那双眼竟反射着不知从何处而来的光！张霖被魔住了，像是在一场噩梦里。

林洪斌似乎没有要抵抗的迹象。光头把枪插回枪套，小心向前，绕到林洪斌的身后，林洪斌并没有做出任何反应。光头猛地出手，把林洪斌的双手背过身后，用一只手握住，腾出另一只手摘下手铐，铐住林洪斌，把他拖离了俯卧在地的人。那是蕊蕊吗？他在心里问。除了蕊蕊还能是谁呢？他又在心里回答。

"霖子你他妈愣着干什么！叫救护车！"

光头的声音把张霖从噩梦中唤醒，他看着光头狠狠踢向林洪斌的腘窝，林洪斌跪倒在地，膝盖撞击地板的瞬间，林洪斌脸上露出痛苦的表情，随即又恢复了平静。张霖掏出手机，解锁，拨打120。肩膀被人狠狠地撞了一下，一个身影从他身边跑过，跪倒在俯卧在地的蕊蕊身旁。罗宋把蕊蕊轻轻翻转过来，抱在怀里。张霖看到了蕊蕊苍白的脸，失去了生命气息的脸。罗宋摇晃着她，几乎发不出声地呼喊，把手指放在她的鼻子下方，把耳朵贴在她的脸上。没有任何回应，像是一个任人摆布的洋娃娃。

"喂？喂？"

听筒里的陌生声音终于传进了他的耳朵。他用颤抖的声音报出地址，催促对方要快，挂了电话。

罗宋紧紧抱着蕊蕊，无声，只有身子在抖动。

"宋……宋哥？"光头轻声喊。

罗宋抖动的身子停了下来，他小心翼翼地把蕊蕊放到地上，像是用尽了全部的力气才站起来。罗宋看向林洪斌扔下的那把刀，然后弯下腰。不要！张霖想要大声喊，但声音却困在了身体里。

罗宋握着刀，面无表情地走到林洪斌身后，推开光头，左手拉住林洪斌的头发，向上提起，刀横在了林洪斌的脖子上。林洪斌闭上眼，面露微笑，像是在等待这一刻的到来。

"宋哥！"

光头上前想要阻止，被罗宋一脚蹬开。光头踉跄后退，倒在了沙发上。

"宋哥！"光头挣扎着站起来。

张霖觉得自己必须得做些什么，而不只是呆呆站着。可他能做什么？他第一次面对这样的情形，觉得自己失去了思考的能力。现在要阻止罗宋吗？但要如何阻止他向一个杀害了妻子又杀害了女儿的恶魔复仇？他迈出脚步，向前。但他并没有向罗宋走过去，而是走向了蕊蕊，因为他终于恢复了一些理智的思考。他没有在地上看到血迹，也就意味着林洪斌用了与第一起、第三起案子相同的手法，勒颈或捂住口鼻。但第一起与第三起案子，受害者都没有直接死亡，林洪斌身患重病，体力不足，所以……他蹲下身子。

"宋哥，你忘了破王海林的案子的时候，你跟我说过什么了吗？"光头依然在做着言语上的努力，"你说每个人心里都有一条线，但不管是谁，这条线都不能低于社会所共通的那条线，那条线叫作底线。这些年我一直记得这句话，提醒自己不能跨过那条线。你也不能跨过那条底线啊。"

张霖摇了摇头。他突然变得极度冷静。这种时候说这些话有什么用呢？语言从来都是最苍白无力的。他把手搭在蕊蕊的颈部，深呼吸，闭上眼，尽量排除来自四周以及来自心的干扰，仔细感受血液流动所带来的搏动。深呼吸。时间停止，他感受到了彻底的寂静。深呼吸。手指触摸到蕊蕊颈部的皮肤。温度，他感觉到了。脉搏，他感觉到了！尽管微弱，但却是真实的脉搏跳动。他睁开眼，大喊：

"宋哥！"

有另外一个声音也在呼喊罗宋。他的声音跟光头重叠到了一起。他看向罗宋，他在罗宋眼里看到了火。罗宋嘴角突然浮起一抹笑，握着刀的手动了。

"蕊蕊还活着！"张霖大喊。

罗宋愣住了，握刀的手停了下来，随后垂了下来。林洪斌睁开了眼，脸上露出难以置信的表情。光头松了口气，瘫坐在沙发上，仿佛认定事情已经得到解决。但有些事情，一旦开始就无法停止，就像拉满弓弦的手松开了，箭就不可能再回到弦上。

罗宋再次举起了刀。

光头挺直身子，大声呼喊。

张霖移开了视线，看向窗外。不知道何时天已经放晴了，阳光正盛。

第五章　审判

1

罗宋时常觉得那把刀还握在手里。

刀很小，刀柄没在掌心，刀背顶着他的虎口。握刀的感觉，以及刀刃划过肌肤时所带来的触觉，清楚地留在记忆当中。与这段记忆一并存在的，是一段幻觉。血从林洪斌的脖颈喷溅而出。这幻觉也会出现在梦里。梦里，那喷溅而出的血以及弥漫在空中的血雾给他带来某种快感，转瞬即逝，随后是无尽的空虚。

刀子没有割向那个浑蛋的脖子，而是向上抬高了十几厘米，在脸上划了两下，一左，一右，形成一个巨大的叉。他不知道自己为什么会做出这样的决定，不管是当时还是现在。如果你相信科学，你可以说在那样的情景下，理智或情感都已经派不上用场，是潜意识做出了决定。如果你相信命运，那你可以说，这一切都是天意。

对没有手刃杀妻凶手这个结果，他并没有感到后悔。或者换个说法，即便他当时真的杀了林洪斌，他也不会感到解脱。复仇这件事儿，在某种程度上是必要的，但它并不能解决根本的问题。妻子不在了这件事儿对他造成的伤害不会有任何改变。没有人可以通过复仇得到解脱。或者说，如果一个人复仇之后得到了解脱，那说明他在乎的只是他自己，而不是他为之复仇的那件事儿本身。他想到了王海林，从某种程度上来说，王海林的复仇是成功的，所有与他妹妹的死有关的人都得到了惩罚，但到最后，他还是选择了自我了结。复仇是一股极其旺盛的火，它总要烧毁一些东西，包括自我。王海林死之前的表情一下子浮现在罗宋脑海里。我也可能会变成那样。罗宋心想。成为一具空壳，像一具僵尸。但王海林毕竟失去了一切，他不一样，他还有母亲，还有女儿。想到女儿，他依然心有余悸。他差一点就失去了女儿。

女儿恢复得很快，虽然背上的伤还没有完全愈合，但情绪已经基本稳定。或者只是表面上看起来稳定。女儿是个坚强的姑娘，会把痛苦埋在心里，不轻易外露。但他能感觉得到女儿心里的恐惧。从女儿入睡后蜷缩的姿势中，从女儿入睡后紧皱的眉头中，从他握住熟睡中的女儿的手时，那用力的回握中。他能做的，也只是努力让自己振作起来，做几道女儿爱吃的菜。好在女儿还喜欢他做的菜。

罗宋发现自己开始喜欢逛菜市场了。这在以前是难以想象的事情，以往做菜给女儿吃的时候，他都是直奔超市，目标明确，只找所需的食材。但现在，他慢慢地走过一个个摊点，寻找中意的食材，目光甚至在一些他从没有尝试过的食材上停留，心里琢磨自己是否能用它做出一道可口的菜，而这菜又是否会合女儿的胃口。他甚至跟摊贩讨价还价起来。

"大爷，我们都是小本生意，赚不了几个钱的。"或许是在帮母亲忙的年轻姑娘对他说。

这一次，他并没有因为对方喊他大爷而心生不快。他笑笑，付了钱。在这个时刻，他感觉到了生活给他展现出的温柔的一面，他感觉到放松，这种感觉已经很多年没有过了。他从拥挤的人群中穿过，嗅到生活的气息。但刚一从菜市场走出来，放松的感觉顿然消失，被空虚感所取代。生活只给了他片刻的幻觉。他快步走回家。

刚走到家门口，电话响了起来。是王建武。

"老罗，是我。"王建武说。

"嗯。"他说着开了门。

"不知道这个时候问你合不合适……"王建武有些犹豫。

"合适。"他把手里的袋子放到地上。

"你之前问我的那个案子，你是不是怀疑……也是林洪斌干的？当时你说还不成熟。"

"那浑蛋没醒？"

林洪斌被逮捕后的当晚陷入昏迷，他们甚至还没来得及审讯。据说是胃癌晚期导致的肝昏迷。或许会醒过来，或许会就此死掉。

"没有，所以我这案子也僵住了，没有其他的突破口了。"王建武的语气听上去十分无奈。

罗宋的目光扫过餐桌上的酒瓶，他把手伸了过去，握住瓶身。

"那天去你办公室的时候，在你办公桌上看到了一些现场的照片。"他的手在酒瓶上摩挲，"我记得其中一张照片上尸体是在床上的，另外一张，床上已经没有尸体了。床头柜上有个时钟，数字显示的那种，这两张照片上，时间都是一样的，两点零四分。"

电话那头传来翻动纸张的声音，王建武在确认什么。罗宋闭上眼，等着。

"老罗你说得对，我翻了翻当时拍的现场照片，不只是那两张，每一张上都是两点零四分。那个钟坏了，然后呢？"

"坏了，或者是故意弄坏的。两点零四分。02:04。《彼得后书》第2章第4节：就是天使犯了罪，神也没有宽容，曾把他们丢在地狱，交在黑暗坑中，等候审判。"

罗宋一字不差地背出这句话。包括其他两句话，它们已经烙在他的脑海里，他一辈子都不会忘记。他舔了舔嘴唇，手握紧了瓶身。

电话那头沉默了，就在罗宋以为电话断了的时候，王建武又开口了。

"所以你就想到这起案子，跟那两起有关系？"

"给你打电话的时候还不确定，也有可能是巧合，虽然我一向不相信巧合。"

王建武再度沉默片刻，说：

"其实，从受害者的特征上来讲，还是符合林洪斌选择目标的标准的，虽然年纪比另外几个要大一些，但也不过三十多岁，算得上是年轻漂亮的女人。另外她身上还有一处文身，文在大腿内侧的位置上。"

"没有其他线索？现场没有发现指纹或者毛发可以比对的吗？"

"在案发周边提到的监控里，的确有发现身形跟林洪斌很像的男人，但戴了帽子，没有拍到脸。那个女人是个暗娼，林洪斌很有可能是她的一个客户，按理说会留下一些指纹啊毛发呀之类的。但是你也知道，这个林洪斌的反侦察意识很强，现场有打扫的痕迹，有可能留下指纹的地方，都被擦得干干净净。发现了一些毛发，也做了DNA比对，没有跟林洪斌对得上的。他要是不醒，不当面审一审他，这案子还真他妈的不好结。"

包括他妻子的案子。罗宋想。他在林洪斌身上发现了御守，跟挂在他车钥匙上的那个一模一样，毫无疑问是妻子的。林洪斌就是杀害妻子的人，他确信无疑。但在没有其他任何物证也没有嫌犯的口供的前提下，仅靠一个御守，还没有办法彻底结案。

他用肩膀跟头夹住手机，拿起酒，拧开瓶盖，瓶口凑到了嘴巴上。

"蕊蕊，没事儿了吧？"王建武问。

听到女儿的名字，瓶口离开了嘴唇，瓶子回到了桌上。

"好多了。"

电话那头再度没了声音，罗宋甚至能感觉到王建武在那一头的心理挣扎，欲言又止，或者无话可说。

"还有事儿吗？"罗宋主动结束了对话。

王建武似乎松了口气。

"没事儿了，谢了。等过段时间稳定下来，一起吃个饭，喝两……"王建武停了下来，像是觉得自己说错了话，"不喝酒也成。"

罗宋笑了笑，挂断电话。酗酒、醉驾被拘，这两件事儿估计会跟着他很长时间，成为他身上的标签，成为别人跟他谈话时的禁忌。

瓶盖又盖了回去。或许他真该好好想一想了，该怎么处理酗酒这件事儿。

<h2 style="text-align:center">2</h2>

这几天张霖曾多次站在这扇紧闭的卷帘门前。每一次，他都感觉到愤怒。

他刚刚经历了一场风暴，这个时候他应该享受风暴过后的宁静，他需要也值得一场酣睡，驱赶身体的疲倦，平复这段时间高度紧张的情绪。他不应该得到这样的结果。不应该在深夜时候站在一扇卷帘门前，呆呆地望着上面贴的那张纸。

店面转让，店内货物一并低价转让。有意者联系：133×××
×××××。

他打过那个电话，他以为是左欣的号码。但对方说是房东，这间店面连同二楼的住房，原本租给了一个女人，签了三年的租房合同，但女人前几天突然说不租了，剩下的房租只需要退回一半，店里的货物也以进价的一半一并转让，如果房东愿意的话。房东当然不会拒绝。他从房东那儿要来左欣的电话号码，但他从没有打通过。先是无人接听，继而关机，最后是号码不存在。微信上发给左欣的信息，也从没收到回复。

他早就该察觉到异样的。那天晚上左欣在他身后欲言又止，像是有什么话要对他说。那不是他的错觉。那天她究竟想要跟他说什么？说再见吗？在好几个夜里，他睡不着在床上辗转反侧的时候，会一直想。

他甚至担心她是否遭遇了不测，就像罗宋妻子的失踪。但理智分析过后，他清楚是自己想多了。左欣是主动选择消失，这一点毫无疑问。她退了租房，货物低价转让，甚至连号码都注销了。她走得匆匆忙忙，像是在被什么所追赶。在愤怒背后，张霖好奇左欣究竟发生了什么，或者说，发生过什么？跟那起差点夺去她生命的车祸有关吗？张霖有种想要一探究竟的冲动。但左欣不是他的妻子，甚至都不是他的女朋友，她只不过是一个令他抱有好感的朋友而已。在左欣心里他算不算得上是朋友都不一定。或许左欣喜欢的不过是陀螺。每次想到这里，那股想要探寻究竟的冲动就消散了。

逮捕林洪斌的那天晚上，张霖回到家，在桌上看到了他留给左欣的钥匙，还有两张纸。最上面那张上写着：

照顾好陀螺，别饿着它，它吃得其实不多。

PS：我很好。如果你担心我的话。

不对，张霖摇摇头。左欣跟他接触，不可能只是因为陀螺。张霖不愿意接受这种可能。那句 PS 另有深意。而且左欣留下的另外一张纸，上面写的是意面酱的食谱。至少她把我当做朋友。但为什么离开的时候连一声再见都不说？想到这儿，愤怒被失落感所取代。他转过身，在便利店门口的台阶上坐下来，低下头。

"你怎么了？"有个声音问。

张霖抬起头，看到了小区保安。比起关切，更多的是警惕。保安。他又想起在罗宋小区做了一年多保安的林洪斌。

"没事儿，有点累。"他答道。

保安似乎不满意他的这个回答，但他也没有心情做过多的解释，他站起身。

"我就住这个小区。"

说完，他离开了便利店。夜似乎已经不那么热了，他仰起头看天，缺了一半的月亮，发出冷冷的光。他想起那个晚上，他跟左欣肩并肩走在满月下，他们肩膀之间只有不足十厘米的距离，但那已经是他离左欣最近的一次了。

当然，她可以离开，为什么要告诉他呢？她没有义务告诉他为什么离开，又为什么走得那么匆忙，连一句再见都没有。

张霖睁开眼的时候天才微亮，陀螺安静地蜷缩在床脚。

在马不停蹄地奔波的时候，他无比渴望好好休息一段时间，但现在，他发现自己更害怕独处。

他盯着手机，等待着它响起。等待着电话另一头的光头说：霖子，又有案子了！

不对，我不应该那样想。他摇摇头，为自己有这样的想法感到罪恶。竟然期待着有人受到伤害，只因为自己害怕孤独。

他起身下床，陀螺轻轻动了动。

那两张纸还放在餐桌上，他拿起写着食谱的那张，回想起左欣做的意面酱的味道。或许可以去一趟菜市场，买纸上所列的食材。反正也无事可做。

他换了运动衣裤，穿好运动鞋，戴上耳机。他又恢复了大学时候对音乐的热爱。

耳机里传来 Radiohead 乐队的 *Creep*，这几天的单曲循环。没有比这首更符合他此刻心情的歌了。他奔跑在沿河步道上，在音乐声中越跑越快，气喘吁吁，大汗淋漓。停下来的时候，他筋疲力尽，但心情终于好了许多。至少能平心静气地去菜市场买菜。

他按照左欣留下的食谱挑选所需要的食材，还给陀螺买了一条鲫鱼。这是他第一次给陀螺买活鱼，想象着陀螺大快朵颐的样子，他的心情终于彻底好了起来。

陀螺似乎对眼前的鱼并没有特别大的兴趣，它嗅了嗅，不太情愿地吃了起来。电话响的时候，张霖正纳闷陀螺为什么会对一条鲜嫩的鱼如此冷淡。不饿吗？还是不爱吃鱼？看到手机屏幕上显示的名字是光头，他的心一下子紧了起来。现在才不到八点。

"起来了吗？"光头问。

"嗯。"

张霖轻轻抚摩陀螺的背，等着光头接下来要说的话。

"林洪斌昨晚醒了。"

"哦。"张霖松了口气。

已经癌症晚期的林洪斌，在被捕的当天便陷入了昏迷，被转到医院，警方还没有来得及审讯。

"你好像没什么兴趣？"

"我为什么要对一个变态醒了感兴趣？他死了不是更好？"

"你不想审他吗？"

"嗯？"

抚摩陀螺的手停了下来，他站起身。

"看，露馅了吧。局里让我们来审林洪斌。"

这倒有些让他意外。林洪斌被捕后，关于案子后续的侦查起了一番争执。吴局认为既然罗宋已经不再是疑犯，那么案子的侦查应该继续由城东分局来负责。林天栋则认为，既然罗宋妻子的死与林洪斌有关，罗佳蕊又是案子的受害人之一，那么罗宋等人包括城东分局都算是利益相关，需要回避。最后互相妥协，城东分局继续侦查，但罗宋、光头、张霖则不再参与后续的侦查。其实林洪斌已经被逮捕，剩下的，也不过是落实证据，尽快把案子结了。张霖对这个决定倒没什么意见，况且左欣的突然离开这件事占据了他的主要精力，无心再关注案子的发展。

"我们不需要回避了吗？"他问。

"说实话，林洪斌已经被逮捕了，齐队他们后续侦查也补充了不少证据，不管林洪斌醒还是没醒，对案子的判决都没多大影响。当然，有凶手的口供，后面的手续更好走一些。听齐队说，这次是吴局给争取来的，毕竟还是有些人对此持反对意见的。其实吧，说是给你争取来的比较准确，吴局心里清楚你小子肯定想亲自审一审林洪斌。哦，对了，我还听齐队说，吴局打算送你到省警察学院进修。"

张霖觉得胸口被从心底猛然泛起的情绪堵塞，说不出话来。

"喂？"光头说。

张霖深吸一口气，又缓缓吐出，问：

"什么时候？"

"你这也太心急了吧，要去进修怎么也得走好多流程……"

"我是说审林洪斌！"张霖打断光头的话。

"哦……越快越好哇，要不然又要昏过去了。"

"那就现在。"

"好，在家等着，我顺路过去接你。"

挂断电话后，张霖抱起正在吃鱼的陀螺，冲它喋喋不休，诉说心里的喜悦。他曾被无视、被轻视、被否定，但终于还是得到了认可。被人认可，竟然如此让人激动。面对他的诉说，陀螺毫无反应，似乎只为进食被打断而心生不快。

光头的车停在了左欣便利店门前，光头站在店门口，目不转睛地盯着卷帘门上那张纸。

张霖走近后，光头转过头，问：

"开得好好的，怎么突然就转让了？"

"我怎么知道。"

"你不知道？"光头不可思议地看着张霖。

"我为什么要知道？我凭什么知道？"

张霖开门上车，狠狠关上门。

光头也上了车，看了看张霖，似乎想要再问点什么，犹豫片刻，最终作罢。

"先好好看看这几天齐队他们侦查的资料吧。"光头说着扔过一个资料袋来。

嫂子遇害的调查资料放在了最上面，城西分局调查了一段时间，但并没有查到什么，毕竟已经过去那么长时间了。随后是包括罗佳蕊遇袭在内的四起案子的资料，还有林洪斌母亲的尸检报告以及现场勘查报告。在这之后，则是林洪斌的背景信息，家庭信息、人际关系、这些年的工作经历等。开往医院的路上光头一句话都没有说，或者说张霖没有听到光头说话，他沉浸在案子的细节中。他从这些细节之中拼凑出林洪斌这一生的轨迹。

林洪斌五岁的那年，父亲跟一个理发店的年轻老板娘偷情被母亲发现，在这之后父母离婚，林洪斌跟母亲两个人相依为命。母亲后来成了基督教徒，时间似乎是在林洪斌父亲因车祸去世之后不久。林洪斌受到母亲的影响，出入教堂，也成了信徒。

高中毕业后，林洪斌没有考上大学，复读一年后再次落榜，在亲戚的介绍下，进了城东开发区的一家机械加工厂做学徒，二十三岁那年出了一次生产事故，左手小拇指被切掉两节，作为赔偿，除了钱之外，厂方答应林洪斌继续在工厂工作，于是林洪斌在这家工厂做门卫，一直到工厂倒闭。而这家厂，与罗宋妻子消失之前去的那家代工厂，只隔了一条马路。林洪斌二十八岁那年，工厂倒闭，他开始在一些住宅小区做保安，一年多前去了罗宋家所在的小区。

林洪斌一直未婚，据了解在手指受伤之前曾经谈过一个女朋友，受伤之后没多久就分手了。据邻居们说，林洪斌母亲对林洪斌要求很严格，尤其是在林洪斌成年后，对于他跟异性的交往也要求颇多。邻居们说，可能是因为父亲出轨的缘故，母亲似乎对异性怀有某种敌意，谁家姑娘化个妆打扮得漂亮一点，或者穿个短裙之类，她都会在背地里说人家坏话。林洪斌前几年曾经带回家一个姑娘，被林洪斌母亲称作恶魔，据说是因为对方脚踝上文了一朵花。母子俩为此大吵一架，在那之后也没再见到过那个姑娘。

而林洪斌的母亲，死亡原因的确是吞服百草枯。死亡时间在第一起案子，也就是林静雯案发前四天。从就医记录上来看，林洪斌母亲患有神经衰弱，这些年一直遭受失眠之苦，死亡之前的这段时间去医院的频率有所增加。林洪斌母亲的死，警方准备以自杀结案。

看这些资料的过程当中，张霖时不时地回想起在林洪斌家里看到的那些照片，想起照片上逐渐消失的笑容。他似乎能抓到一些脉络，林洪斌为什么会一步步走到今天。就在他几乎要对林洪斌心生同情时，他一下子想起了其他几个人的样子。罗宋头上一夜之间生出的白发，不会抽烟的袁鹏飞猛抽烟时被呛出的眼泪，韩冬杯从局里离开时的背影，监控里林静雯向朋友炫耀戒指时的自得，被罗宋抱在怀里的蕊蕊苍白的脸……林洪斌制造了多少悲剧啊，不管他的人生本身是怎样的一种悲剧，都不能成为他犯下累累罪行的借口。想到这儿，张霖握紧了拳头。

在病房门口，张霖看到吴局、齐队，还有城西分局的王建武。看向吴局的时候，张霖想到光头跟他说的那番话，竟然有些紧张起来，心跳加速。他一一打过招呼后，吴局开口：

"我问过医生了，林洪斌应该没有几天了，这次醒过来，不知道能坚持多少时间。所以我们得趁这个时间，抓紧审他，获取他的口供。你，还有光头，要控制好情绪。"吴局直视张霖。

张霖用力点了点头。

"不过也不要太有压力，我们早就做好他不会醒的准备了，所以有没有他的口供，都不影响判决。否则也不会把审讯交给你们俩。尽可能地问，以跟案子有关为主，别走偏了。在这之外，可以好好了解了解他的想法，毕竟像这样的凶手也不多见，也算是积累经验。省里几个犯罪心理学的专家都对林洪斌有兴趣，这会儿可能还在往这儿赶呢，我们就不等他们了，抓紧审了，拿到口供。"

张霖再次点头。

"对了，还有一件事。"吴局说着转向王建武，"建武，你来说。"

"我这儿有起案子，一个多星期前有个女人死在出租房，案子一直没破。你师傅酒驾被拘的第二天晚上，打电话问过我这个案子，那时候他没说为什么，但林洪斌被捕后，我才明白你师傅是怀疑这案子也是林洪斌做的。昨天我又打电话问他，他跟我说了之后，我觉得凶手是林洪斌的可能性的确极大。"王建武说着递给张霖一份卷宗，"你可以看下现场照片，有一个数字时钟，那个钟坏了，时间是两点零四分，02：04，《圣经》上有对应的内容，也是关于天使。"

张霖打开卷宗。从案发时间上来看，是在林静雯遇害的两天前。

"这是那天我问大狗的时候他说的那个案子吧？"光头凑过来看了看后说，"还真让你说准了，林静雯的案子不是第一起。"

"什么意思？"王建武问。

"我们查案子的时候，霖子就怀疑过林静雯遇害是不是第一起案子，我还问过大狗有没有近期没破的案子，他还死倔，说这起案子已经有嫌疑人了，马上就破了。"光头解释道。

张霖觉得王建武看向他的目光里有赞许，他竟然有些不好意思起来。

"要说并案，还不太够条件。问话的时候，这个一起问一问吧。"吴局吩咐道，"去吧。好好审一审这个浑蛋。他最好多活两天，活到法院判决的那天。"

吴局的最后两句话，像是自言自语，说完往前走了两步，隔着玻璃窗往病房里看去。张霖跟了过去。病床上，林洪斌一动不动，直直地盯着天花板，面无表情，看上去与一具尸体无异，但监护仪上的心跳曲线证明他还活着。张霖深呼吸，做好准备，准备去与恶魔面对面。吴局拍了拍他的肩膀，从吴局手上，张霖感觉到了信任，还有鼓励。

进门的时候，张霖看到林洪斌蜷缩着身体，紧闭双眼，豆大的汗从额头上渗出。

光头清了清嗓子。片刻之后，林洪斌睁开了眼，脸上痛苦的表情消失了。不只是痛苦，所有的表情都从林洪斌脸上消失了。从那双空洞的眼睛里，只能看到一丝极其微弱的生命之火。张霖想起在罗宋家里与林洪斌对视时的情形：林洪斌的眼里闪着光。想到这儿，张霖心里竟然泛起一阵恐慌。我竟然害怕眼前这个男人。张霖心想。他努力让自己镇静，最起码不要让自己的恐慌在对方面前流露出来。他低头，把摄像机打开，在病房里找到一个合适的角度放置好，按下开始按钮，然后跟光头各自拉过一张椅子，坐下。询问还没开始，光头又站起身，上前把病床摇了起来。随着床头的升高，林洪斌脸上再次流露出痛苦的表情。

"姓名。"还没等林洪斌脸上的痛苦消失，张霖就开口问道。

"林洪斌。"

张霖感到诧异。林洪斌的声音并不像他看起来那般虚弱。

开场的确认，林洪斌十分配合，似乎并没有抵抗的打算。按照标准流程完成确认后，张霖将几起受害人的照片以及现场的照片取出。

"坦白从宽，抗拒从严。对于你犯下的……"说到这儿张霖无意间抬头看了一眼林洪斌，发现对方正直直地看着他，脸上带着莫名的笑。张霖从那笑里读出一丝轻视，他涨红了脸，停了下来。光头看了看他，从他手上把照片拿过去。

"林洪斌，"光头开口，"种种证据表明，以下这几起案子是你犯下的，八月五日，五羊街勒杀案，造成一名女性死亡。八月七日，青湖花园入室杀人案，一名女性死亡。八月九日，天临巷，杀人未遂，一名女性受伤。"

光头边说边举起受害者及现场的照片。林洪斌的目光在一张张照片上掠过，依旧毫无表情。

"对于这些指控，你有什么要说的吗？"

"我承认。"林洪斌回答得很干脆，"是我干的。"

沉默。光头没再说话。张霖扭过头，看到光头铁青的脸及紧握的拳头。或许这场审讯真的不该由他们来做。这一刻张霖想。他们很难不代入情感，尤其是光头。林洪斌的轻描淡写让人极度不快。不仅仅是愤怒，还让人觉得恶心。但仔细想想，对于一个将死之人，又有什么可以隐瞒的呢？况且，林洪斌自以为是在进行一场审判，他又怎么会对此表示否认呢？张霖想起吴局交代的话，努力控制自己的情绪。

"另外还有几起案子，我们也怀疑跟你有关。"张霖尽可能地镇定，他先把城西分局那起案子受害人的照片举起来，"是你干的吗？"他问。

"看起来，你们好像不太确定。"依然是轻描淡写的语气。

"是你干的吗？"张霖重复道。

"你们有什么证据吗？"林洪斌反问。

张霖举起一张现场照片，指了指上面的时钟。

"你在另外两个现场都留下了数字。在这个案子里，其实你也留下了数字，只是一开始没有发现。"

林洪斌点点头，又撇了撇嘴。

"我还以为你们发现不了，"林洪斌仰起头，看着天花板说，"说实话，当时我也差点给忽视了。"

"忽视什么？"

"其实有一点你们弄错了。"林洪斌没有回答张霖的问题，"那个时钟，不是我故意弄成那样的。不是我留下的。"

"什么意思？"

"那是上帝的启示。"

"启示？"

"那天晚上，我在那张床上醒过来的时候，看到钟上显示的时间是02：04，几分钟后，还是02：04。一开始我只当是钟坏了，不一会儿就又睡着了。再醒过来的时候，我才弄明白那是上帝的启示。"说这些话的时候，林洪斌原本空洞的眼睛又变得有了生机，"上帝在不断地向我启示。我也是那时候才弄明白为什么那个埋了十年的女人会出现。"

十年前。张霖看了一眼光头。光头指关节发出咔吧声响。

"埋了十年的女人？"

"你们应该知道吧？前段时间迁坟时挖出的女人。"

林洪斌盯着张霖，眼神变得炽热。那天下午在罗宋家与林洪斌对视时的感觉再度浮现，张霖小心地吞了吞口水。

"知道。也是你做的吗？"他问。

"是呀。十年前上帝就给过我启示了呀。"林洪斌脸上不无遗憾，"只可惜那时候我没能理解。"

如此一来，林洪斌承认了所有的罪行，所有的一切也都能关联起来了。他们此行的首要目的已经达到了。张霖把手里的文件夹合上。

"能跟我们说说，究竟是什么样的启示吗？"张霖问。

林洪斌没有回答，目光在张霖跟光头脸上扫过，仿佛是在判断，眼前的这两个人，值不值得聆听上帝传达给他的旨意。林洪斌的目光最后落在了张霖脸上。

"审判。"

说出这两个字的时候，林洪斌直视着张霖的双眼。

"审判什么？"

"我以为你们已经明白了。"林洪斌说，"你们不是已经注意到那个时钟了吗？"

"审判堕落了的天使。"

"对。堕落了的天使。"

"可是据我们调查，她们并没有堕落的行为。"

林洪斌依然盯着张霖的眼睛。那目光让张霖感觉到心慌。不能转头，不能移开视线！张霖在心里告诫自己，回望着林洪斌。

"你们总是注意外表，容易被外表迷惑。你难道不懂吗？越是漂亮的外表，就越容易迷惑人。你知不知道，堕落了的天使，比彻头彻尾的恶魔更让人可恨。你看见恶魔会躲得远远的，但堕落了的天使，会让你越走越近，直到将你完全迷惑，让你彻底堕落！"

"那你又是怎么判断她们是堕落的呢？"

"不可为死人用刀划身，也不可在身上刺花纹。我是耶和华。《利未记》19：28。"林洪斌说出一句经文。

"她们身上有文身。"

"对。有文身。这样的标记还不够明显吗？"

张霖想起对林洪斌背景进行调查的时候了解到的，林洪斌曾经有个女友，因为脚踝上有文身遭到母亲的强烈反对。林洪斌心理的扭曲，是从那时候开始的吗？

"那十年前你杀的那个女人，也是因为她身上的文身吗？"

"那个女人后背上文了一对天使的翅膀。堕落了的天使。上帝的启示难道还不够明确吗？这么多年，我竟然一直没有理解。"林洪斌不无遗憾地摇了摇头。

"你是因为看到了那对翅膀文身才杀害她，才决定'审判'她的吗？"

有那么一瞬间，张霖在林洪斌脸上看到了犹豫。

"当然。"

他在撒谎。张霖想。他当然在撒谎。他在将自己的行为合理化，跟所有的浑蛋一样，为自己的罪责开脱，他不否认自己的罪行，却不肯承认自己的动机。林静雯的文身在肩头，案发当天穿的是吊带衫，文身外露。田梦岚的文身在脚踝，也是可以直接看到的。韩蓓蓓的文身在后腰的位置，据了解，她当天穿的是露脐装，后腰上的文身也是暴露在外的。可是嫂子的文身是在后背肩胛骨下方，也就是林洪斌在受害者后背上留下刀痕的位置，那是相对隐蔽的位置，而且嫂子失踪时是深秋，他不可能看到，除非对方后背是裸露的！

"你是怎么看到她后背的文身的？"

"你他妈的有透视眼吗？"光头似乎意识到了张霖这个问题的意

义所在。

林洪斌愣了愣，皱起眉，没有说话。

"你一开始的目的，并不是所谓的'审判'吧？"

林洪斌依然沉默。

"见色起意的流氓而已。"光头咬着牙说。

"是上帝的启示，只是我那时候没意识到而已！"林洪斌否认。

"那你为什么要杀那个姑娘呢？你被抓的时候下手的那个，她身上可没有文身。"

"她就是十年前的那个女人！她以为隐藏了文身就能藏得住她恶魔的身份吗？"

彻头彻尾的疯子！张霖觉得不可思议，一开始自己竟然因为眼前这个男人心生恐惧！这不过是一个精神失控的浑蛋，一个疯子，一个只会伤害女人的懦夫，一个渣滓！他站起身来，活动活动腿脚，放松了一直紧绷着的身体。反正林洪斌都已经承认了，没什么好急的了。接下来要问些什么呢？要去了解林洪斌为什么会走到今天吗？在开始之前，张霖对此还有些兴趣。但此刻，他却一点也不在乎了。他只是觉得，如果林洪斌就这么死了，实在是太便宜他了。他看了看光头。光头紧握的拳头松开了，看上去比刚才放松了许多。

"上帝的审判者，"光头不无讽刺地说，"出来替上帝干活之前，是不是得先练练手艺呀？对了，有件事儿我挺好奇的，这几起案子，为什么都不用刀呢？"

"我不喜欢用刀。要不是她突然醒了，我不会用刀。"

说这句话的时候，林洪斌脸上露出厌恶的表情。张霖突然想起林洪斌的房间，一尘不染，物品摆放过分整齐。林洪斌有洁癖。张霖猜测，林洪斌讨厌被血沾染。

"要是那次你没有用刀，那姑娘应该就不会死了。第一起，要不是因为下雨，那姑娘也死不了。第三起、第四起，都没死。像你这样致死率那么低的杀手，真是丢脸。"光头讥笑道。

林洪斌脸色阴了下来，眼神变得恶毒，盯着光头看。片刻之后，林洪斌又恢复了平静，笑了笑，说：

"可不管是因为雨还是因为刀，她们到底不还是死了吗？我是有过失手，但我相信上帝会原谅我的，我会上天堂的，否则上帝不会一次又一次地给我启示！"

看到林洪斌带着笑的脸，张霖突然想起罗宋的刀架在林洪斌脖子上的时候，林洪斌脸上所流露出来的表情。林洪斌期待死亡，因为他相信自己死后会上天堂。不行。张霖轻轻摇了摇头。张霖从不相信天堂的存在，即便如此，也绝对不能让林洪斌在这样的想法中死去！

"你觉得自己会上天堂吗？"张霖问。

"当然。"

"那真是太遗憾了。在天堂里，你应该见不到你母亲了。"

林洪斌皱起眉，脸上没有了笑。

"我会见到她。"

"可是她是自杀的呀。自杀的人，上不了天堂吧？"

"她不是自杀！"林洪斌情绪有些激动。

张霖在心里冷笑。

"哦？可她是喝下百草枯死的，如果不是自杀，那就只有一种可能了。"张霖盯着林洪斌的眼睛，"是你杀了她！那她又是因为什么被审判呢？"

"我没有杀她。我只是帮她解脱！"

张霖意外地在林洪斌眼里发现了一丝悲伤。张霖的这个问题，无疑触动到了林洪斌心里最不愿意碰触的地方。

"杀了自己母亲的人，又凭什么会上天堂呢？！"张霖没有给林洪斌狡辩的机会，他继续问道，"哦，对了，还有一个问题。"张霖说，"你为什么要穿那双鞋子？"

林洪斌不解地看着张霖。

"那个辅警给你的那双鞋子。"

张霖话音未落，林洪斌脸上又露出了笑。

"那可是上帝给我的奖赏。"

"奖赏？"

"辅警给我鞋子的前一天晚上，我看到那个男人光脚坐在路边，那个辅警找我借了双鞋，送他回了家。那天晚上我才知道他是我埋在坟里那个女人的老公。第二天，辅警就把那双鞋子给了我。这不正说明我在做对的事情吗？"

"你有没有想过，我们是怎么查到你的？"

"你们运气好而已。"

"对。可以说是运气，也可以说是天意。"张霖说着指了指天，"你知不知道，我们就是靠那双鞋子一步步找到你的。"

林洪斌愣住了。

"不可能。"

"你想一想，我们为什么会知道有一个辅警给过你一双鞋子？"

林洪斌没有说话。但从表情上看得出，他开始相信张霖的话了。

"那双鞋子上的LOGO，是一个L，对不对？"说到这儿张霖顿了顿，给林洪斌片刻回想的时间，"我们为什么会注意到这个？是因为那双鞋子，根本不是市面上能够买到的！"

张霖走到病床跟前，距离林洪斌只有不到二十厘米的距离，他甚至能闻到林洪斌身上散发出的味道。死亡的味道。张霖身子继续前探，死死地盯着林洪斌的眼睛，毫无畏惧。

"你如果没有穿那双鞋子，到现在我们都不会查到你，你会在家里平静地死去，而不是像现在这样被铐在病床上。那哪是上帝对你的奖赏啊？分明是上帝在阻止你！为什么你一次又一次失手？是上帝一次又一次地在阻止你！上帝怎么会让你上天堂呢？对你的审判，在地狱等着呢。"

说这番话的时候，张霖的语气极其冷静。他继续盯着林洪斌的双眼。终于，他在林洪斌的眼里看到了变化。毫无疑问，他从那双眼里看到了绝望。

3

烟快烧到手张霖才回过神来。他小心翼翼地把积得长长的烟灰弹到烟灰缸里，吸完最后一口，然后把烟捻灭。

资料快要整理完了，厚厚的一沓，六起案子，四条人命，跨越了近十年的罪恶。证据已经足够充分，但一些细节还需要靠推测，只能用想象来填充。他靠在椅背上，再次点一支烟。

嫂子的遇害，林洪斌没有说出真正动机，但肯定不会是林洪斌所说的，是上帝的旨意。嫂子当年多次前往代工厂，林洪斌当时在与代工厂一路之隔的另外工厂做保安，毫无疑问，他见到过她。对她下手究竟是有预谋还是临时起意，已经不得而知。从坟里挖出的尸体上所穿着的衣服虽然已经腐烂，但还是能判断得出，被埋进土里的时候，她身上只穿了短裤跟短衫，嫂子失踪的时候已经是深秋，不可能只穿这么少，当时所发生的事情不难推测。九年后，尸体的发现勾起了林洪斌的回忆。已经身患绝症，知道即将走到人生尽头的林洪斌，终于找到了自己的"使命"，原本就已经扭曲的心彻底疯狂。

整理完这些资料，这个案子就彻底结束了，卷宗会被存进档案室，成为历史，成为记忆。张霖有些恍惚。他发现并逮捕了一个连环杀手，此刻他心里却没有丝毫的成就感。相反，在案子即将终结的这一刻，他感到挫败。他抓捕了林洪斌，甚至在精神上击溃了林洪斌，却没有一丁点儿赢的感觉。他见识的罪恶越多，就越觉得在与罪恶斗争这件事儿上，永远没有完胜的那一天。

哢。另外一个文件夹被扔到桌上，打断了张霖的思绪。他抬起头，看到光头正用意味深长的目光看着他。他低头看向文件夹，以为是林洪斌案子的资料。打开后，左欣的照片一下子映入眼帘，他赶忙又合上。

"这是什么？"张霖皱起眉，问。

"这几天看你一直闷闷不乐，"光头坐到办公桌上，俯视张霖，"我这个当哥的是看在眼里急在心里。虽然我比不上你跟罗宋，但我好歹也当了这么多年的刑警，我还是能推测得出来你是因为什么不开心。所以我就稍微查了查，人还没找到，倒是发现了点问题。"

张霖沉默不语。发现了点问题。他咂摸着光头这句话。左欣身上肯定发生过什么，他一开始就有这样的感觉。不对，或许发生的某事还没有彻底过去，所以她才会急匆匆地离去，甚至没有跟他当面说一声再见。她在躲避什么？他难以抑制自己的好奇心，但文件夹还没打开，手又缩了回来。

"她是开便利店的，我就让工商局的朋友帮忙给查了查，然后顺藤摸瓜。她的户口在云州市，是今年才来我们市的，也就半年多的时间吧。云州那边我正好有个在刑警队的朋友，就让他帮了帮忙，我朋友告诉我，她两年多前出了一场车祸，看上去像是意外，但我朋友说……"

说到这儿光头压低了声音，故作神秘。张霖莫名生起气来。

"能不能不要那么自作多情？"他打断光头的话，"我让你查了吗？"

光头愣住了，盯着张霖看了好一会儿，然后把文仵夹从张霖手里一把夺过，愤愤地说：

"真是不识好人心。"

光头走了，给张霖留下一个愤怒的背影，他这才意识到，刚才的那句话有些过分了。

再也没有比傍晚时分醒来更让人觉得孤独的事情了。

张霖从沙发上坐起身。他分明做了个梦，但在他醒过来的那个瞬间就遗忘了梦的内容，梦带给他的感觉还在。就像是母亲去世那晚他所感受到的。他觉得自己在这个世界上，却又跟这个世界毫无关系，周围的一切仿佛都是幻影。猫叫声把他从极度的失落中拉了出来，陀螺在蹭他的腿。他弯腰抱起陀螺，开了灯。

那个文件夹在茶几上已经放了两天了。文件夹后来出现在张霖的抽屉里，他放烟的那个抽屉。不知道光头什么时候放进去的。张霖把文件夹带回家来，放在茶几上，有好几次，他想要打开，想要一探究竟，但每一次都停留在第一页左欣的照片上。连他自己也奇怪，自己竟然能够如此克制自己的好奇心。

他再次打开文件夹，怀里的陀螺叫了起来，仿佛认出来照片上的人。照片上的左欣，比他所认识的左欣年轻，看上去也更加快乐，眉眼之中没有隐藏着秘密。他的手在照片上摩挲，但终究还是没能翻开下一页。

或许他明天会翻开，或许永远不会。

4

透过病房的玻璃窗，罗宋看到病床上蜷缩着的男人。男人面向他们这边，目光涣散，似乎无法集中到一处。空洞的眼神，跟那天他看到的判若两人。

"他还能活多长时间？"他问。

"说不好。医生说随时都可能死。"吴局说，"我倒希望他多活两天。昨天你那两个徒弟审过了，他倒是承认得挺痛快。得赶紧交给检察院，抓紧提起诉讼，怎么也得在他死之前给判了，让他站在审判台前。就这么死在病床上，太便宜他了。"

"还是单人病房。多少人想住都住不进来。他都承认了？"

吴局看了看他，面露惊讶。

"你不知道？"

"我只听说他醒了。"

"我还以为那俩小子都告诉你了。他都承认了。"说到这儿吴局顿了顿，"包括晓云的案子。"

光头跟张霖没有告诉他。或许他们还在琢磨着怎么样跟他说，怎么样才能不让他的难过再加深几分，又或者他们觉得没有什么好告诉他的。还能有什么疑问呢？在林洪斌身上发现的御守，足以说明一切了。

"你今天来见他，就是要问他这个吗？"吴局问。

罗宋摇摇头。

今天早上他打电话给吴局，提出想要见林洪斌一面时，吴局有片刻的犹豫。

"我要想杀他，那天就下手了。"电话中他这样告诉吴局。

他当然不是为了杀林洪斌才来的。那他究竟来做什么呢？现在他倒有些犹豫了。问一问为什么吗？为什么要杀人？为什么要杀的那个人是她？可这么多年的经验告诉他，犯人的话大都不可信，他们会隐瞒、会扭曲。所以他从不过分纠结为什么，他更在乎的是做了什么，以及要为此承担什么样的后果。那现在他站在这里要干什么呢？他突然胆怯了。他能承受得住林洪斌可能讲述的一切吗？比如妻子生命最后那一刻的经历。他感到一阵恐慌，右手握紧了左手无名指跟小拇指上的戒指。

"你要进去吗？"吴局问。

"他能说话吗？"看上去林洪斌不像是可以与人交谈的样子。

吴局摇摇头。

"不确定。昨天审讯的时候状态还可以。但你那俩徒弟审讯完后，基本上就是现在这个样子了。他受到了不小的打击。"

"打击？"

"心理上的致命打击。你的那个新徒弟，真的很有一套。省厅里有几个犯罪心理学的专家想来问林洪斌些问题，但为了尽快拿到口供，我们没等专家们到就开始审了，结果等专家们到了后，林洪斌死活不再开口了。"说到这儿吴局笑了笑，有无奈，又有得意，"你要看一看审讯的录像吗？"

罗宋没有回答。

"我准备送张霖去刑警学院进修段时间。"吴局没有追问，转移了话题。

罗宋点点头。

"那小子值得局里好好培养。"

"我在他身上，多少看到些你年轻时候的影子，你刚进刑警队的时候。"吴局看向他。从吴局眼里，他看到了对过去岁月的怀念。谁又不怀念过去呢？毕竟人生是一个不断向下的过程。

"他比我强多了。"罗宋说。

林洪斌的表情突然变得扭曲，像是被什么附了身。他蜷缩起身体，握紧拳头，咬紧牙关，紧闭双眼，随后大声呻吟起来，抻长了胳膊去按床头的呼叫按钮。

几秒钟后，一名护士跑过来，在病房门口，罗宋突然伸手抓住了护士的胳膊。

"干什么？"护士有些恼怒地问。

"等一下。"他说。目光死死地盯着林洪斌的脸。

"等什么？"

"让他多难受一会儿。"

"神经病。"护士甩开他的胳膊，进了病房。

"他不能死。"罗宋握紧拳头，"死太便宜他了。他应该活着，就像那样活着。"

或许是药物的作用，或许是疼痛超过了能够承受的极点，林洪斌安静了下来，双眼闭合，只有监护仪上的曲线证明他的生命还没有完全走到尽头。

"走吧。"吴局拍了拍他的肩膀，说。

"吴局，接下来我想休个长假。"走到楼梯口的时候，罗宋说。

沉默。吴局没有回应，而是停下了脚步，看向他。

"我要出去走一走。蕊蕊也办了休学，我们俩一起，四处走走。"

去那张世界地图上红色大头针所在的地方。去妻子想去却还没来得及去的地方。

听到这句话，吴局像是松了口气。

"去吧。"吴局看着他的眼睛，郑重其事地说，"一定要回来啊。局里随时欢迎你回来。"

"会回来的。"罗宋说，"一定会回来的。"

尾　声

后背又痒了起来，像是有蚂蚁在爬，她忍不住背过手去挠了挠。

伤口早就愈合了，但时不时地，她还是会有这种痒痒的感觉。

爸爸微微侧了侧脸，看了她一眼，想要说什么但是没说出口，继续刮着鱼鳞。她盯着爸爸手上的刀，刀背在鱼身上刮过，刀刃反射着厨房的灯光。刀划过后背的记忆突然浮现在脑海。奇怪，事情已经过去一个月了，这还是她第一次回忆起那一刻的感觉。照理说她不应该记得，那个时候她已经昏迷了，她只记得那之前。记得那张瘦削的脸，闪着光的双眼，捂住她嘴巴的手。那双手上混杂着汗味跟中药味。那之后的一切她都不记得了。但此刻，她却一下子记起了她本不该记得的东西。刀划过后背，并不怎么痛，只是有种让人难以忍受的触碰感，让她呼吸急促，让她恶心想吐，让她头晕目眩。

"没事儿吧？"

爸爸放下手里的刀，把鱼放回到水槽里。

眼前的光线一下子明亮起来，背后的感觉消失了，她松了口气。抬头冲爸爸笑了笑。

"没事儿。"她说。

但爸爸眼里写满了担忧。

PTSD。创伤后应激障碍。

爸爸局里的阿姨告诉她，那段不好的记忆有可能会反复出现，但不要过分压抑它。难受的时候，出去走走，或者找人聊聊，可以找她聊聊。她加了阿姨的微信，她们聊过几次，没有特定的主题，阿姨也并不特别忌讳提到那天的经历。她还觉得，那个阿姨可能喜欢爸爸。

"爸。我真没事儿！"她说，"我出去跟光头叔叔聊天去了呀。需要我帮忙就喊我。"

说完她走出厨房。

光头跟张霖在阳台上，抽烟，聊天。张霖看上去不怎么开心。她跟张霖接触的次数并不多，但能感觉得出来，他是个内向的人，话不多，不像光头。张霖往这边看过来，目光跟她一接触就移开了。光头也往这儿看，冲她摆摆手。

她没去阳台，而是进了自己的房间。这个房间里，时间仿佛停在了过去，桌上放着她上小学时候用的书跟本子，还有一层薄薄的灰尘。灰尘，时间的堆积。她在床上躺下，床对此时的她而言有些小了。枕头上有股熟悉又陌生的味道，她把头埋在枕头里。

她想妈妈。

关于妈妈最后的记忆就是在这张床上。妈妈失踪前一天的晚上，在这张床上给她讲故事，动物的故事，讲故事的时候她跟妈妈约定好周末去动物园。妈妈周末一定要带我去动物园。这是她跟妈妈说的最后一句话。一定。这是妈妈跟她说的最后一句话。

关于妈妈的记忆，她时不时地翻出来，像是打开攒了许多宝贝的盒子。妈妈的样子她还记得清清楚楚，仿佛最后一次见妈妈，不过是不久前的事情。她还记得有一天照镜子的时候，恍惚中在镜子里看到了妈妈。那是第一次，她意识到自己长大了，长得越来越像记忆里妈妈的模样，她也是在那时候才真切地感受到，妈妈已经离开很久很久了。

外面开始下雨了，淅淅沥沥的雨声，那天晚上就有这样的雨声，最后一次见到妈妈的那个晚上。她真想回到那一天，告诉妈妈，明天，无论如何都不要出门。

她在雨声中睡着了。

"蕊蕊。"

她听到妈妈喊。随后卧室的门开了，她睁开眼，看到妈妈。

"起床去动物园咯。"妈妈说。

"去动物园咯。"她开心地坐起身子。

"去动物园？"爸爸疑惑地看着她。

她这才从梦中清醒过来。

"做梦了。"她有些不好意思。

"饭好了，该吃饭了。"

"好。"

爸爸出去后，她在床边呆呆地坐着。枕头是湿的，她把枕头翻过来，让湿的那一面朝下。

桌上的菜都是她爱吃的，还有白酒、红酒跟果汁。光头跟张霖已经就座，她坐到爸爸旁边。没有人说话，空气中出现短暂的沉默。她打开白酒，给三个男人斟满，最后给自己，同样斟满。

光头跟张霖有些诧异地看着她，爸爸也看了看她，只是微微笑了笑。

"光头叔叔、张霖哥，"她端起杯，"我敬你们一杯，谢谢你们救了我。"说到这儿她看向张霖，"也救了我爸。"

关于那天的经历，在她的要求下，爸爸跟她讲过。有那么一瞬间，光头脸上露出懊悔的表情。她听爸爸说，光头一直为自己忘记她要回来这件事儿自责。那表情转瞬即逝，光头也端起酒杯。

"蕊蕊，为什么你叫我叔叔，"光头说着指了指张霖，"但管他叫哥呀？我比他可大不了几岁。"

"得了吧，"张霖开口，"我没说你占我便宜就不错了，这么一算，你可是比我高了一辈。"

"那咱还是一辈吧。蕊蕊,要不以后也管我叫哥,我这还年轻着呢!"

"好吧。光头哥?"

张霖扑哧笑了出来。

"你个浑小子笑什么笑!"光头用胳膊肘捣了捣张霖,然后故作严肃地对她说,"叫雷哥!"

"雷哥!"她喊。

"这还差不多。来,干了!"光头举起酒杯。

她也举起杯,碰了碰,又跟张霖碰了碰杯,仰头喝下。

"蕊蕊你还真干了呀。"光头跟张霖目瞪口呆地看着她。

"那可不。要有诚意嘛。"她转过头看了看爸爸,"爸,你不喝吗?"

爸爸摇了摇头。

"戒酒也不急于这一天嘛。"爸爸酗酒,这是她前几天才知道的。她无法想象,妈妈葬礼后的那段时间,爸爸一个人是怎么过来的。

"谁说我要戒酒了?"爸爸说。

空气中出现了短暂的沉默。没有人说话。

"年纪大了,戒酒这么难的事儿,我就不干了。我只是不想喝的时候不喝,想喝的时候尽量控制住自己少喝。这会儿,我正好不想喝。"

"既然这样,那就喝点呗。"她说,"敬一敬光头叔叔,不对,雷哥,还有张霖哥。"

爸爸想了想,然后点点头。把酒杯里的酒倒出一半,又拿过红酒斟满。奇怪的喝法。

爸爸举起杯,说:

"城东分局,往后你们俩要多出些力了。"

"宋哥，你这说得就像是要退休了一样，不就是休个长假嘛，还得回来啊。"

"回来。回来在王副队的带领下打击罪恶。"爸爸开玩笑说。

听爸爸说，光头要升副队了。

光头有些不好意思地挠了挠头发。

"哎，对了，光头叔叔，不对，雷哥，你外号为什么叫光头哇？你这一头秀发乌黑亮丽，我很早就想问你这个问题来着！"

听到她的这个问题后，张霖也看向光头，等待着回答。

"我拒绝回答。"

光头看了看爸爸，瞪大了眼。

"宋哥，你要说了，咱这兄弟可就没法做了呀！"

"正好。受够跟你做兄弟了。"爸爸说完转向她，"我跟你说啊，他当刑警的第二年，跟我去抓一个在逃犯，抓捕的时候，那个犯人要逃，他就追，犯人老婆拦着，然后你光头叔叔就被薅住了头发，硬生生地扯掉了鸡蛋大小的一片头发，就在脑袋中央这个位置。"爸爸说着指了指自己的头，"哎，光头，那个地方后来还长头发嘛？"

"当然长！宋哥，能不提这事儿了吗！"

"说起来你还得感谢我呀。你忘了一开始大家给你起的什么外号了吗？秃子还是癞子来着？你一气之下理了光头。要不是我喊你光头，估计这会儿你外号就是秃子了。"

"秃子……哥。"张霖忍着笑说。

"你小子！"光头放下筷子，狠狠勒住张霖的脖子。

她扭头看了看爸爸。爸爸看着光头跟张霖，脸上露出难得的笑。她突然想起来，妈妈离开之前，爸爸明明很爱笑的呀。要是妈妈在就好了。想到这儿她鼻子酸了起来。

"我去上个厕所。"她说。

她把冰凉的水泼在脸上，掩盖住眼里的泪水。外面传来光头爽朗的笑声，爸爸低沉的说话声。要是妈妈在就好了。这么多年，她无数次这么想，不管是她高兴的时候还是难过的时候。妈妈被发现后已经过了这么长的时间了，但她好像还是在等着妈妈回来，她还没有接受妈妈再也不会回来这个事实。或许，是时候接受这个现实了，是时候好好跟妈妈说一声再见了。后背上又痒了起来，她背过手挠了几下，然后把 T 恤向上撩起，转过身，背对镜子。她扭过头，在镜子里看到了后背上文的翅膀。伤口愈合后没多久，她就去把曾经文在妈妈后背上的那双翅膀，文在了自己背上，遮盖住那丑陋的伤疤。

　　"妈妈，我也想要翅膀。"

　　小时候，每当她看到妈妈后背上的文身，都会这么问。

　　"等你长大了，就会长出翅膀啦。"

　　妈妈总是这么说。

　　现在她有翅膀了。但妈妈去了天堂。

　　不对。

　　是妈妈去了天堂，给她留下了翅膀。

　　"再见，妈妈。"她对着镜子说。

图书在版编目（CIP）数据

罗宋探案. 天使 / 空城著.—北京：现代出版社，2020.5
ISBN 978-7-5143-8221-1

Ⅰ.①罗… Ⅱ.①空… Ⅲ.①推理小说—中国—当代 Ⅳ.①I247.5

中国版本图书馆CIP数据核字（2020）第033775号

罗宋探案. 天使

作　　者：空　城
责任编辑：申　晶
出版发行：现代出版社
通信地址：北京市安定门外安华里504号
邮政编码：100011
电　　话：010-64267325　64245264（传真）
网　　址：www.1980xd.com
电子邮箱：xiandai@vip.sina.com
印　　刷：三河市宏盛印务有限公司

开　　本：880mm×1230mm　1/32　　印　张：9
版　　次：2020年5月第1版　　印　次：2020年5月第1次印刷
字　　数：217千字
书　　号：ISBN 978-7-5143-8221-1
定　　价：42.00元